i pavoni

Collana diretta da Teresa Ciabatti

ALBERTA AURELI

La scomparsa

SOLFERINO

SOLFERINO

www.solferinolibri.it

ISBN 978-88-282-1552-3
Prima edizione: ottobre 2024

La citazione di p. 240 è tratta da Elliot Perlman, *Sette tipi di ambiguità*, trad. it. Stefano Bortolussi, Guanda, Parma 2006.
La poesia di p. 294 è tratta da René Daumal, *Il lavoro su di sé*, Adelphi, Milano 1998.

Se le mie parole potessero
essere offerte a qualcuno
questa pagina
porterebbe il tuo nome.

Antonia Pozzi

Nel 2017, in un laboratorio in via di San Francesco a Ripa, a Roma, il fisico quantistico Donato Lupi, studioso delle relazioni tra esperienza, corpo e materia, realizzò una camera per le spettroscopie. La utilizzò con un abbondante campione di persone che avevano in comune un'inclinazione all'apatia, con l'idea di misurare il processo di depotenziamento della materia corporea, fino al suo completo dissolversi. Portando quindi a un ideale compimento la ricerca alla quale Ettore Majorana si stava dedicando fino al 1938, prima della sua misteriosa scomparsa.

Prima parte

Ragazze

Molte ragazze disoccupate coltivano un passatempo creativo o un'attività artigianale. Può essere che decidano di modellare le ciotole di ceramica, di forgiare il bronzo e l'argento in piccoli monili, può essere che si interessino a un'abilità antica come il cucito e la maglia – in questo caso i prodotti sono cuscini, sciarpe e cappelli di lana, pesci di stoffa. Alcune diventano brave a disegnare e a dipingere, anche se quasi mai su tela; altre, mosse da ideali vaghi, rassodano il sapone senza additivi nelle cucine di casa, piegano gli origami, mescolano le marmellate con la frutta di stagione, che sono composte di mela o confetture all'arancia; pochissime, ancora, infilano le perline; quasi nessuna scrive poesie. Quelle che hanno studiato design frugano nelle discariche e costruiscono lampade da interni, che a volte, poi, risultano pericolose. Io rilegavo a mano i taccuini di carta e provavo a venderli a qualche fiera, ed era a una di queste fiere che avevo conosciuto Emma.

Per tutte, si tratta di placare l'ansia e di gestire i pensieri intollerabili che ogni giorno arriveranno a minacciare l'equilibrio recuperato nelle ore del sonno, o sulla poltrona di un analista.

Cosa facevo io nei primi mesi di libertà
(*Silvia mi odia*)

Quando i pensieri diventavano scuri e minacciosi, quando le ipotesi peggiori sulla mia vita e il futuro prendevano forma, reclamando tutta l'attenzione, sapevo di poter uscire e camminare. «Provi a fare un po' di ginnastica,» aveva suggerito l'ultima counselor «o almeno cammini per un'ora al giorno.»

E così avevo iniziato. Per seguire un consiglio e senza metodo. I miei passi esitanti, le prime volte, replicavano un tragitto controllato e circoscritto, solo per assolvere a un compito. Da via dei Savorgnan a via degli Angeli, giù da via Carlo della Rocca alle stradine parallele di via Casilina, fino a Villa De Santis, quattro giri di campo da un chilometro, poi a ritroso, fino a casa. Mi piaceva la stanchezza che segue lo sforzo, e mi piaceva la doccia bollente dopo. Venti minuti, a volte trenta. La pelle pulita, elastica di ossigeno, come le foglie di una pianta sotto la pioggia. Mi piaceva così tanto che, se all'inizio camminavo per un'ora, poi camminavo di più, sei giri del parco, anche sette, e senza una decisione cosciente era successo che una volta mi fossi allontanata dal solito tragitto, e che dopo un solo giro fossi uscita dal cancello della villa e avessi proseguito senza meta verso viale dei Romanisti, e più su, da via Collatina, fino a perdermi davvero. Il sole scendeva dietro i grattacieli isolati nel disordine della periferia e il cemento risplendeva d'indaco e giallo. Dopo tanto, un sentimento di meraviglia mi aveva stupita: l'adrenalina di non sapere bene dove fossi e in fin dei conti neanche bene *chi* fossi. E così, se prima era stata la voglia di distrarmi, dopo poco era diventata la voglia di perdermi a spingermi fuori casa: tutto quello che volevo era arrivare al momento in cui le vie sarebbero diventate irriconoscibili, al momento in cui sarei stata costretta a fermarmi e ammettere di non avere idea di come tornare indietro.

Camminavo per chilometri, mi perdevo, e provavo con tutti i consigli per mangiare bene e stare in forma, bevevo due litri d'acqua al giorno e scioglievo a ottanta gradi l'antico tè matcha. Meditavo, e per rilassarmi ancora guardavo la tv, un'abitudine che avevo perso lasciando la casa dei miei genitori, dunque più di quindici anni prima. Mi piaceva rivedere i presentatori del tg o le presentatrici, come Milly Carlucci, cambiati e invecchiati. Quel mutamento era come se, per me, fosse avvenuto in un giorno come spegnere la tv una sera, e riaccenderla la mattina dopo trovando tutti un po' più grassi e un po' più flaccidi, le signore più truccate e gli intellettuali più stanchi. Certo c'erano anche i volti nuovi e i format d'importazione, la televisione era tornata nella mia vita dal passato come il marchingegno perfetto della distrazione e dell'anestesia, anche se poi era in tv che avevo cominciato a seguire la storia del violentatore seriale. Per il resto del tempo mi divertivo e mi torturavo con la scrittura di un diario che speravo un giorno sarebbe diventato un libro e che avevo intitolato *Silvia mi odia.*

Silvia mi odia era l'indagine dettagliata del cattivo rapporto coltivato con la compagna di un caro amico. Nelle mie pagine scritte a mano analizzavo i gesti di lei, la postura, mettevo in fila le prove, annotavo le sue possibili provocazioni e le mie reazioni. Il diario era anche un saggio sulla malvagità della comunicazione passivo-aggressiva, quella in cui – secondo me – Silvia eccelle. Ma, a parte una lunghissima serie di annotazioni del tipo: *Silvia ha definito il mio un immaginario superato* oppure *Silvia dice a Fabio che sono maleducata perché non l'aiuto a sparecchiare e invece semplicemente non ho voglia di avvicinarmi a lei*, non si può dire che il mio diario contenesse altro, tantomeno una storia, e certo non era un'attività a tempo pieno. Era più che altro la mia occupazione fantoccio, quello che mi raccontavo di fare per poi avere l'opportunità di non fare niente.

Per passare il tempo parlavo con tutti, con tutti gli amici più cari, e con tutti quelli incontrati per caso al tavolo di un bar. Cercavo chi non vedevo da anni e se qualcuno cercava me lo incontravo con piacere e ascoltavo ancora. Facevo visita a mia madre, bevevo due litri d'acqua al giorno, scioglievo di nuovo l'antico tè matcha in una ceramica artigianale e raccontavo a tutti che stavo vivendo un periodo di rinascita dopo uno di forte stress. Comunque, ero ottimista. Per la prima volta dopo tanto, mi sentivo libera e piena di possibilità. Ai miei occhi, ero riuscita in una piccola impresa: avevo lasciato il lavoro al negozio di souvenir e, trasformando i fallimenti, i tradimenti e tutte le delusioni in un'opportunità, potevo essere sola, senza neanche bisogno di una storia d'amore, fatta eccezione per la relazione con M., in cui però l'amore c'entrava poco. In cuor mio vivevo il vuoto in cui mi ero cacciata come una rivoluzione esistenziale profonda e come l'unica salvezza possibile. Ero stata in grado di cambiare le carte in tavola, e anche se, a guardarle bene, erano sempre le stesse, non restava che appoggiarle una all'altra, sperando che il vento non soffiasse così forte.

In più, lasciando il negozio, avevo recuperato una piccola cifra, e mettendo insieme tutto avrei avuto di che vivere ancora per un anno, forse per due, senza bisogno di lavorare qua o là. Starmene per conto mio avrebbe curato il leggero smarrimento che ancora provavo osservando gli uomini e il mondo, pensavo.

Era la primavera del 2018, avevo vissuto i primi mesi dopo il licenziamento come una lunga vacanza e, nonostante il mio comportamento suscitasse i dubbi di tutti attorno a me, mi sentivo così intimamente convinta che avevo smesso pure di dare spiegazioni. Senza un lavoro fisso e senza una relazione stabile, il tempo a disposizione si era moltiplicato. Gli impegni veri scarseggiavano, oltre al pranzo della domenica con mia madre, c'erano i pomeriggi con Dodi una volta a settimana e le visite alla mia amica Emma, che era più o meno l'unico contatto intimo che coltivavo. Vagare, con il corpo e con la mente, rimaneva l'attività principale.

Mi interrogavo come non avevo mai fatto su me stessa, soprattutto pensavo a come sono difficili per me i rapporti con le persone. E non solo quelli amorosi, quelli amichevoli anche, quelli con la mia famiglia e col gatto addirittura. Ci pensavo e mi tornavano alla mente tutti gli episodi in cui poi i rapporti si erano deteriorati. Riflettevo sui tradimenti inferti e subiti, sulla mia difficoltà di amare, su tutte le aspettative esagerate, mi davo un sacco di colpe ed ero piena di risentimento, come se le premesse della mia vita si fossero rivelate sbagliate, ambigue e ingannevoli. Come un illuso che capisce d'un tratto tutta la verità. E la verità, a guardarla bene, era che niente somigliava a quello che avevo immaginato, e che lo smarrimento di non riconoscermi mi aveva reso ogni anno più insicura. A ogni passo più incerta. L'indecisione e l'insoddisfazione mi avevano impedito qualsiasi risoluzione, qualsiasi costruzione, e in ultimo qualsiasi crescita.

Per questo mi piacevano le strade, camminare mi permetteva di disegnare infinite soluzioni. I palazzi e le insegne e le facce che mi trovavo davanti non mi appartenevano che per pochi secondi, potevo continuare a sfiorare le cose per lasciarle andare subito dopo. Mi sentivo tra le siepi alte di un labirinto, anche se non avevo alcuna fretta di risolvere l'enigma per trovare l'uscita. Per questo, pensavo, era così importante che riuscissi a vivere la pausa che mi ero concessa come un momento di riflessione e di rinascita. Era importante per compiere un vero cambiamento e per diventare, seppure tardivamente, un'adulta.

Emma

Di sera, quasi sempre, passavo a casa di Emma. Lei non usciva volentieri e accettava senza entusiasmo le mie visite. Aveva rotto i rapporti con la famiglia, fatta eccezione per quello con la madre che però entrava e usciva da una clinica chiamata *Riposo sul mare*. La mia compagnia sembrava esserle indifferente. All'inizio mi guardava non capendo bene chi fossi e cosa volessi, ma era chiaro che col tempo aveva iniziato a contare su di me, aveva preso ad aspettarmi, probabilmente come si aspetta l'unico impegno della giornata, ed era chiaro anche che la diffidenza si era trasformata in fiducia, e la compagnia in una forma di dipendenza.

«Sei già qui, scusa il disordine» diceva svuotando il posacenere pieno delle cicche del giorno passato. Qualche volta cenavamo insieme, più spesso aprivamo una bottiglia di vino e fumavamo un po' d'erba e basta. «Devo decidere cosa fare col piano superiore della casa, mi hanno chiamato dall'agenzia per propormi due studenti che avrebbero bisogno di una stanza in affitto da subito.» I discorsi sulla casa erano il primo pensiero di Emma da quando era rimasta sola a vivere nei due piani che un tempo avevano ospitato lei, suo fratello e i suoi genitori. A uno a uno aveva visto i familiari andarsene. Il padre per primo, in un'altra casa e con una nuova compagna, il fratello, fuori città per lavoro, e per ultima la mamma, quando una mattina erano venuti a prendersela dall'ospedale. L'appartamento su due piani in una traversa di viale delle Provincie lasciava ancora intravedere la cura con cui era stato arredato e le speranze di una tranquilla vita borghese che aveva riposto chi, scegliendo i mobili, si era premurato di volerli solidi prima che belli, funzionali prima ancora che vistosi. Ma era evidente pure che fossero passati troppi anni e troppe delusioni, e adesso gli stessi mobili apparissero come testimoni grigi e spenti, custodi della vita che da tranquilla doveva essere diventata infelice e, col tempo, impossibile.

Emma, nel tentativo di rimodernare, si era impegnata a spostare e trasformare, ma la sua opera sembrava sempre in divenire e il suo appartamento quello di qualcuno che sta per traslocare. Nelle scatole a terra, cumuli di oggetti di cui forse avrebbe voluto disfarsi, e nelle tre camere da letto libri e riviste affastellati, materassi addossati alle pareti, e polvere, nidi di polvere che dalla vecchia carta da parati si appoggiavano al soffitto, ai vetri, e alle lampade gialle. «Sono cinque anni che vivo qui da sola e ancora non ho capito che farmene di questa casa» diceva, guardandomi come chi non si aspetta una risposta. «Vivo qui da sempre e avrei voglia di lasciare tutto così com'è, se capisci come mi sento.»

Quando avevo la sensazione di non servirle come un interlocutore preciso, ma che avesse bisogno solo di parlare, non mi offendevo, non la prendevo sul personale, perché, in fondo, io, più di tutto, volevo ascoltare. Sapevo di averla cercata spesso da quando ci eravamo incontrate, sapevo di volere la sua fiducia e la sua confidenza, e quando riflettevo sul perché mi incuriosisse tanto, mi dicevo che era come se rappresentasse il mio passo successivo, come se lei avesse già dimostrato più coraggio di me nell'isolarsi e nell'allontanarsi dal mondo.

Ci eravamo conosciute a un festival di fotografia dove presentavamo entrambe una serie di taccuini di carta rilegati a mano. Emma era seduta vicino a me, magrissima e scavata, e dopo un po' che ci eravamo presentate mi aveva confessato di non voler andare in bagno perché per raggiungerlo avrebbe dovuto passare davanti allo stand di uno con cui era stata a letto, che adesso la odiava a morte. «Quando qualcuno ti odia riesce a farti del male anche senza sfiorarti» mi aveva detto guardando la foto di una donna in costume da bagno che teneva tra le mani.

Il pensiero sull'odio mi era parso fantasioso e credo di averle risposto qualcosa come: «Ma va'». Mi aveva colpita, però, e intenerita, con quella fantasia, pure perché somigliava all'oggetto del mio diario segreto.

Sembrava sola e minacciata da ogni cosa. Le chiesi i contatti e le proposi di vederci, spesso, finché non mi sembrò che contasse su di me. Aveva le braccia sottili e le mani affusolate con le unghie sempre laccate di scuro, blu o nero, la pelle del volto rovinata da minuscole cicatrici, stelline scavate di un'acne non proprio remota, e i denti grigi e gialli di certi anziani, che sembravano sempre sporchi. Ma in tutto questo disordine mi appariva comunque carina, dotata di una grazia tutta sua, nascosta e opaca, che non si era annullata nei particolari sgradevoli più evidenti. Non doveva pesare più di quarantacinque o cinquanta chili, ma malgrado ciò si sottoponeva regolarmente a diete dimagranti o regimi alimentari punitivi e qualche volta mi diceva con soddisfazione: «Ho perso due chili e non so come è possibile, visto che non faccio altro che mangiare».

Io non ero mai stata magra, neanche grassa, ma credo che Emma mi considerasse grassa. A dispetto del mio tormento interiore, fuori mantenevo un aspetto florido, le mie guance erano piene e rosa, i miei capelli neri e mossi e lunghi, non avevo mai avuto il complesso della bruttezza, e prima che Emma mi fotografasse non ero mai neanche stata a dieta, ogni volta che mi piaceva un uomo ero sicura di potergli piacere e credo che fosse per una specie di sensualità più che per una bellezza palese. Pensavo che anche fisicamente Emma mi disprezzasse e insieme mi invidiasse. Come se io non dovessi preoccuparmi di piacere e lei, invece, ne fosse ossessionata.

I suoi occhi piccoli e neri difficilmente incrociavano i miei, sembravano invece sempre muoversi tra gli oggetti della casa, concentrati in un calcolo segreto, in un'equazione matematica di difficile soluzione. Anche Emma aveva smesso di lavorare, non so perché era stata licenziata dalla scuola dove faceva l'assistente, e, un pezzo dopo l'altro, aveva venduto tutta l'attrezzatura, le luci e le vecchie ottiche, ricavandone non più di qualche centinaio di euro. Le rimanevano la macchina fotografica e un sito web dove il numero dei visitatori era di media tre in un mese. «La fotografia è una nicchia nel mercato dell'arte e dell'informazione talmente ridicola che, se ti impegni per entrarci, riesci solo a perdere la voglia di fotografare.» Lo diceva senza guardarmi, raccogliendo le ciocche dei capelli unti tra le dita. Io di solito annuivo, anche se in realtà avevo sempre pensato il contrario, avevo pensato sempre che la fotografia è uno strumento talmente libero che nessuno può impedirti o può farti passare la voglia. Che se vuoi fotografare non serve nessuna occasione e nessuna opportunità di lavoro, che per fotografare basta fotografare. Forse però ero stata ingenua e, non so bene come, a un certo punto la voglia era passata anche a me.

All'inizio della nostra amicizia, quando uscivamo ancora, ci eravamo sforzate di frequentare insieme le librerie specializzate, le presentazioni e le mostre, l'ambiente ridotto e decadente dell'*indie* in città. Ma anche allora, per timidezza, e per una specie di snobismo, eravamo finite più che altro a parlare tra noi, di come erano vestiti male gli altri, soprattutto, e di quanto fossero inutili tutti quei progetti. Inutili e già superati. Credo che non ci stimassimo neanche reciprocamente, che lei considerasse le mie fotografie troppo semplici e melense e che io considerassi le sue troppo cerebrali e fredde.

L'unica volta che avevamo litigato era stato perché mi aveva confessato ridendo di far parte di un gruppo su WhatsApp dove gli iscritti si scambiano foto di gente sulla sedia a rotelle.

«Hai presente quelli che decorano la sedia con gadget vari? O colori assurdi.»

«Non posso credere che tu faccia cose così, è da psicopatici, cazzo» le avevo detto io. Ma non c'era niente che facesse arrabbiare Emma più di qualcuno che le desse della pazza.

«La gente mi guarda per strada perché pensa che sono strana, non c'è altra spiegazione» mi aveva detto una volta. Faceva parte anche di un gruppo Telegram dove tanti aggiungevano le immagini dei propri genitali, e dopo un po' che la frequentavo mi ero accorta che si divertiva a fotografare sia me che chi le stava vicino in pose sbagliate, ridicolizzanti, che mettevano in evidenza i difetti e facevano sembrare tutti un po' più brutti. Ritratti di gente addormentata o distratta, persone che non realizzavano di essere fotografate mentre accadeva, in qualche modo indifese e vulnerabili. Ma neanche questo mi aveva scoraggiata o allontanata e avevo finito per pensare che non fosse altro che il riflesso del suo dolore, e della sua fragilità.

Quando l'ultimo uomo con cui aveva una relazione l'aveva lasciata, Emma aveva ripiegato su storielle saltuarie, un po' di incontri ottenuti con Tinder e qualche appuntamento con delle vecchie conoscenze, che nella maggior parte dei casi la riempivano di rabbia. Soprattutto era molto esplicita con i particolari sessuali. «Sono sicura che continua a venire a letto con me perché non la trova un'altra più brava a succhiarglielo» oppure, riferendosi a qualcuno che non capivo più chi fosse: «Ogni volta che scopiamo, mi prende da dietro e penso che sia perché non mi vuole vedere in faccia».

«Lo trovo improbabile» replicavo. «Scusa, per il resto del tempo ti guarda in faccia, o no?»

Seguiva i tutorial per educare gli uomini allo squirting ed era certa che squirtare a letto con qualcuno lo facesse sentire un dio. Ma le sue relazioni non duravano mai più di due o tre incontri, e credo che fosse questo a renderla rabbiosa. Poteva mandarmi dei messaggi vocali in piena notte in cui tra le lacrime malediceva tutti e augurava la morte all'uomo con cui era stata a letto. «Odio tutti» era la conclusione a cui arrivava ogni volta. Oltre al sesso non avevo mai sentito un racconto che prevedesse una personalità in uno degli uomini frequentati, i pregi o i difetti, forse neanche qualcosa che riguardasse specificamente l'aspetto fisico, fatta eccezione per le dimensioni o le stranezze dei peni. La maggior parte delle considerazioni giravano attorno alle frasi fastidiose o sconvenienti che lui aveva pronunciato riferendosi a lei, e che le avevano rivelato maldestramente una specie di cattiva fede.

Se cercavo di calmarla, dicendole che era una questione di tempo e che prima o poi avrebbe incontrato la persona giusta, mi diceva che non era bello che volessi consolarla e che di tutto aveva bisogno tranne che di altre illusioni. Credo anche che mi considerasse – senza dirlo – una moralista, ma non era importante quello che le dicevo perché più che altro aveva bisogno di raccontare, come davanti a uno specchio. Se le parlavo dei miei progetti, non era mai davvero interessata e per liquidarmi mi diceva sempre che c'erano due o tre editori amici di suo padre che avrebbe potuto presentarmi e che dovevano talmente tanti favori alla sua famiglia che avrebbero pubblicato il mio libro «senza neanche leggerlo». Emma era esattamente la compagnia di cui avevo bisogno, distratta e disinteressata, mai in grado di vedermi davvero, o di capire chi avesse di fronte, eppure, in un modo difficile da dire, sensibile e leggera. Non c'era niente in lei che mi avesse mai offesa o ferita, non c'erano paternali o giudizi superflui, come quelli che sopportavo frequentando i vecchi amici, tutti disposti a indicarmi la via.

Certo a volte mi capitava di dare per scontato che ricordasse le poche cose che le avevo detto di me, la morte di mio padre, l'appartamento minuscolo dove vivevo o la relazione con M., il fatto che la nostra storia fosse iniziata a Snape e come. Ma doveva sempre fare uno sforzo evidente per ricordare le informazioni che mi riguardavano, era come se il suo cervello le archiviasse nella zona d'ombra delle cose non necessarie e non importanti. Questo aumentava la sensazione di essere ai suoi occhi una presenza più eterea che reale, una proiezione, l'ologramma di una figura immaginaria. Sicuramente non sapeva dove avessi studiato e non ricordava precisamente quanti anni avessi. Non era mai stata a casa mia, dimenticava di continuo il mio cognome e si annoiava moltissimo a parlare di M. Quando costretta, mi rifilava dei consigli affettuosi, ma completamente vuoti: «La devi smettere con una storia così umiliante, meriti di avere qualcuno che stia solo con te».

Ero sicura che ricordasse molto poco delle poche confidenze che le avevo fatto, parlare di lei era la cosa che metteva entrambe più a nostro agio. Mancando la mia parte di racconto, però, era come se alla nostra conoscenza mancasse sempre un pezzo. Come se dentro casa sua rimanessi sempre un'amica alla prima visita o un fantasma occasionale, di dubbia provenienza. Il fatto che l'arredamento e gli oggetti cambiassero spesso collocazione e disposizione nello spazio aumentava l'estraneità e la mancata appartenenza che forse entrambe percepivamo, come se fossimo due interpreti su un palco in cui la scenografia cambia di poco ogni sera. In uno spazio familiare, ma sempre leggermente alterato.

Quando l'umore peggiorava, Emma finiva per avere paure di ogni tipo, paura che le persone incontrandola la trovassero brutta o grassa o pazza, paura che la madre non sarebbe mai guarita, paura che la madre la odiasse, paura di vendere la casa, ma anche paura di non riuscire a vendere la casa, paura di finire i soldi e di dover lavorare, paura del ladro, che, ne era sicura, continuava a entrare in casa sua dal giardino. La prima volta era stata a luglio, durante una notte calda in cui aveva lasciato aperte le due finestre che dalla cucina davano sul giardino, il furto di luglio era stato grave. Un pc nuovo, due macchine fotografiche, e un po' di contanti lasciati sul tavolo. Ma Emma non aveva fatto denunce. «Mi devo ricordare di chiudere bene le persiane prima di andare a dormire, non serve altro.» Solo che i furti si erano ripetuti durante l'inverno, Emma me ne aveva raccontati almeno tre ed era sempre preoccupata. Aveva montato un allarme e un sistema di telecamere, ma poi non le aveva mai accese perché le davano la sensazione di essere spiata.

«Ormai quando è ora di andare a letto ho paura di salire al piano di sopra e preferisco dormire qui sotto, sul divano. E infatti ho la schiena a pezzi.»

«Dovresti chiamare la polizia o almeno informare tuo padre» dicevo io.

«Ho fatto questo sogno in cui a entrare in casa di notte è mia madre, mi guarda mentre dormo, ruba qualcosa e poi se ne va.»

Se l'umore migliorava, ed era sempre perché si affacciava la possibilità della cena con un uomo, diventava euforica e percettibilmente superficiale, preda di una improvvisa sicurezza in se stessa. «Sono depilata e dimagrita, sono perfetta, cavolo.» Questo stato emotivo era complicato da gestire e anche pericoloso, sapevo che difficilmente l'uomo in questione avrebbe confermato la piccola esaltazione e che lei avrebbe finito per essere delusa e per riprendere a sentirsi rifiutata.

Per questo, dopo un po' che ci conoscevamo avevo pensato di presentarle Marco. Marco era sensibile e più grande di noi, era stato lasciato da poco e soffriva a stare solo. Io e lui ci conoscevamo da anni e avevamo un legame, ma tra noi non c'era mai stato niente di veramente romantico né di sessuale. Speravo che potessero piacersi, ma, quando poi avevano trascorso una notte insieme, per Emma si era rivelata l'ennesima frustrazione. Marco l'aveva invitata a cena a casa sua e poi, quando gli era sembrato troppo tardi perché Emma se ne andasse, le aveva proposto di fermarsi, ma senza dormire insieme, in letti separati, e senza avvicinarsi. «Gli ho fatto schifo» aveva concluso lei piangendo, di nuovo piena di rabbia. «Ma è lui che fa schifo a me, è un vecchio sfigato e solo. Voglio fare un pompino al primo che passa.»

Mi era sembrato poi che la rabbia, da Marco, si fosse spostata a me, per averglielo presentato forse, come se si fosse sentita troppo esposta o si fosse vergognata di non essere piaciuta a lui, come se il suo orgoglio ne fosse uscito ferito, ma ancora di più perché ai miei occhi lei era risultata perdente e poco attraente; ai miei occhi, più che agli occhi di lui.

«Ho pensato che me l'hai presentato per fare un esperimento e poi metterlo nel tuo diario, perché così hai tutte le informazioni a disposizione.»

Quindi mi ero dovuta giustificare. «Credevo di fare una cosa buona» le avevo detto. «Mi dispiace, ma non c'è niente di male, non penso che possiamo piacere a tutti, ci sarà sempre qualcuno a cui piaci e qualcuno che ti rifiuta. E poi nel mio diario parlo solo di me e Silvia.»

Mentre lo dicevo mi rendevo conto di quanto fossero poco sincere le mie parole e di come in realtà non ci sono tante consolazioni quando non piaci a qualcuno. Aveva ragione a sentirsi ferita, anche se ero troppo ipocrita per ammetterlo.

«Ho bevuto mezza bottiglia di gin e, quando mi sono messa a letto, non ho fatto in tempo a chiudere gli occhi che mi è venuto da vomitare. Mi sono svegliata stamattina in una pozza di vomito, ti sembra giusto?»

L'episodio di Marco mi aveva convinta che tenere l'amicizia di Emma per me fosse l'unica cosa da fare. Essere la sua confidente anche nei momenti più folli e difficili andava bene, ma gestire la rabbia e la frustrazione era qualcosa per cui non mi sentivo preparata. Rischiavo di peggiorare il suo equilibrio e forse anche il mio. «E poi anche tu,» aveva concluso «anche tu non mi abbracci mai. Forse è meglio se te ne vai e non torni più.»

«Non volevo farti sentire così» avevo detto io, andandomene quella volta. Poche ore dopo però, nella notte, mi aveva mandato un lungo messaggio vocale. Nel messaggio diceva di aver appena fatto un affare su Be-bop, aveva comperato tre maglioncini di cashmere a cento euro ed era felice, mi diceva che non vedeva l'ora di averli tra le mani. «Il cashmere è così morbido.» Poi aggiungeva che avrei dovuto aiutarla a mettere in vendita alcuni vestiti firmati di sua madre che secondo lei valevano ancora qualcosa.

Era vero che non l'abbracciavo. C'era qualcosa tra noi che mi impediva di avvicinarmi, come se sapessi che non sarei riuscita a stringerla davvero, e come se in realtà mi facesse paura. Come se abbracciarla contenesse un pericolo.

Massimo Cupo

Quando ho dichiarato di voler lasciare il lavoro perché mi stava procurando delle amnesie momentanee, mia madre si è offerta di pagare per me una psicoterapia. Il suo desiderio sarebbe stato che riprendessi le sedute con la dottoressa Luciani, e anche il mio, solo che la dottoressa Luciani di me non voleva più saperne. La mia terapia era durata nove anni e secondo lei ero pronta per affrontare il mondo con gli strumenti adeguati. Un'amica, allora, mi aveva consigliato Massimo Cupo, psicoterapeuta conosciuto per aver pubblicato il libro *Clinica delle ambizioni* e per aver analizzato molti artisti in crisi.

Massimo Cupo mi aveva ricevuto nel suo studio. Eravamo seduti uno di fronte all'altra, agli estremi di un grande tavolo impiallacciato. «Cosa la preoccupa?» mi aveva chiesto. Il mio problema, forse, era che niente mi preoccupava più, non mi preoccupava non avere un lavoro, e non mi preoccupava che non ci fosse qualcuno ad amarmi, non ero triste, forse neanche felice, mi sentivo bene, abbastanza bene.

«Sono più gli altri a preoccuparsi per me» gli avevo risposto. «Le mie scelte sembrano strane e poco produttive, mia madre crede che dovrei fare un'analisi.»

Massimo Cupo mi aveva scrutata a lungo e in silenzio, e alla fine dell'incontro mi aveva guardato ancora negli occhi dicendomi: «Il punto, con ogni probabilità, è che lei non vuole vivere, ma per scelta, eh, mica per altro. Quando qualcuno non vuole vivere, gli altri si sentono messi in discussione, la prendono sul personale, come una critica, mi capisce? Si dicono: "Se Giovanna o Francesca non vuole più vivere, perché dovrei farlo io?", e non sanno che rispondersi. Non è di un'analista che ha bisogno, e non sono io la persona giusta per lei. Se me lo permette, la farei contattare dal migliore dei miei allievi, una mente, come direbbe lui di se stesso. Ne ho curato personalmente il percorso e la formazione, un mio discepolo, se così si può dire. La inserirà in un gruppo di supporto per quelli che come lei stanno pensando di andarsene».

«Ma andarsene dove?» avevo detto, tossendo. «Credo che lei mi abbia frainteso, sto solo cercando di essere più creativa, per questo l'ho contattata. Di trovare me stessa, se si dice ancora così.»

A quel punto lui si era alzato per dirigersi verso la finestra e, muovendosi in una sinuosa passerella, aveva detto: «Dovremmo imparare tutti dalle piante, che sanno come si fa per girarsi verso la luce. Non crede?». Io avevo annuito, e lui aveva ripreso. «Allora, posso dare il suo numero al dottor Bernabei oggi stesso. Lui le scriverà tutte le info al massimo domani in giornata. Ora vada pure.»

E neanche troppo gentilmente mi aveva accompagnata all'uscita.

Il giorno dopo avevo aspettato, ma il dottor Bernabei non si era fatto sentire, così ero stata io a ricontattare Massimo Cupo. *Si ricordi di dare il mio numero al suo assistente, gli parlerei volentieri.* E forse avevo insistito solo perché non avevo altro da fare, ma quando nel pomeriggio non avevo ricevuto nessuna risposta mi ero innervosita. Io non volevo fare un'analisi. Secondo Massimo Cupo non avevo bisogno di una terapia, ma di un gruppo di supporto, e dal gruppo di supporto non avevo ricevuto alcun invito. Dovevo solo lasciar stare tutto, a mia madre avrei potuto mentire, fingere di aver seguito il suo consiglio, intascare il bonifico che ogni mese mi avrebbe inviato per occuparmi della mia salute mentale e nient'altro.

Col telefono ancora in mano avevo notato che l'immagine del bouquet di fiori era scomparsa dall'account di Cupo, lasciando il posto alla grafica grigia della sagoma senza volto. A comparire, a sorpresa, era stato invece il messaggio di Dodi. *Mi piacerebbe incontrarti*, diceva così, *anche solo per un saluto*. E poi subito dopo: *Non è un incontro noioso tra ex liceali. Sto seguendo una ricerca interessante e vorrei coinvolgerti, forse posso riuscire a farti ottenere un rimborso spese, ma parliamone in laboratorio domani, ci sei?*

Dodi

Donato Dodi Lupi era un amico che frequentavo negli anni del liceo. Era poco più grande di me e avevamo avuto, fino al mio primo anno di università, un flirt a fasi alterne che poi finiva sempre per non essere un fidanzamento. Quando ci eravamo lasciati mi aveva regalato un saggio sul caos dicendomi che lì avrei trovato le spiegazioni di tutto, e io ovviamente non l'avevo letto. Lui era studioso e volenteroso all'epoca, io distratta, e svogliata, come sempre. Per quello che ricordavo, se a Dodi piaceva qualcosa, che fosse studiare, fumare o giocare a flipper, era in grado di farlo ogni giorno per tutte le ore che avrebbero retto la stanchezza. Forse, in termini di tempo, era paragonabile per me solo alle ore che avevo trascorso a fissare il vuoto. O a dormire.

Al liceo io gli piacevo e, quindi, anche con me era stato costante. Non pericoloso o altro, solo molto presente, sempre premuroso, forse appiccicoso, dunque insopportabile. Per aver sofferto la sua presenza devo ammettere che negli anni avevo smesso volontariamente di incontrarlo, e lui, dopo un po', aveva smesso di cercarmi.

Qualcuno poi mi aveva detto che stava bene, che era molto stimato. E mia madre una volta mi aveva fatto capire che ogni tanto passava a farle visita, ma niente di più. In un altro momento non avrei risposto. Mai tirare fuori dal passato qualcuno di cui ci siamo liberati, questo pensavo. Ma, per come aveva scritto, la sua sembrava più una collaborazione professionale che una proposta per rivederci, in più ero frustrata. Massimo Cupo mi aveva messo di cattivo umore con l'aria di quello che ti legge dentro e poi non rispetta gli impegni. Così avevo aspettato solo un minuto e avevo risposto a Dodi: *Domani sono libera, se vuoi.*

Il laboratorio

L'ufficio di Dodi era all'ultimo piano di un palazzo senza ascensore a Trastevere, in via San Francesco a Ripa, al numero cinquantasei. Sul citofono, il suo era l'unico nome scritto a penna; sulla stessa etichetta, sempre a penna ma calcato e in stampatello, compariva: CNR – LABORATORIO DI SPETTROSCOPIA – ROMA. Nei quattro piani in salita, anche nei mesi a seguire, non avrei incontrato nessuno, fino a convincermi che l'unico appartamento occupato fosse il suo.

Quella prima volta Dodi mi aveva accolta al piano, sull'uscio, senza bisogno che suonassi il campanello. Aveva addosso una specie di camice verde da infermiere, da cui spuntavano le gambe avvolte in una tuta di felpa, e al collo aveva legato lento un foulard di seta. Per il resto non mi era sembrato troppo diverso da come era quando lo conoscevo bene. E cioè né sciatto né curato, pallido e consumato, malgrado l'altezza e le spalle larghe. Sempre evidentemente attraente, come negli anni in cui sembrava strano a tutti che non mi piacesse tanto. Ci eravamo baciati sulle guance d'istinto, e lui aveva fatto schioccare le labbra, io mi ero sbilanciata tenendo indietro le braccia per non toccarlo, ma durante lo schiocco, comunque, una delle matite aggrappate al taschino del suo camice si era sganciata volando a terra, e tutti e due ci eravamo chinati a raccoglierla dicendo insieme: «Scusa, non volevo. Aspetta, ci penso io». Chinandoci ci eravamo urtati di nuovo, così Dodi era arrossito. «Quanto tempo, veramente troppo» aveva detto, tornando dritto. Poi aveva continuato mischiando le informazioni sul suo progetto di ricerca a quelle sul laboratorio dove eravamo, a domande su di me a cui poi non mi lasciava rispondere. «Era un appartamento,» aveva detto chiudendo la porta alle nostre spalle «in realtà lo è ancora, è un appartamento e insieme è un'altra cosa.»

Dalla grande stanza centrale in cui mi aveva accolta eravamo arrivati a un corridoio lungo con le porte tutte a sinistra. Dodi mi aveva fatto vedere una stanza e poi un'altra, e poi in fondo, proprio vicino a un distributore di acqua e caffè, aveva sospirato. «E questa che adesso è chiusa, e che prima era uno sgabuzzino qualunque, è la camera per le spettroscopie. È semplicemente una stanza buia e vuota con una sedia al centro dove mi piacerebbe tanto che tu posassi. Non oggi, la prossima volta. Se accetti, intendo.»

La porta dello sgabuzzino era verniciata di nero. «È uno sgabuzzino, ma è anche un'altra cosa» aveva detto tra sé. Nelle altre stanze, invece, la porta era aperta, ma a guardare dentro si riconoscevano solo vecchi tavoli, vecchi monitor accesi e vecchi faldoni.

«Hai tanto spazio per essere uno solo,» avevo detto io sorridendo «e un distributore del caffè tutto tuo.»

«Non sono solo, cioè oggi sì, ma di solito no. Sono solo e non lo sono.»

Percorrendo il corridoio a ritroso eravamo tornati all'entrata, dove, come in un ufficio qualunque, Dodi si era seduto dietro una scrivania e io su una delle poltroncine di fronte. «Allora,» aveva iniziato a prendere appunti su un taccuinetto tipo Moleskine «se sei d'accordo ci vedremo ogni martedì alle undici.»

«Ma per fare cosa?» avevo chiesto, e l'avevo guardato scrivere data e ora sotto il mio nome.

«Come ti dicevo, vorrei fotografarti per la mia ricerca, fotografarti e farti qualche domanda sul tuo stato emotivo, per vedere di volta in volta se spettroscopia e stato d'animo e se spettroscopia e ricordi evidenziano le stesse cose. Lo spettrometro di massa serve a questo, in questo caso.»

Avevo provato a interromperlo ancora: «E di cosa si occupa la tua ricerca?». Lui aveva detto che non mi voleva annoiare e che comunque mi avrebbe preso solo poco tempo ogni settimana. Così io e Dodi eravamo rimasti in silenzio a guardarci, lui forse era arrossito un'altra volta e io gli avevo sorriso.

«Non sei cambiata per niente, stai benissimo, sei bella» aveva detto.

A quel punto ero stata io a imbarazzarmi. «Be', insomma, non sono tanto in forma, e ho sempre sonno, ma sto facendo degli esercizi e cammino ogni giorno.»

Lui si era avvicinato, aveva messo la sua sedia vicino alla mia. «Ti va se cominciamo con qualche domanda?»

Io avevo detto sì, anche se averlo vicino, in un attimo, mi aveva fatto sentire oppressa come al liceo. Avevo la sensazione che mi guardasse il collo, o in un punto indefinito tra le spalle e il collo. «Allora dimmi» e avevo alzato il tono perché tornasse presente, e lui spostandosi di nuovo dietro la scrivania aveva iniziato.

Le domande erano quasi tutte sulle mie abitudini, quante ore di sonno mi servivano e quante calorie in media ogni giorno ingerivo, il fumo, l'alcol, le droghe, e alla fine avevo risposto solo: «Quando capita». Dodi era calmo, ogni mia risposta veniva commentata sempre con lo stesso assenso della testa, e aveva anche smesso di scrivere sul taccuino, ascoltava e mi guardava, ma come se in realtà pensasse ad altro. Di nuovo eravamo finiti nel silenzio.

«E le tue fotografie?» aveva chiesto lui.

«Mah, non è che fotografo tanto.» Dodi mi aveva guardato con un'espressione di rimprovero, ma empatica o forse solo fintamente empatica. «Scrivo un diario.»

«Benissimo, un diario» aveva sussurrato. «Mi piacerebbe leggerlo, anzi forse sarebbe utile che lo facessi.»

«È un diario sul rifiuto.»

«Molto interessante, il rifiuto è sempre sottovalutato.»

«Sì, credo anch'io.» A quel punto il tono tra noi era diventato confidenziale, di nuovo quello di due amici. «Non ti sembra una cosa inutile? Sai, a volte sento di sprecare il mio tempo, è strano per una persona della mia età non avere un lavoro, penso.» Dodi allora era sembrato veramente dispiaciuto e aveva allungato una mano nella mia direzione, forse perché la stringessi, ma io l'avevo solo guardata e lui l'aveva ritratta.

«Ti stai dedicando alla tua vita interiore» aveva detto dolce.

«Non mi riesce neanche di avere una relazione o di amare qualcuno, non ho figli e non ho più neanche un gatto» avevo detto io sempre più piano, lamentandomi. Con quella cosa sul gatto avevo quasi pianto, e Dodi per poco non se ne era accorto.

Si era alzato, si era diretto verso il corridoio ed era tornato con un caffè del distributore. «Bevi» aveva detto. Il caffè sapeva di terra, ma era servito a distrarmi.

«Comunque va bene così, sai, credo che questa volta potrei farcela.»

«A fare cosa?» aveva chiesto lui.

«A stare meglio. A essere più convinta, più presente. Questo tempo che mi sono presa, credo che mi servirà.»

«Allora cosa c'è che non va?»

A quel punto le parole erano uscite dalla mia bocca senza che me ne accorgessi. «Credo che stare con gli altri mi angosci,» avevo risposto «quando sono in mezzo agli altri, mi sembra che tutti soffrano e inizio a star male anche io. Ma non sono triste, soffro in un altro modo, mi viene la nausea, come se dovessi vomitare. Mi fisso a guardare le persone, e mi sembra che siano tutte vestite male e tutte brutte, con i corpi deformi. Per questo passo tanto tempo da sola, da sola sto meglio.»

«Non mi sembra così strano» aveva detto lui. «Sei solo sensibile, ma di quello che vedi non esiste quasi niente, quindi non ti angosciare.» Questa cosa della sensibilità me la sentivo ripetere da sempre, e in qualche modo continuava a piacermi, disponendomi al meglio. Lui aveva ripreso con le domande. «Ti ricordi l'ultimo sogno che hai fatto?»

«Credo di aver sognato una conferenza,» avevo detto «le persone invitate salivano per parlare al microfono su un pulpito simile a quello di una chiesa.»

«Ok, sognare Dio non è male. Sogni erotici?»

«Non mi sembra.»

«Soffri ancora di asma?»

«Da giugno a settembre.»

«E hai imparato a nuotare?»

«No.»

«Ad andare in bicicletta?»

«Se nessuno mi guarda.»

Era sorprendente che continuassi a rispondere senza innervosirmi. Dodi non mi aveva spiegato perché voleva intervistarmi o fotografarmi, le sue domande erano incoerenti, ed ero finita a dire delle cose personali che non pensavo di volergli dire. Eppure percepivo in lui un'attenzione che non ricevevo da tanto e che mi stava ammorbidendo, come un balsamo. Era sorprendente anche che a distanza di così tanto il rapporto tra noi si stesse ricreando simile a quello che era stato, con lui che desidera qualcosa da me, mi guarda e mi chiede di restare, mentre io mi spavento e allo stesso tempo me ne approfitto. E stavo ancora elucubrando su potere e piacere quando Dodi dal niente aveva detto: «Ti va se anticipiamo a oggi la spettroscopia? Solo per farti capire di cosa si tratta». Io avevo annuito, distratta, e lui aveva aggiunto: «Vieni, dobbiamo tornare nella stanza in fondo al corridoio con la porta nera».

«Ma cos'è una spettroscopia?» avevo chiesto.

E lui: «È più o meno una fotografia. Niente di più, direi».

«Quindi userai una macchina fotografica?» avevo insistito.

«No, non proprio, diciamo che l'intera stanza è una macchina fotografica. Parliamo di foto particolari in cui la luce passa attraverso un prisma e permette di vedere lo spettro dell'oggetto. Osservando lo spettro puoi capire di che materiali è composto.»

«Penso che nel mio caso i materiali siano carne e ossa e fluidi, come nel tuo.»

Dodi aveva sorriso. «Da un altro punto di vista è anche un'impronta digitale, al di là del significato che immagini. Tecnicamente non si tratta proprio di una fotografia, ma di uno spettro, come ti dicevo. I fotoni passano attraverso un prisma, il buchino che vedi sulla porta e dal quale io ti potrò guardare, il prisma devia la luce a seconda delle frequenze con cui la luce arriva. Per farti un esempio, se prendi tutta la luce del sole vedi tutto l'arcobaleno, se invece stai guardando il sole in un solo punto, ti accorgi che alcune righe non ci sono. Diciamo che si può capire di cosa è composto un sistema dall'assenza di alcune righe, o dalla presenza forte di altre. Ma questo non ti interessa, credo.»

«Sì, perché no?» avevo sibilato.

Dodi adesso sembrava agitato e forse aveva iniziato a sudare dalla fronte. «Quando osservi un pianeta, o una stella, per esempio, ci sono un sacco di elementi, tutti mischiati gli uni con gli altri. Il gioco è quello di riconoscere quali sono, quanto sono intensi, per capirci, e in che quantità. Lo spettro che ricevi è l'impronta digitale di quell'oggetto. Nient'altro, vedi? Super semplice, ti devi fidare.»

«Scusa, che te ne farai del mio spettro?» gli avevo chiesto, mentre ci avvicinavamo alla porta nera.

«La maggioranza degli spettri sono completi, non ci sono righe che mancano, in una foto normale la luce ha tutte le frequenze. Non so se hai mai sentito parlare dello spettro del corpo nero.»

«No, mai, mi dispiace. Anzi, mi sa che ho smesso di seguirti» avevo detto, e in fondo al corridoio mi ero appoggiata al distributore del caffè. Ero confusa e Dodi iniziava a sembrare qualcuno che vuole convincerti a fare qualcosa, anche se non capivo cosa.

«Te lo dico come se avessi sei anni, quello che farò è cercare di capire in assenza di altre perturbazioni luminose se al tuo corpo mancano delle righe. Una volta a settimana, finché si potrà, per capire se le tue emanazioni fotogeniche sono costanti, niente di più. Saresti sorpresa capendo quanti corpi perdono informazioni.» Io l'avevo guardato e lui aveva aggiunto: «Adesso dovresti toglierti i vestiti».

«Per la spettroscopia devo essere nuda?» avevo chiesto.

«Sì, certo, rende la lastra molto più affidabile.» Dodi sembrava sempre più nervoso, e si era allontanato dicendo qualcosa sulle chiavi della porta nera che dovevano essere state tolte per sbaglio.

Di tutte le sue richieste, quella di spogliarmi mi era sembrata la più semplice e pure la meno penosa. Sicuramente più semplice che ammettere di non avere un lavoro o una casa, o un progetto qualsiasi. In più ero convinta che tutta quella roba tra fotoni, elettroni, atomi e particelle varie non fosse altro che un modo per far passare per banali cose complicate che solo lui poteva capire, con la vanità segreta di mostrare le sue capacità, per prendere forza e in un certo modo tornare dominante. Anche per questo mi ero spogliata subito, perché ero sicura che farlo avrebbe ristabilito il giusto equilibrio tra noi. Infatti, tornando, era sembrato sorpreso e ancora più agitato.

«Che devo fare?» gli avevo chiesto. Lui mi guardava solo negli occhi.

«Adesso, se riesco ad aprire, vedrai che c'è una sedia al centro della stanza, ti dovrai sedere e rimanere ferma per circa sessanta secondi, poi aprirò la porta e tu potrai uscire.»

«Sei sicuro che mi farai uscire?» avevo detto divertendomi, e lui mi aveva fatto cenno di entrare, questa volta fissando solo la sedia e il pavimento.

La posa era durata poco, la stanza era fredda, ma

a parte questo non era successo altro. Ero rimasta seduta al buio per poco e niente più. Quando Dodi si era affacciato dicendomi che avrei potuto rivestirmi, ero tornata nel corridoio dove lui aveva piegato i miei vestiti e li aveva ordinati vicino al distributore. Li avevo indossati in fretta e lo avevo cercato, trovandolo di nuovo alla scrivania.

«Allora, come sono le mie righe?»

«È presto per dirlo, ma ti aggiorno il prossimo martedì, se tornerai.» Dodi era diventato assente o comunque non aveva tanta voglia di scherzare, riprendendo in mano il taccuino aveva scritto *prima lastra*, poi aveva detto: «Io invece mi sono sposato. Già da un paio di anni. Io e Sonia abbiamo una bimba di due anni, guarda». Dal cassetto aveva cavato una cornicetta d'argento col ritratto di una bambina sorridente.

«È bellissima,» avevo detto piano «non ne sapevo niente. L'hai detto a mia madre? Sarà felice.»

Dodi non aveva aggiunto altro sulla bimba, né su mia madre, aveva ripreso i suoi appunti e aveva detto: «Anche in una situazione del genere io sto filtrando il sistema, sto selezionando da tutti i sistemi solo quelli con determinate caratteristiche, come se osservassi dei magneti, perché quei magneti faranno girare le cose in una certa maniera».

«Che c'entra, scusa?» avevo chiesto.

«Volevo solo farti un esempio di quello che provavo a spiegare prima». Poi aveva guardato verso il corridoio e, tornando con gli occhi nei miei, aveva aggiunto: «L'operazione di misura si basa su due concetti fondamentali. Il primo è che un fenomeno non è comprensibile finché il sistema non viene misurato, cioè inizia a esistere nel momento in cui viene misurato. L'altro aspetto fondamentale è che nel momento stesso in cui un fenomeno viene misurato viene modificato. Si tratta in sostanza di un'operazione selettiva. Perché in tutto il possibile possiamo considerare solo ciò che siamo in grado di misurare. Nella meccanica classica una palla in movimento ha la sua traiettoria, che è l'unica cosa che si può considerare. Consideriamo dove si trova la palla al tempo T e dove si troverà trascorsi dieci secondi,» a questo punto l'avevo visto disegnare una sfera e una freccia sulla sua pagina «ma è chiaro che così non è il fenomeno a essere osservato, o misurato, eppure possiamo prevedere esattamente dove andrà a finire la sfera. Per la meccanica quantistica il processo è diverso, mentre misuriamo è come se la palla avesse già ricevuto un colpo di testa, che in qualche modo ne ha modificato la traiettoria. Anche se in questo caso non possiamo sapere dove andrà a finire dopo dieci secondi. Per saperlo occorre una seconda misura, che potrebbe sorprenderti ed essere diversa da come te l'aspetti. Questo perché sono misure probabilistiche. Tu hai lo stesso fenomeno, e ogni volta che misuri tiri fuori dei risultati diversi. Quello che impari è che non devi contare sul singolo risultato, devi puntare alla raccolta dei risultati, che insieme costituiscono una struttura. Il singolo risultato è solo una variabile random».

«Molto affascinante,» avevo sussurrato «per quello che ho capito. Ma, scusa, io sarei la palla?»

Lui, scrivendo ancora qualcosa, aveva risposto: «Tu non sei la palla, tu sei il fenomeno». Io avevo mosso le gambe sulla sedia per cambiare posizione e Dodi si era alzato di scatto. «Devo spegnere adesso tutti i monitor, scusami.»

Rimasta sola mi ero alzata anche io, diretta alla finestra. Dalla posizione che avevo assunto, in diagonale, appoggiata al muro, avevo spostato lo sguardo sullo scaffale di fronte, con i saggi sul caos e i quaderni impilati. Per ultimo, un tomo bianco scomposto, sulla cui copertina a penna era appuntato *Libro degli spettri*. Lo avevo preso tra le mani e aprendo a caso avevo letto qua e là i numeri di qualche formula, e cose scritte in stampatello, incisi come: *M. resta nella stessa casa dai venticinque ai quarantacinque anni*, *Lucrezia smette di prendere la metropolitana e per questo perde il lavoro*, *366 non frequenta il laboratorio da due settimane*.

«Scusami, ho risolto, torno subito.» Dodi aveva urlato dal corridoio, io avevo fatto in tempo a tornare alla scrivania portando il volume con me e facendolo scivolare d'istinto nella borsa. «Ascoltami, adesso, la prossima volta faremo la seconda lastra, puoi decidere se partecipare alla ricerca in forma anonima o col tuo nome e cognome.»

«Anonima, grazie» avevo detto.

«Pensaci, invece, perché questa è la prima scelta che dovrai fare.»

Io mi ero diretta alla porta. «Dodi, scusa, ma adesso dovrei proprio andare.»

Lui mi aveva raggiunta, ci eravamo guardati, e mentre aspettavo di salutarlo lui mi aveva messo cinquanta euro in una mano stringendola un po' perché li trattenessi. «Questi sono per la partecipazione di oggi.»

Io avevo guardato la banconota. «In che senso, scusa?»

«Ogni volta che verrai in laboratorio, ti darò un compenso simbolico, cinquanta o settanta euro, o di più, vediamo. È il rimborso che ti dicevo.»

«Non c'è una ricevuta o altro?»

Lui, sorridendo, mi aveva detto: «Non ti ricordavo così fiscale».

Alla fine mi aveva abbracciata e questa volta l'avevo lasciato fare, avevo sentito le palpebre dei miei occhi chiudersi e per un attimo, aggrappata a lui, mi ero lasciata cullare.

Tornando a piedi verso casa avevo raggiunto largo Arenula, Dodi era sembrato subito distante, la sua ricerca si era presentata in modo tanto surreale da non poter interagire col resto del mio tempo, questo mi sembrava. Il nostro abbraccio però era stato bello. Il sole era forte ed era come se un po' di quella forza fosse tornata a scorrermi nelle vene. I miei passi erano allenati e leggeri, sembrava che nessuno per strada mi notasse o si accorgesse di me, che era esattamente quello che volevo. Avevo attraversato largo di Torre Argentina e mi ero ritrovata a piazza della Minerva, davanti al vecchio negozio che era stato il mio ultimo posto di lavoro. Corso Vittorio Emanuele era disordinato e sporco, come sempre. Due cani si stavano azzuffando per una busta della spazzatura e dal collo di uno dei due aveva iniziato a colare sangue, le gocce venivano riassorbite dal pelo folto in una chiazza che si stava allargando sotto i miei occhi.

Chissà se era vero che consideriamo solo quello che conosciamo, e che misurare le cose può finire per cambiarle. Io da sempre misuravo la distanza tra me e gli altri, una distanza che non aveva fatto altro che aumentare, fatta di parole sbagliate, di quello che mi sarei aspettata, di silenzio, e da poco contavo i miei passi: dieci, cento, settecento, fino a perdere il conto e cominciare daccapo. Per arrivare a casa avrei impiegato meno di un'ora, pensavo, un passo dopo l'altro, ottomila passi, senza bisogno di condividere un autobus rotto o di pagare un tassista sudato.

La casetta, una rimessa, una cantina, un bungalow

Mi ero trasferita in via dei Savorgnan tre anni prima, in una casetta in prestito. Il minuscolo pianterreno, più simile a un bungalow che a un appartamento, era l'acquisto che un'amica aveva fatto prima di trasferirsi a Parigi. Credo che pagasse ancora un mutuo e che avesse considerato la mia presenza transitoria, più che altro per non lasciare l'appartamento vuoto troppo a lungo. Anche io l'avevo considerato un appoggio, ma a seguito delle mie scelte, quando le entrate erano diminuite, quella casa si era rivelata una fortuna, anche se a volte, soffrendo del poco spazio, e del favore che mi veniva fatto, finivo per pensarla una fortuna che avrebbe potuto da un momento all'altro trasformarsi in una trappola.

La casa faceva parte di un comprensorio ristrutturato senza particolari criteri e composto tutto di edifici a un piano. Il giardino era in comune e per raggiungerlo ti dovevi inoltrare in un vialetto lastricato che dalla via portava ai cinque appartamenti. La superficie di ognuno non superava i trentacinque metri quadri e credo che il mio fosse di ventotto. Una rimessa, una cantina, con le travi di legno al soffitto, il tetto sottile, i tramezzi leggeri e le finestre tutte da un lato, tre in tutto. Due grandi poco più di un metro e una meno di quaranta centimetri, sempre chiusa, perché aprirla avrebbe significato affacciarsi sul giardino di un vicino. Per sigillare le tre aperture, ai vetri erano state aggiunte pesanti persiane di ghisa, persiane con la serratura, e una chiave piccola sempre infilata dentro, pronta a fare clic e mettere la casa in sicurezza.

Per quella disposizione, tutte a sinistra, l'aria che si infilava dentro rimaneva intrappolata; che fosse calda o fredda aumentava se stessa, diventando più calda e più fredda. Dentro ci tenevo stipate le mie cose, che nel tempo erano aumentate riducendo i metri cubi d'aria a disposizione. Comunque, non mi potevo lamentare. Alcuni amici, senza un posto dove stare, avevano lasciato Roma, e altri, già adulti, vivevano ancora negli appartamenti condivisi che avevano affittato ai tempi dell'università, o in case ereditate precocemente, come Emma. Il quartiere era multietnico e in qualche modo *cool*, vista la presenza di due o tre localini conosciuti che stavano riscuotendo un certo successo. Per me era solo disperato.

Le case non erano più vere e proprie baracche, anche se in fondo erano ancora baracche. Le strade dopo le sette di sera diventavano buie e, fatta eccezione per i creativi stretti ai tavoli delle vinerie, non rimaneva altro. Di giorno c'erano famiglie che rientravano con le buste della spesa, gente a passeggio col cane, comitive di bambini in bicicletta e tutte le botteghe dei pakistani sempre aperte. Ma era chiaro che sotto l'apparente normalità si nascondesse un clima molto più violento e respingente. Che l'ansia, la sopraffazione e il razzismo erano le vere molecole che potevo respirare al risveglio o di notte, rientrando a casa mia. Tanto che in piazza, in un regolamento di conti che i giornali avevano descritto come un caso di usura, avevo visto una macchina puntare la porta d'ingresso del bar e sfondarla, per entrare col cruscotto fino al bancone, davanti ai miei occhi e a quelli dei pochi presenti. La ragazza alla guida della Opel blu metallizzata era uscita con la fronte e le mani insanguinate, gridando: «Adesso chiamate pure le guardie, io sono una brava persona, sono una brava ragazza».

In tre anni non avevo conosciuto nessuno, nessuno mi riconosceva o cercava di salutarmi. All'inizio del mio trasferimento lavoravo ancora a Snape, che era in centro, e tornavo a casa solo per dormire. Dopo, anche quando le giornate sono diventate lunghe e libere, non amavo stare in casa, preferivo uscire a camminare, passare le ore con Emma, fare una gita o andare a scrivere *Silvia mi odia* in qualche parco. Tutto pur di non rimanere chiusa in pochi metri quadri. A M., invece, piaceva. Le poche volte che ci vedevamo, ci vedevamo da me, e credo che confrontare casa mia al suo appartamento familiare di sconcertante normalità gli provocasse comunque un'eccitazione. «Che bella casa» aveva detto una volta, fissando il soffitto dal mio letto. Quella volta era sembrata bella anche a me. Anche se poi aveva preso a piovere dal tetto. Invece di farlo riparare, avevo messo in corrispondenza della perdita tre vasi di piante, sperando che la terra raccogliesse l'acqua e che le piante crescessero, come per trasformare un problema in qualcosa di vitale.

M.

M. l'avevo conosciuto poco dopo essere stata assunta a Snape. Era un illustratore freelance che pubblicava qua e là, e Arianna lo aveva invitato in negozio sperando di avere uno sconto sul primo ordine di cartoline. Aveva un anno più di me, ma – guardandolo la prima volta – a differenza di me mi era sembrato un adulto. Gli avevo scattato una foto e l'avevo pubblicata sull'account Instagram di Snape, lui nella foto fissava l'obiettivo storcendo appena l'angolo sinistro della bocca in una smorfia. Mi era piaciuto da subito, come mi era capitato solo con le persone che poi erano diventate davvero importanti. Non sapevo che M. avrebbe rotto questa equazione e mi avrebbe traghettato in una zona d'ombra dove non avrei saputo neanche più cosa distingue una relazione importante da una inesistente. *È bella la foto che mi hai fatto*, mi aveva scritto dopo qualche giorno, e aveva aggiunto qualche considerazione sulle foto in bianco e nero e su quelle a colori. A lui piacevano le foto in bianco e nero, come quella che gli avevo fatto io. In un'altra situazione avrei giudicato le sue osservazioni banali o irritanti. Solo i fotografi capiscono gli altri fotografi, pensavo allora, ma nella nostra conversazione, in tutto quello che M. scriveva, c'era quel genere di tensione che trasforma ogni parola in qualcosa di eccitante. Era come se le prime domande si insinuassero tra le mie pieghe, come sentire qualcuno che si avvicina mentre non desideri altro che si avvicini.

La chat, quella prima volta, era andata avanti a lungo e ci eravamo salutati solo di notte, tardi, chiudendo gli occhi per andare a dormire. Mi aveva sorpreso che il suo primo messaggio, il giorno dopo, avesse come ora di invio le sei del mattino. *Ti svegli presto*, avevo riposto io più tardi.

Sai, con due bambini piccoli, capita, aveva aggiunto M. Come nei messaggi del giorno prima avevo percepito, anche solo attraverso lo schermo, il calore e la seduzione e l'avvicinamento, questa rivelazione, per quanto breve e senza fronzoli, aveva distrutto l'intimità, aveva rallentato il mio tempo di reazione e di risposta, costringendomi a un pensiero calcolato. Mi sembrava onesto a dire di avere due figli e quindi probabilmente un impegno con una donna, cosa che per altro non mi aveva sorpresa, perché avevo già notato, in una delle mie fotografie, la fede d'oro vecchio stampo, uguale a quella dei miei genitori, al suo anulare sinistro. Ma, oltre ad apprezzare l'onestà, dovevo trovare qualcosa da dire. Sottolineare o no con un commento la presenza di moglie e figli, chiedere ancora più informazioni e più particolari. Cogliere l'occasione per cambiare il tono dello scambio, diventare più composta, meno amichevole. Invece avevo deciso di rispondere con un'informazione su di me, di fatto ignorando o fingendo di ignorare il suo *avvertimento*.

Io non apro mai gli occhi prima delle nove, avevo scritto, dopo le prime esitazioni. Credevo fosse la risposta più elegante, per non voler essere curiosa, o invadente, o addirittura provinciale, una bacchettona, una che si stupisce che un uomo sposato e con figli si trattenga tanto al telefono con lei. Ecco, quella che pensavo di far passare per disinvoltura altro non era che un assenso vigliacco a frequentare un uomo impegnato. Lui stava dicendo: *Guarda che non sono libero*. Io stavo rispondendo: *Non c'è problema, purché sia dopo le nove del mattino*. In questo accordo sbrigativo non c'era il desiderio di accogliere tra le braccia un traditore, piuttosto la fantasia e la presunzione, più o meno cosciente, che incontrare me avrebbe cambiato la sua vita e la mia. Il mio pensiero somigliava a qualcosa come: *Non importa che tu abbia una moglie, una fede e due bambini, quando ci saremo conosciuti davvero non potrai starmi lontano, se sei qui adesso, e fatichi a staccare le mani dal telefono, quando avremo una relazione non potrai che innamorarti di me*. Un pensiero romantico, e megalomane, completamente irragionevole nelle sue previsioni, e perdente. In poco tempo i nostri messaggi erano diventati più intimi e poi più espliciti, cose come: *Vorrei sapere quando ti ecciti pensando a me* oppure *Sono dietro di te, ti tolgo la maglietta mentre continuo a leccarti il collo*, e alla fine, ancora prima di incontrarci, avevamo già fatto sesso in chat.

Scrivere era eccitante e i messaggi continui una specie di dipendenza, avevo la sensazione che ci addormentassimo insieme e al risveglio fossimo ancora insieme. Alle parole poi si erano aggiunti i video e le foto. Non avevo mai avuto prima di allora una relazione sessuale virtuale, e in qualche modo era stato come fare l'amore la prima volta, una seconda volta. Ma senza l'ansia o l'imbarazzo del corpo, solo con la fantasia e il desiderio. Così mi sembrava di desiderarlo di più ogni giorno e che lui mi corrispondesse. Ma allora perché non ci eravamo ancora visti? Pensavo che dovesse essere lui a proporlo, e iniziava a sembrarmi misterioso che non lo facesse, forse persino un po' inquietante. Ma se M. percepiva qualche esitazione, se per qualche motivo tardavo a rispondere, diventava insistente e convincente e in grado di riportarmi a sé, cioè al sé dall'altra parte dello schermo.

Nel tempo intercorso tra il nostro primo rapporto virtuale e il nostro primo rapporto reale avevo fatto ricerche su di lui. L'uomo che mi scriveva da giorni e che mi aveva trasformata in una specie di aspirante Sasha Grey era più o meno conosciuto come un bravo illustratore. Nel suo sito, e in alcuni giornali, e nei suoi libri, ovunque, spuntava un personaggio con la testa di pappagallo, che doveva essere il suo alter ego e veniva usato per spiegare praticamente tutto, dall'aritmetica per bambini alla meteorologia. Poi, su Instagram, la foto di una bambina con un ombrello a testa di rana che M. commentava scrivendo: *Gli ombrelli dovrebbero essere tutti così.* Nelle ricerche avevo trovato il nome della moglie e visitato gli account social di lei, considerandola in ultimo una donna come le altre, ma più alta. Poi ero finita sul blog di lui.

C'erano solo post di lavoro, gli appuntamenti per le presentazioni dell'ultimo libro e qualche vignetta con l'uomo-pappagallo, ma tornando indietro negli anni, fino ai primi mesi del 2010, ne avevo trovato uno senza didascalia con una foto di M. il giorno del matrimonio. Nella foto le teste dei due sposi erano vicine, entrambi sorridevano e gli occhi di lei erano strizzati in un'espressione di felicità, un raggio di sole li raggiungeva da lontano. Così avevo considerato chiuse le mie ricerche. Erano passati due mesi dal nostro primo e unico incontro reale, quando ci eravamo conosciuti a Snape. Le mie amiche dicevano cose a cui mi piaceva credere, tipo: «Ha troppa paura di incontrarti perché quello che sente per te potrebbe sopraffarlo».

Nel frattempo, ero io a sentirmi sopraffatta, non uscivo più con uomini in carne e ossa perché al cospetto di M. mi apparivano molto scialbi. Meno interessanti, meno adulti e realizzati, e anche meno soddisfacenti sessualmente. Mi sentivo virtualmente coinvolta e in uno slancio non richiesto ero diventata anche fedele. Ma rimaneva il fatto che tra noi c'era solo una chat aperta e, pur sentendomi quasi innamorata, se non avessi guardato le foto di M. online non mi sarei ricordata neanche la sua faccia.

Poi una notte, mentre continuavamo a scriverci fino a tardi, M. mi aveva chiesto un'ultima foto e io gli avevo mandato un ritratto di me piuttosto casto, in cui sorridevo, sognante, assorta, e sdraiata tra le lenzuola; a quel punto mi aveva chiesto di vederci, ma presto, il mattino seguente, da me se avessi voluto, alle nove. Il mattino seguente, alle undici, se ne era già andato. Il nostro primo appuntamento era durato poco più di un'ora e ci eravamo toccati, sì, e baciati e spogliati, come avevamo immaginato tante volte in chat. Tuttavia, diversamente dalla percezione di lui a distanza, la persona che avevo visto a casa mia era sembrata un estraneo, anche dopo aver fatto l'amore non c'era intimità. In più non avevamo parlato, di nessun argomento, e di niente che riguardasse le nostre vite, eravamo rimasti in silenzio tutto il tempo, in imbarazzo forse, per timidezza, o semplicemente perché eravamo due sconosciuti che avevano deciso a tavolino di fare sesso. Il nostro primo incontro era stato più straniante che bello, ma non aveva inciso o cambiato di molto la chat, e comunque a quel primo ne erano seguiti altri, sempre da me e sempre presto di mattina. Io arrivavo al lavoro in negozio solo di pomeriggio, dopo averlo visto, con addosso un'aria stanca e trasognata, ma le mie colleghe erano comprensive perché si trattava pur sempre di una storia d'amore.

M. era simpatico, e carino, a guardarlo bene, però, aveva qualcosa di poco disinvolto. Un bambino molto buono, vestito molto bene, che non gioca in cortile con gli altri. Che non scherza e non si azzuffa, abituato a una forma di esclusione e di solitudine. Era come se la mancanza di partecipazione lo avesse modificato anche nel corpo e dal corpo fosse riconoscibile. Le spalle larghe, ma curvate in avanti, e le mani lisce, femminili, pulite. Gli occhi bassi, le guance appena colorate di rosa, la barba diradata. Addosso sempre una maglietta con i personaggi dei fumetti, o le date di un festival del disegno. Malgrado questo, rimaneva ai miei occhi un adulto vero, con un appartamento vero, un mutuo, due figli, quindi molto misterioso.

Col tempo era diventato evidente che, nonostante la nostra relazione sembrasse passionale, mancava completamente dell'emozione che mi sarei aspettata o del racconto delle emozioni. Non capitava mai che ci scrivessimo «Ti penso, mi manchi», o che provassimo a rendere esplicito il nostro affetto. Fino a quando mi ero accorta che un affetto vero e proprio, per lui, neanche lo provavo. Avrei potuto innamorarmene, credo, ma poi erano passati molti mesi, ci eravamo visti qualche volta, senza parlare, continuavamo a scriverci, avevo una cartella con un centinaio di foto di sue erezioni, ma era sempre come ripartire dal principio. C'era il sesso, ma anche il sesso era strano, come partecipare a un esperimento scientifico, una relazione plastica e fredda, con qualche problema di comunicazione. Avevo smesso di scrivergli e alla fine dell'autunno di rispondere ai messaggi. *So che non servono giustificazioni ma credo che sia meglio interrompere il nostro rapporto*, avevo scritto io, soprattutto perché speravo che avrebbe detto qualcosa.

Peccato, aveva risposto lui.

Così avevo ripreso a vedere altri, un ex fidanzato ancora innamorato, e un amico dell'università emotivamente disponibile. Non erano storie in cui credevo molto, ma avevo recuperato un po' di senso della normalità, un po' di autostima e avevo ripreso a parlare dei miei sentimenti. Solo che le parole, quando uscivano dalla mia bocca, non erano più vere. Suonavano come espressioni particolarmente ingenue trasmesse a orecchie ancora più ingenue. Prima di Natale, M. era tornato a scrivermi e io a rispondere, avevamo ricominciato col *sexting*, con le foto e tutto il resto, eliminando questa volta i convenevoli tipo: *Che fai, ti va?* E a gennaio erano tornati i nostri appuntamenti delle nove. Anche il sesso era senza convenevoli, e più eccitante di prima. Non ci baciavamo più, la maggior parte delle volte ci masturbavamo e basta. Poi una mattina, prima che se ne andasse, gli avevo proposto un caffè. Io ero nervosa e le mani mi tremavano, lui era silenzioso come sempre, rosso sulle guance e con addosso una maglietta di *Calvin and Hobbes*, aveva preso le mie mani tra le sue e mi aveva baciata, a lungo, con apparente coinvolgimento, ma anche quel gesto era stato l'inizio di niente.

Dopo che mi ero licenziata, io e M. abbiamo continuato a smettere di scriverci per poi riprendere. Pensavo a lui ogni volta che qualcosa andava male come a una paradossale ancora di salvezza. Ogni volta che mi sentivo infelice o rabbiosa, o abbandonata, potevo concedermi di vederlo. Sapevo che non sarebbe mai stata una storia d'amore, sapevo che tra noi non c'era nessun rapporto e non ero mai stata gelosa della sua famiglia o di lui, fino a quando nuove ricerche non mi avevano portata a comporre un quadro ancora più complesso.

In una notte solitaria illuminata solo dalla luna e dalla luce del mio portatile avevo aperto le pagine social di lui e passato in rassegna l'elenco dei suoi contatti Instagram, da lì ero arrivata alle pagine di tante che commentavano le sue foto, gli incontri in libreria, alcuni cuori, stelle, smile sotto i disegni dell'uomo-pappagallo, messaggi di stima, ma frivoli, con stelle e gatti di contorno. Ognuno di quegli scambi poteva essere una parte piccola e visibile di una relazione sommersa e nascosta. Alcune di quelle donne erano belle, altre interessanti, su alcuni di quei profili M. scriveva spesso. Non avevo mai pensato concretamente che insieme alla nostra relazione potesse averne altre. C'erano responsabili di uffici stampa, redattrici, libraie, molte che avevo incontrato anch'io. E poi tracce del suo passaggio sulle pagine Instagram di pornostar, bodybuilder, dietologhe, influencer, madri di bambini piccoli, decine di donne. Va bene, non potevano piacergli tutte, né lui sarebbe potuto piacere a tutte, ma a tante sì.

«Vai a letto con molte donne, in questo periodo?» avevo chiesto io il giorno dopo.

«Tre» aveva risposto lui con presumibile sincerità.

Il quadro sembrava essersi ricomposto. M. aveva una moglie, due figli e più o meno quattro amanti. Io e lui non avevamo mai parlato di niente. Tra noi non c'erano sentimenti espressi, solo sesso, più che altro scritto, e qualche appuntamento. Di nuovo avevo preso a vedere altri, chiunque incontrassi mi appariva più stimabile e più divertente, ma ogni volta che pensavo a qualcosa di veramente eccitante sessualmente la mia mente tornava a lui, e anche se consideravo chiusa la nostra relazione poteva accadere che ci scrivessimo ancora, e poteva accadere che decidessimo di vederci. Diversamente da prima, però, non a casa mia, ma in giro. Facevamo sesso nei parcheggi di notte, alla stazione, al museo di Paleontologia, o alla facoltà semideserta di Scienze ambientali alla Sapienza.

«Niente di strano,» aveva commentato Emma quando avevo provato a raccontarle tutto «gli uomini, alla fine, ti trattano sempre come un buco.»

M. però era sempre in ordine, profumava di tintoria e di sapone neutro per la pelle, era astemio, non fumava, arrossiva se ci vedevamo a Snape quando veniva a portare le sue cartoline. Tutti quelli che conoscevo e frequentavo erano corrotti e sfiniti, a confronto. Esauriti in un limbo di mancata realizzazione, rabbiosi e frustrati. Pronti a sputare veleno sugli ambienti artistici che li avevano rifiutati, sul mondo del lavoro, sul governo, sulle scuole e sulle istituzioni. Artisti disoccupati e alla moda, abusatori di alcol e droghe, mantenuti da genitori a loro volta sfiniti e preoccupati. Ansiosi e insicuri, sull'orlo perenne del collasso economico. Pronti per un piercing al naso o per un tatuaggio nuovo, ricoperti di jeans e camicette acriliche di H&M, con tagli che avrebbero dovuto camuffare le stempiature o i nuovi capelli bianchi, barbe e baffi geometrici, e mèche ossigenate, sciarpe di lana. Pretese intellettuali e discorsi da ubriachi, citando Agamben e Foucault. Struggimenti poetici improvvisi e poi ancora cinismo, distacco e rabbia. Magrezze flaccide e calcolate, corpi bianchi con occhiaie esibite come un monile. Gli altri, quelli fuori dagli ambienti più artistici, ancora suonavano il tamburello nei centri sociali o vendevano il vino senza licenza ai mercatini bio del Forte Prenestino. Io ero sempre stata inadatta a qualsiasi forma riconoscibile e a qualsiasi ambiente, avevo paura delle droghe come dei farmaci, non ero né bella né brutta, né grassa né magra, non ero trendy, avevo un taglio di capelli lungo a mio parere chic ma che era forse solo fuori dal tempo, avevo letto un sacco di libri per conto mio ma se si trattava di citare questo o quello mi confondevo, la mia testa diventava vuota, dimenticavo ogni cosa, rimanevo in silenzio. Da quando avevo incontrato M., sapevo che durante una mostra di fotografia o durante un incontro noioso avrei potuto prendere il telefono e scrivergli *Sono sul tavolo della cucina, ho le gambe aperte e tu mi entri dentro*, e sapevo che lui mi avrebbe risposto, e che la sua risposta avrebbe provocato una specie di vertigine e mi avrebbe tirata fuori dalla routine di un'altra serata in enoteca. Quando aveva iniziato a piovere in casa avevo scritto a M., quando avevano cancellato la mia partita Iva dal contratto del negozio avevo scritto a M. Lui rispondeva sempre ed era sempre sexy. A volte bastava pensarlo per trovare un suo messaggio.

Da quando mi ero licenziata non c'era più nessuno che sapesse davvero della nostra relazione. Avevo raccontato qualcosa a Dodi, che chissà che aveva capito e più che altro si era impegnato a cercare il teorema nascosto o il simbolo che M. poteva rappresentare. Ed Emma, oltre a non essere particolarmente interessata, forse aveva pensato pure che M. fosse una mia invenzione, una messa in scena per farle invidia o non so cos'altro. Non parlandone mai come di una storia, quello che c'era tra noi aveva perso di concretezza, potevo pensare anche io che non fosse mai esistito e provare, finalmente, a dimenticarmene.

Per questo il genere di confidenza che avevo con le mie colleghe in negozio mi mancava. Loro mi ascoltavano e a volte ridevamo parecchio. Conoscevano M. e lo prendevano sempre in giro.

Snape

Se qualcuno mi chiedeva che lavoro facessi, prima del licenziamento intendo, io rispondevo sempre: «Lavoro in una libreria dietro il Pantheon, in centro». Ma non è che Snape vendesse tanti libri. Più che altro vendeva le cartoline, i biglietti d'auguri con le frasi in inglese, le statue di Canova in miniatura che cambiano colore alla luce del sole, le tazze col Colosseo e le stampe di Roma, gli acquerelli in bianco e nero o a colori. Era un negozio storico di souvenir rilevato da un editore milanese, che nel tempo aveva provato a trasformarlo in qualcosa di più contemporaneo, ma anche di meno definito, uno spazio con un'identità oscillante, un ibrido dedicato all'*arte di Roma.* Tanti, entrando, dicevano cose come «Sono in cartoleria, arrivo». Oppure, non riuscendo a capire bene dove si trovassero: «Sono passato a prendere un regalo in quel negozio dietro il Pantheon». La confusione veniva dal fatto che Snape vendeva anche pile di quaderni, in stock da cinque o da dieci, tanta cancelleria, tra penne, matite e raccoglitori per l'ufficio.

Ci ero finita in un inverno di grande povertà, realizzando che non mi sarei mai mantenuta con le mie fotografie e pensando che un lavoro privo di responsabilità e di impegno intellettuale mi avrebbe aiutata. Nel mio giorno di prova era stato valutato quanto tempo avrei impiegato per riempire un espositore girevole di cartoline. Si trattava di aprire gli scatoloni, estrarre le cartoline e dividerle per soggetto, fino a riempire tutte le tasche d'alluminio senza ripetere mai il soggetto. Erano le cartoline di uno studio di grafica che aveva rivisto in chiave contemporanea le città d'arte, stilizzando vedute e fontane e colorando tutto a tinte forti. Io collocavo con una certa velocità Ponte Vecchio, Campo de' Fiori, Fontana di Trevi, l'Harry's Bar a Venezia, e le mie colleghe mi guardavano per capire se effettivamente sarei stata in grado di farlo. Alla fine della giornata mi avevano messo in mano un bicchiere di prosecco caldo e si erano complimentate con me per aver superato la prova. Le mie colleghe erano Arianna e Michela.

Arianna era polacca per metà e per metà italiana, la tipica ragazza strana, un'eccentrica. Bionda, vistosa e con qualcosa che la faceva sembrare molto più grande della sua età. Aveva quel genere d'incarnato pallido coperto da troppo fondotinta, ombretto e fard colorati e, a fissarle i pori del viso da vicino, avresti potuto riconoscere i granelli delle polveri cosmetiche. Addosso sempre i vestiti contraffatti di qualche griffe. Michela, invece, era nata a Roma, in una periferia a sud, e aveva una storia difficile. Non era povera o sfortunata, ma a un certo punto si era ammalata gravemente, aveva avuto un esaurimento nervoso e aveva ancora un disturbo psicologico il cui sintomo principale era una grande attenzione all'igiene, infatti si lavava continuamente le mani o le inumidiva con un gel sterilizzante a base di alcol. In alcuni periodi di stress particolare lavorava in negozio indossando i guanti di lattice, e attorno alle labbra soffriva sempre di una fastidiosa allergia. Mi piacevano quando le avevo conosciute, le conversazioni tra noi erano surreali, Arianna aveva un atteggiamento sarcastico e protettivo con l'altra, come se fosse una sorella più grande e potesse aiutarla a capire le cose del mondo, a trovarsi un fidanzato o un appartamento. Era un rapporto squilibrato, pensavo osservandole, perché in apparenza era Michela quella più intelligente ed era strano che si fosse ricavata un ruolo di subordinazione così, ma non me ne preoccupavo veramente, perché comunque erano piacevoli.

Arianna aveva una psoriasi forte che le screpolava le ginocchia. La prima volta che le avevo notate parevano lacerate da piccole falde circolari, rosse sui contorni incerti e bianche al centro, bolle che avrebbero potuto contenere acqua e che invece erano semplicemente punti molto infiammati e disidratati. Diceva con orgoglio che quando le squame erano comparse per la prima volta aveva incontrato due o più psicoterapeuti, però, alla fine, come facevano le nostre nonne, si era rialzata in piedi e aveva reagito, era guarita da sola; certo la psoriasi era rimasta, e non so esattamente da cosa fosse guarita, ma nessuno è perfetto, pensavo.

Ero affascinata da come vivevano il disordine senza preoccuparsene. Il fatto che sembrassero volersi bene mi faceva sentire a mio agio, ci vedevo anche un senso dell'umorismo divertente e un modo di accettare la vita senza doverla combattere. Certo, a volte Michela beveva troppe Tennent's e, col fatto che prendeva i farmaci per il Doc, gli occhi le diventavano rossissimi e striati al punto che avrebbero potuto iniziare a sanguinare come quelli di certe madonne. In poco tempo avevo cominciato a sentirmi a casa, a sentirmi integrata in un gruppo, seppure piccolo e dissennato. Ma se il nostro rapporto amichevole era alla pari, il nostro rapporto di lavoro no. Arianna era la responsabile del negozio e io e Michela le commesse. Solo che Michela lavorava a Snape da più di dieci anni, quindi le sue mansioni erano diverse dalle mie. Lei controllava gli ordini e i pezzi mancanti, «Ci sono solo due tazze con i Fori Imperiali, dobbiamo riordinarle», rispondeva al telefono e a fine giornata chiudeva la cassa e depositava i soldi in banca. Io, perlopiù, riempivo gli scaffali, lucidavo le statuette di piazza della Minerva e, al bisogno, confezionavo i pacchetti regalo. Arianna ogni giorno trovava un modo per sottolineare il suo potere e se un cliente si rivolgeva a me con una domanda lei rispondeva al mio posto, anche scansandomi fisicamente dal bancone. Michela avrebbe dovuto essere il suo numero due, il suo braccio destro, eppure a fine giornata si rivolgeva sempre a lei indicando il sacco della spazzatura e dicendole: «A questo ci pensi tu». Michela acconsentiva facendo sì con la testa, e credo che, viste le sue manie d'igiene, dovesse pesarle molto. Per risparmiarle l'umiliazione, una volta le avevo tolto di mano il sacco pronunciando un secondo me eroico: «Ci penso io, oggi». Solo che Michela se l'era ripreso guardandomi male e dicendo a sua volta qualcosa come: «Non c'è bisogno». Sia io sia Michela sapevamo che Arianna prelevava arbitrariamente i soldi dalla cassa per coprire le sue spese ordinarie, il bar, la tintoria o il parrucchiere, e l'unico commento di Michela era stato: «Che ci importa? Mica sono soldi nostri».

Alla fine del mio primo anno a Snape non ero più così certa che lasciare il mondo precario della fotografia per il mondo sicuro del commercio fosse stata una buona idea. Il più delle volte arrivavo in negozio già stanca, era come se di me si fosse impadronito una specie di intontimento. Mi perdevo a fissare gli occhi a spirale del serpente simpatico che spuntava dal Colosseo in tutte le vetrofanie del negozio, stampato in bianco e nero su ogni scontrino e su ogni biglietto da visita. Nelle ore trascorse a Snape mi sembrava di non ricordare coscientemente molti particolari della mia vita presente, come era organizzato e quanto era grande il negozio, per esempio. Che strada fare per tornare a casa, la posizione precisa del mio letto, a destra o a sinistra della finestra, il pin del bancomat, la password del mio account Apple. E poteva succedere che mi perdessi camminando in pausa pranzo e ci mettessi un po' per ritrovare il negozio. Da apatica ero diventata imbranata, gli oggetti franavano dalle mie dita a terra mentre lasciavo la presa, trascinata in qualche pensiero. I miei conti erano sempre sbagliati, più soldi di resto, meno soldi di resto. «Signorina, mi scusi, mi sta ascoltando? Prendo queste.» Arianna sottolineava ogni errore, io mi sforzavo di ricordare quando mi fossi sentita così prima, forse mai. Forse solo da bambina, nei buchi indistinti e senza ricordi degli anni passati, nei momenti senza memoria, periodi di cui avevo perso le tracce, i vuoti della mia vita precedente.

Una domenica, durante una lunga pausa pranzo in un vecchio Irish pub vicino al negozio, io e Michela vagliavamo senza fiducia le possibilità rimaste per avere una vita sentimentale anche vagamente attiva. Mentre la guardavo, seduta sotto il ritratto in bianco e nero di James Joyce da giovane, trafitta a intermittenza dal raggio di sole che arrivava fino a lei ogni volta che le pesanti porte del pub si aprivano, avevo notato che l'allergia attorno alle labbra era molto peggiorata, estesa fino al collo, appariva ora di un rosa acceso e sanguigno, come se il primo strato di pelle fosse stato divorato dal calore di un fuoco improvviso. Continuavo a fissarla, mi stava dicendo che a conti fatti sentiva di dover essere molto grata ad Arianna per averla assunta, ma non riuscivo a concentrarmi sulle sue parole, ero delusa dal mio hamburger poco cotto e troppo freddo e avevo spostato lo sguardo sullo schermo del telefono che a sorpresa si era illuminato, facendo comparire il nome di mio padre. Doveva essere un errore, non ricevevo mai telefonate di mio padre, ma alla fine, e forse solo per distrarmi da Michela, avevo risposto. C'era un gran rumore di sottofondo e mio padre era allegro, ma contrariamente al tono usato aveva cattive notizie. «Non sto bene» aveva detto. «Mi senti? Non ce la facevo più a casa, mi stanno portando in ospedale con l'ambulanza, sono troppo stanco.» Poi il suono della sua voce era diventato intermittente, capivo alcune sillabe, non tutte, e non le parole per intero, così ero rimasta in silenzio, guardando Joyce giovane, e poi Michela, e poi la porta, senza dire niente, fino a quando la linea era caduta, interrompendo ogni cosa.

Poco prima che lasciassi Snape mio padre se ne andò. Era morto all'alba, nel suo letto, e il medico di famiglia ci disse che potevamo considerarla «una bella morte». Aveva poco più di settant'anni, si era indebolito al punto da non avere più la forza di respirare. In ospedale, nei mesi della sua degenza, avevano detto di non riuscire a risalire alla causa specifica di quello che gli stava succedendo, che non avrebbero potuto dare un nome alla sua malattia. Forse una sindrome, un complesso di carenze fisiologiche. Si stava misteriosamente consumando, e in poco tempo non avrebbero saputo più cosa fare, le ossa, e gli organi, diventavano più sottili ogni giorno, come pergamene, come se si stesse sciogliendo al sole o consumando al vento.

Il mio ultimo giorno di lavoro dissi a M. che se voleva ci saremmo potuti vedere di notte in negozio, dopo la chiusura, e realizzare così una delle sue fantasie in luoghi pubblici. Ma rispose di no, era quasi Natale, c'erano le vacanze e i bambini. Io avevo insistito: *Prova a inventare una scusa*. Era il 23 dicembre, l'aria era gelida e di notte il cielo diventava nero. M. alla fine aveva accettato, ma sarebbe potuto arrivare solo all'alba. Così, nell'attesa, mi ero rannicchiata a dormire al piano superiore del negozio, una specie di magazzino pieno zeppo di vecchie stampe e polvere e scatoloni. In fondo avevo sempre sentito M. come un alleato involontario, la possibilità di incontrarci a Snape mi aveva motivato a resistere, per un po', e per un po' mi aveva divertita, era giusto che ci fosse fino alla fine.

Mentre l'aspettavo, chiusa in magazzino, dall'unico ovale di vetro potevo vedere la statua dell'elefante illuminarsi fino a diventare rosa, e l'umidità ancora densa scendere a gocce dai vetri delle finestre di fronte. La piazza vuota sotto i miei occhi, che avrebbe impiegato ancora un paio d'ore a riempirsi. Pensai alle mattine della mia infanzia, a piedi verso l'edificio delle scuole elementari, l'espressione seria, perennemente composta di mia madre, la mia mano piccola nella sua, l'odore di lana e il profumo alle rose che respiravo dai suoi vestiti, il mio viso tra le sue mani, appoggiata alla manica della giacca, e le sue parole, che erano sempre che tutto si sarebbe risolto, che non c'era in me niente di sbagliato, che ero buona e speciale e le mie guance erano tonde e lisce come la buccia di una mela. E pensai alla sua vita intera, fino a quel momento, a come continuava a sembrarmi incomprensibile, la capacità di gestire tutto secondo un piano, di interrompere il dolore, di invertire, camuffare e mascherare, regolare il calore e la freddezza come da un rubinetto, il suo amore dosato, pensai che era chiaro che continuasse a nascondere un segreto o un'esistenza interamente segreta.

Alcuni in strada affrettavano il passo, chiudevano i cappotti, annodavano le sciarpe, allungavano i lembi cercando di coprire più centimetri di pelle possibili. Si sarebbero ritrovati presto seduti su un autobus o alla propria scrivania. Avevo pensato a come sarebbe stato vedere M. senza essere vista, a come mi sarebbe sembrato in mezzo agli altri, se fossi riuscita a spiarlo dall'alto. Poi avevo guardato le mie mani, fredde da ore, diventare cianotiche, e avevo preso il telefono in mano per dire a M. di non raggiungermi e annullare il nostro appuntamento. Invece avevo trovato un messaggio di lui che già mi aspettava davanti alle saracinesche. Tempo di aprire e chiudere la serranda e io e M. ci stavamo già toccando, diceva che avevo fatto bene a chiamarlo, ma che dovevamo fare in fretta. Credo che entrambi fossimo impreparati a vedere l'altro lì. In pochi minuti lui era dentro di me, io lo guardavo e guardavo me sul pavimento, tra la polvere, mezza spogliata e mezza no, i nostri corpi come quelli di due animali della stessa specie, ma ero troppo distante. Gli ultimi mesi e qualunque altra cosa facesse parte di me si stavano sommando in un unico pensiero che come risultato produceva il vuoto.

M. non aveva detto altro e aveva già fatto in tempo a uscire e annodare il preservativo. Lo stava facendo dondolare davanti ai miei occhi come un amuleto da ipnosi, io gliel'avevo tolto di mano e lui mi aveva chiesto informazioni sui negozi in centro, già che era sveglio avrebbe potuto proseguire per un giro di shopping. Così, sola e con le luci ancora spente, avevo raccolto le mie cose e guardandomi intorno avevo immaginato il negozio riempirsi, avevo visto le mie colleghe pulire e sistemare, e dire: «Buongiorno, arrivederci, a presto». Poi avevo scelto il mio souvenir, che era un ovale di plastica di quelli con la neve che scende. Nel mio caso la neve cadeva morbida sull'Altare della Patria, come di rado era successo, e uscendo avevo lasciato le chiavi sul bancone chiudendomi la serranda alle spalle.

LightNOW-News 24hours

In strada, alle sette di mattina, avevo davanti la mia prima giornata libera e nessuna idea di cosa fare. Dopo il breve incontro con M. il mio desiderio era solo quello di tornare a casa. Mi ero addormentata sull'autobus e poi, di nuovo, con il cappotto addosso, subito dopo essermi sdraiata a letto.

Di sera avevo chiamato Emma, l'avevo trascinata in un ristorante e poi ancora a bere finché i miei occhi non avevano iniziato a mettere a fuoco con difficoltà. Emma era magrissima e indossava uno strano vestito di lana simile a una vestaglia da casa. Credo che avesse capito che avevo lasciato il lavoro, ma che contemporaneamente ne ignorasse i motivi, che non pensasse affatto che fosse un brutto momento, o altro. Avevo sottolineato un paio di volte, all'inizio della cena, alcuni particolari e i ricordi della clinica dove mio padre era stato ricoverato prima di morire. «Sembra il set di un film di fantascienza, credo che i malati vengano sedati e anestetizzati e portati alla morte lentamente.» Anche in questo caso lei aveva detto poco e niente. La sua espressione, però, era gentile, e forse quel silenzio mi aveva offeso meno delle considerazioni vaghe che avevo dovuto ascoltare nei mesi prima. Da parte sua si stava lamentando che squirtare la faceva sentire un fenomeno da baraccone, a volte.

Dopo la cena, che potevo considerare a tutti gli effetti un festeggiamento, ero tornata a casa, questa volta la testa mi girava talmente che avevo dovuto abbandonarmi sui cuscini del divano prima di spostarmi a letto. Era domenica sera e avevo acceso la tv sul canale ventitré, il mio preferito, con una programmazione tutta di vecchi film. Ma il canale non corrispondeva. Ero tornata indietro col telecomando al ventidue per sicurezza, e poi di nuovo avanti di uno, spento e riacceso l'apparecchio. Al suo posto c'era un canale diverso, che poteva essere una pay tv, ma io non avevo sottoscritto nessun abbonamento e non avevo neanche una linea internet mia a casa. Spingendo il tasto info era comparso il nome del canale, LightNOW-News 24hours. In onda c'era una specie di talk show, i toni erano rabbiosi e gli ospiti in studio continuavano a riferirsi ai «casi delle ragazze sventrate». Lo schermo si era oscurato un paio di volte, poi il programma si era sintonizzato di nuovo senza che facessi nulla. Il conduttore era un uomo sulla sessantina, abbronzato e con gli occhi piccoli. Aveva pantaloni eleganti e scarpe di vernice lucide, una camicia bianca che faceva risaltare la sua abbronzatura.

Gli ospiti erano seduti in circolo attorno a lui, due signore a destra, accomodate sugli sgabelli alti, e una coppia a sinistra, due uomini sulla cinquantina. Il presentatore si riferiva a loro due come agli «amici dello stupratore». Lo stupratore appariva in una grande foto, il suo volto era proiettato dalla scenografia colorata a led sul fondale, alle spalle di tutti gli ospiti presenti. Il ritratto, sempre visibile durante le discussioni, spariva di tanto in tanto, solo per lasciare spazio alle interviste sul caso o ai collegamenti fuori dallo studio. Lo stupratore era un uomo anche lui di mezza età, cinquant'anni al massimo, con il volto pulito e lo sguardo mite. Da quello che raccontava il conduttore, lo stupratore aveva guadagnato molto negli anni precedenti con una catena di ristoranti di cui era il fondatore, e si poteva affermare che fosse conosciuto come un imprenditore di successo, per questo era sorprendente che avesse violentato sei ragazze, forse sette. Una delle due signore in studio era una psicologa che si sbilanciava contro voglia nell'analisi delle possibili patologie dell'aggressore, l'altra era la deputata di un partito di centro-destra chiamata in studio a rappresentare la voce delle donne e a parlare dei dati sul femminicidio in Italia dell'ultimo anno.

La discussione aveva riacceso la mia attenzione. Avevo paura, ma ero anche incantata, come se stessi assistendo a una messa in scena fantastica. Il conduttore aveva preso a toccarsi le tempie e a spingersi tre dita insieme al centro della fronte, come chi non si capacita di qualcosa. Si riferiva alle ultime affermazioni degli amici dello stupratore, i quali stavano urlando che tra le ragazze che dicevano di aver subito violenza alcune erano delle vere e proprie escort e che in più occasioni avevano ricevuto un compenso dallo stupratore. Il presentatore diceva di non volere altre denunce e che era pieno di gente che si approfittava del suo coraggio di esporsi in casi così difficili per poi querelarlo. Aveva dato la parola alla psicologa, che era intervenuta dicendo che, anche se una donna accetta soldi in cambio di una prestazione sessuale, durante il rapporto può comunque cambiare idea, andarsene o rifiutarsi e che se il partner non rispetta il rifiuto in quel caso parliamo di abuso o di violenza. Gli amici dello stupratore lo descrivevano come un uomo buono, di cuore, a cui piace «fare festa». Che un sacco di gente, comprese queste «pecorelle smarrite», si era approfittata di lui e lo aveva sfruttato per i suoi soldi e perché offriva sempre la droga a tutti. Allora il presentatore era diventato paonazzo e aveva coinvolto la deputata del partito di centro-destra chiedendole di ripeterlo a tutti, a casa, che drogarsi è sempre sbagliato, concludendo che non si sarebbe mai stancato di dirlo. Che lo scopo della sua trasmissione era soprattutto quello di informare e di avvertire tutte le donne a casa di stare attente.

Poi la faccia del violentatore era scomparsa dallo schermo lasciando spazio al collegamento con una ragazza seduta di spalle in una stanza vuota. La voce era alterata e metallica, aveva salutato il conduttore, che la ringraziava per aver accettato di parlare. Il conduttore si riferiva a lei come alla «prima ragazza violentata» e le stava chiedendo cosa ricordava di «quella notte». La ragazza evitava quasi tutti i termini espliciti e quasi tutti i riferimenti sessuali. Diceva che probabilmente aveva bevuto del vino con qualcosa dentro che l'aveva fatta piombare in uno stato di sonnolenza e non ricordava molto, se non che aveva chiesto il suo telefono e la borsa per andare via e che il violentatore li aveva gettati dal balcone della camera da letto, dicendole che sarebbe dovuta andare via senza. Raccontava che, mentre lei e il violentatore erano chiusi in camera, nelle altre stanze dell'appartamento la festa di quella sera era continuata. Che anche lei prima di bere il vino col sonnifero aveva tirato di coca, perché tutti erano lì per drogarsi. Alla parola «cocaina» il presentatore aveva chiesto alla regia di silenziare il microfono della ragazza violentata per ricordare agli spettatori che drogarsi è sempre sbagliato. Gli amici dello stupratore seriale ne avevano approfittato per intervenire e avevano detto che era inutile continuare a parlare, visto che era chiaro che la ragazza semplicemente si era pentita di essersi divertita a una festa. La deputata di centrodestra, allora, si era alzata in piedi sui tacchi a spillo, aveva staccato il microfono dalla giacca di paillette e si era avvicinata alla coppia intimando di smetterla perché non erano loro due i giudici, e che solo i giudici avrebbero deciso quale fosse la verità. Allora la parola era tornata alla ragazza violentata. Io, sul divano, bevevo acqua e caffè, ed ero ormai quasi del tutto lucida. La ragazza aveva concluso che poi, riuscendo a scappare da quella stanza e dalla festa, aveva fermato un taxi, aveva raggiunto la stazione della polizia più vicina. Era ancora mezza addormentata, e dalla stazione era stata portata al pronto soccorso. Svegliandosi, ore dopo, il dolore era ancora atroce e le avevano riconosciuto trentadue giorni di prognosi. Il conduttore le aveva chiesto: «Che dolori, nello specifico?». La ragazza non aveva risposto, e forse aveva cominciato a piangere.

A letto non riuscivo a dormire, le parole di Emma si mischiavano alle mie e a quelle delle deputata di centro-destra, l'immagine di M. cambiava forma, pensavo a come sarebbe stato addormentarmi con lui e non mi riusciva di immaginarlo in carne e ossa. Ma sapevo che la mattina successiva non ci sarebbe stata nessuna sveglia, che avrei potuto dormire, che non avrei dovuto gettarmi in una strada fredda, che non avrei dovuto parlare con nessuno, giustificarmi di niente. E solo a questo pensiero il mio corpo si era abbandonato. Disdire il parrucchiere e il dentista, non comperare vestiti, non avere appuntamenti, non avere relazioni, non baciare mai nessuno sulle labbra, non pronunciare nessuna parola d'amore. Non sentire la mancanza. Assecondare la distrazione, non preoccuparmi dello sguardo assente, della testa vuota, del cuore di stagno. Al calore delle coperte corrispondeva quello del mio respiro, mi ero adagiata in una posizione, e poi in un'altra, fino a lasciare ogni pensiero per chiudere gli occhi. La mattina dopo sarebbe stata la vigilia di Natale e insieme il mio primo giorno di disoccupazione.

Dal *Libro degli spettri*, Giulio B.

«Nel periodo di crisi più profonda, cosa facevi?»

«Niente, ero solo molto depresso. Dormire, cose così. È stato un momento di crisi esistenziale, ero proiettato in un futuro definito, programmato anche dalla mia famiglia, che però non funzionava, non volevo più niente.»

(Lunga pausa.)

«Come è composta la tua famiglia?»

«La mia famiglia è composta da mia madre, mio padre e mia sorella. E poi altri parenti che però non voglio citare, di cui non voglio parlare. Mio padre era un avvocato, mia madre un'impiegata. Mia sorella ha quarant'anni, è un medico, adesso.»

«E tuo fratello?»

«No, ho solo una sorella.»

«Scusa, ma prima ci avevi parlato di un fratello...»

«No, ho solo una sorella.»

(Giulio arrossisce.)

«Come sono i rapporti con la tua famiglia, adesso?»

«Con mia madre ho un dialogo aperto, è un rapporto più semplice rispetto a quello con mio padre che è conflittuale, soprattutto perché lui per molto tempo non c'è stato. Adesso tra noi c'è rispetto, siamo entrambi adulti, ma non direi che si tratta di un rapporto tra padre e figlio. Io ho conosciuto solo il padre forte, istituzionale, quello che mi diceva come dovevo essere, costruire una casa, una famiglia, risparmiare i soldi. Non è mai stato affettivamente paterno. Non consolava, comandava.» (Ride.) «Crescendo, per sentirmi anche io un uomo, ho sviluppato rapporti conflittuali con tutte le figure di potere, con il mio insegnante di yoga addirittura, o con i miei amici, ma solo perché dovevo affermare me stesso. Questa cosa l'ho capita tardi, litigavo con tutti, e ogni lite, ogni rapporto che finiva male, era una ferita, una sofferenza in più che si aggiungeva. Il rapporto con mia madre è diverso, usciamo insieme, facciamo shopping, andiamo al cinema, ci divertiamo. Un po' come se fosse un'amica, ma allo stesso tempo è comunque una figura di riferimento, è lei che mi portava dal dottor Benelli quando non ce la facevo a uscire di casa, mi ha imboccato di nuovo come un neonato.»

(Giulio è un insegnante di yoga, non vuole rivelare dove e per chi lavora, e viaggia molto in India.)

«Parlaci ancora di tuo padre.»

«L'assenza è una cosa dell'infanzia, una cosa del passato. Quando ha cercato di diventare una persona accogliente è stato troppo tardi. Con la mia malattia, con la crisi, gli ho fatto capire che ormai era fuori dalla mia vita. Che era impossibile recuperare.

Ma lui dentro di me è rimasto, inciso a fuoco, non so se mi spiego. Guarda, sta qui: sta sempre qui, tra lo sterno e l'ombelico. Fuori non c'è, ma dentro sta a capotavola.»

«Che reazioni ci sono state alla tua malattia?»

(Ride.) «Eh! Si sono spaventati tutti... fino in fondo non lo so, però posso dirti che c'è stato un cambiamento. È brutto vedere qualcuno che non vuole più vivere. Ero depresso, timido, molto timido. Smarrito, non riuscivo a capire chi ero, avevo un problema di identità. Non sapere chi sei, non avere un ruolo, può farti sentire molto smarrito, insicuro. Mi era stato dato un ruolo dai miei genitori, ma io non ero quella persona. Quando ho distrutto l'identità che mi avevano fornito, non ce ne era un'altra. Ero confuso, depresso, impaurito.»

(Giulio è un ragazzone di novanta chili. Ha quarantatré anni, ma ne dimostra al massimo trenta.)

«Di cosa avevi paura?»

«Un esempio è la paura di parlare in pubblico, l'agorafobia, paura dello spazio pubblico e sociale, lo spazio in cui esprimersi e parlare. La mia paura più grande era quella di parlare. Poi ho paura a camminare da solo in strada, mi sento più vulnerabile quando sono da solo. Quando cammino penso di poter essere rapito o ucciso, derubato o violentato. Non sono terrorizzato come vorrebbero i giornali o come vedo terrorizzate tante persone che ho intorno, ma ho paura. Credo di essere uno di quelli a cui potrebbe succedere. Penso sia per questo che mi state intervistando, o sbaglio? C'è qualcosa di darwiniano nella

situazione che stiamo vivendo. E io probabilmente non servo a molto.»

(Giulio spesso abbassa lo sguardo, ma anche quando mi guarda negli occhi sembra guardare altrove o non vedere niente.)

«Mi preoccupa molto. Lo stato generale, il clima che si è creato negli ultimi anni, legato all'assenza, questa situazione ci rende tutti più insicuri. È una forma di precarietà angosciosa. È un fenomeno inspiegabile e misterioso, che ci mette tutti alla prova. Se si osserva il mondo con un po' di attenzione capiamo che poche persone sono coscienti, la maggior parte tende a operare una rimozione continua.

«L'inconsapevolezza, poi, come è sempre stato, aumenta il potere delle persone che gestiscono la società. Le persone di potere ne avranno sempre di più. Il padre forte, di questo c'è sempre bisogno, anche figure come quella di Mussolini in fondo sono solo figure di padri grotteschi. Probabilmente è la necessità di individuare un padre forte, rassicurante, in grado di decidere per tutti. Più le persone sono inconsapevoli, più hanno carenze di cui non sono coscienti, più il potere, anche se ingiusto, può controllare ogni cosa. Chi gestisce manca di empatia, di conoscenza. Gli uomini non si capiscono profondamente o non sono interessati a farlo. Il potere è il centro del discorso. Le persone soffrono tutte, anche se in modo diverso. Alcune soffrono in modo visibile. Altre sono capaci di normalità e benessere, ma è una specie di messa in scena. La maggior parte tende a seguire la massa, anche se la società come in questo momento

è in pericolo, le persone preferiscono continuare a rimuovere. Anche se succedono cose strane e qualcosa mina la sopravvivenza. I sistemi di informazione condizionano tutto, da una parte viene amplificato lo stato di paura, dall'altra il messaggio rassicurante che arriva è: "Tutto sommato le cose vanno avanti, non temete, possiamo continuare a guardare le partite e a festeggiare il Natale, anche se allo stadio mettono una bomba e le persone spariscono, continuate ad andare allo stadio. Anche se tanti non ce la fanno, continuate a dormire nei vostri letti, dormite sempre di più, dormite il più possibile e fate figli".»

«Sei innamorato?»

«Ho bisogno di affetto e non ce l'ho. Lo scorso anno al ritiro yoga ho conosciuto una ragazza tedesca. Sembrava la ragazza più buona del mondo, bellissima, luminosa, perfetta. Sembrava disegnata sia interiormente che esteriormente, sembrava bella e buona e invece poi ho scoperto che anche lei è malata, ha delle crisi di nervi e per calmarsi si taglia, vuole essere picchiata, cose così, alla fine troppo lontane dalla mia idea di amore.»

Le righe spettrali registrate durante questa prima intervista sono rimaste inalterate per mesi, il presente non è mai la causa del depotenziamento, al contrario insistendo con la registrazione dei ricordi e dei sogni rileviamo un'intensità più bassa in tutte le righe spettrali, le quali sbiadiscono a parità di tempo.

Disoccupata per scelta

Avevo trascorso i primi mesi dopo aver lasciato Snape in uno stato di relativo benessere e di particolare grazia. Avevo trentasette anni, da che mi ero iscritta all'università avevo sempre lavorato. Lavorato e studiato insieme, lavorato in posti che detestavo e in posti che avrei potuto amare ma che comunque avevo lasciato. Ero stata una segretaria, un'assistente, una commessa. Avevo lavorato in un tribunale come consulente informatica, che voleva dire che dovevo insegnare agli impiegati a usare il computer.

Gli impiegati mi volevano bene e quando ho lasciato il lavoro hanno organizzato per me una piccola festa. Insieme al catering era arrivato un vassoio con una specie di insalata russa a forma di pesce decorata con i filetti di salmone al posto delle pinne e i gamberetti rossi al posto degli occhi, sul pesce c'era una candelina e io avevo dovuto esprimere un desiderio spegnendola, e questo era incomprensibile.

Avevo continuato a fotografare, sempre, pagata e no. Per i giornali e per le agenzie di stampa, per conto mio, ai matrimoni e ai ricevimenti, in un club esclusivo, dove poi mi ero addormentata ed ero stata licenziata. Avevo fatto la hostess ai congressi e avevo continuato a fotografare. Ero stanca, sfinita, gli anni di lavoro mi avevano fatto guadagnare un po', per vivere, ma mi avevano anche confusa e annebbiata. La disoccupazione era lieve, mi sentivo spensierata, con addosso l'adrenalina di chi possiede il proprio tempo. Il sole sorgeva per me un giorno dopo l'altro monotono e rassicurante, mi scaldava tiepido quando scendevo in strada a camminare e mi trascinava con inerzia verso un futuro vago dove le aspettative erano scomparse.

La fotografia mi aveva delusa, avevo cercato una vita che non era mai arrivata e non avevo mai raggiunto i risultati che avevo sperato. Avrei voluto girare il mondo, mi ero sentita un'esploratrice, una con una missione. Invece ero finita a fotografare pizze fritte e arrosticini. Mi ero pensata molto più brava di quello che ero o non avevo creduto abbastanza in me stessa, la verità non era chiara ma il risultato sì, una distanza troppo elevata tra il materiale e l'immaginario. Di quella distanza soffrivo ogni centimetro, e rinunciare mi faceva sentire per la prima volta una persona libera.

Mi ero iscritta quasi subito all'ufficio di collocamento, soprattutto perché mia madre aveva insistito e perché speravo in un sussidio o altro. L'ufficio era in una stradina parallela a via del Pigneto. Me l'aspettavo sporco e pieno di gente, invece era un open space moderno, con la reception all'entrata come un ostello della gioventù. Era lì che mi avevano fornito un paio di moduli da compilare e un numeretto per l'attesa, anche se, in realtà, sulle poltrone blu a forma di esse non c'era nessuno ad aspettare, cioè io ero l'unica disoccupata. La signora che mi aveva ricevuto era alta, robusta ed elegante, con un caschetto di capelli curato e uno spiccato accento francese.

«Ha già lavorato nella sua vita?» mi aveva chiesto raccogliendo i moduli.

«Sì» avevo detto io.

Lei allora aveva letto le mie esperienze segnate a penna negli spazi indicati e forse si era sorpresa. «Quanti. Libreria, cinema, fotografie. Eh, allora, tanta esperienza.»

«Un po'» avevo detto io senza gioia.

«E adesso?» aveva chiesto, io avevo stretto le spalle e lei aveva concluso che avrebbe registrato la domanda e che già dal giorno dopo sarei risultata regolarmente disoccupata.

Uscendo dall'ufficio mi ero guardata attorno e avevo allungato lo sguardo alle scrivanie dietro i pannelli di plexiglas. Gli impiegati erano seri, c'era silenzio, ma qualcosa non li rendeva credibili, stonavano con l'arredamento di design, come se fossero rimasti arretrati rispetto al restyling generale. Mi ero guardata, poi, per capire se c'era qualcosa che potesse far pensare che non avessi mai lavorato nella mia vita. Fisicamente però ero normale, carina anche, avevo un cappotto leggero e i capelli puliti, doveva essere stato altro a gettare un'ombra su di me. Il mio sguardo, magari, l'indecisione a compiere qualsiasi gesto o a pronunciare qualsiasi parola. Non è importante, pensai, sono disoccupata per scelta, e la mia scelta mi convinceva sempre di più.

Scioccare il paziente

Marzo era arrivato in fretta e la primavera aveva portato da subito temperature molto alte, troppo alte secondo tutti i meteo. «Registriamo un caldo superiore alla media di almeno cinque gradi, destinati a salire ancora nei prossimi giorni» era quello che ripetevano. A inizio aprile a Roma c'erano già trenta gradi nelle ore centrali. In giro si respirava aria d'estate, voglia di gite al mare e aperitivi all'aperto, alzando lo sguardo al cielo, però, ci si accorgeva di una strana coltre giallognola, un nuovo pulviscolo visibile nei coni di luce, come se l'aria fosse diventata materica e appiccicosa. I parchi erano giardini ammalati e lamentevoli. Le foglie di alcuni palmizi a Villa Ada o a Villa Torlonia si erano piegate all'arsura e avevano raggiunto alle estremità i ciottoli di terra. Secondo Dodi era un disastro e il genere umano si trovava alla fine di una spirale discendente. La cosa brutta era che in un tempo breve la situazione sarebbe ancora peggiorata, ma la cosa bella era che poi avremmo vissuto, come era ovvio, una fase di rinascita fortemente evolutiva.

«Ma peggiorare come?» avevo chiesto io durante un incontro.

«Una guerra mondiale, che so?, una pandemia» aveva risposto lui, mentre lucidava la sedia per le spettroscopie. Non mi sembrava che il caldo improvviso di aprile portasse con sé una guerra mondiale, ma Dodi nei pochi mesi in cui avevo ripreso a frequentarlo si era dimostrato affidabile nelle previsioni, e i soldi dei nostri incontri erano diventati il mio unico reddito, anche se mi vergognavo ad ammettere che si trattava di un compenso guadagnato spogliandomi nuda in una stanza dove qualcuno poteva osservarmi per qualche minuto ogni martedì. In più sembrava che le sue domande e i suoi discorsi mirassero a migliorarmi o a farmi evolvere in una direzione che ancora non capivo. La maggior parte delle volte mi chiedeva cose personali, come le relazioni avute in passato o come si cresce da figlia unica, le posizioni preferite nel sonno. Tutte le domande inutili che avevo trovato leggendo il *Libro degli spettri* prima di fotocopiarlo per rimetterlo al suo posto, sperando che Dodi non si accorgesse di nulla. Sui risultati delle spettroscopie era sempre vago e lo stesso quando gli chiedevo i dettagli della sua ricerca, riprendendo con i discorsi incomprensibili di fisica e di matematica.

Nel suo laboratorio il caldo si sentiva parecchio. Dodi non usava condizionatori o ventilatori né altro, e a fine aprile aveva aperto la porta con addosso solo una maglietta bianca sulla solita tuta, senza camice. Quel giorno era sembrato preoccupato, entrava e usciva dalle stanze del laboratorio come se cercasse qualcosa e mi parlava dal corridoio dicendo che a volte bisogna essere più assertivi che altro, soprattutto se l'energia del soggetto gira sempre a un livello molto basso e nella lastra non si vede quasi niente: a quel punto il soggetto deve essere volontariamente eccitato, altrimenti la luce gli passa attraverso senza registrare niente, e senza che il soggetto assorba nulla. Io l'avevo raggiunto per capire se si riferisse a me.

«Dodi, scusa, se non sei contento delle mie lastre perché non la smettiamo?»

Ma lui si era sovrapposto: «Per esempio Jung diceva che per risolvere alcuni problemi c'è bisogno di scioccare il paziente, il paziente non ha bisogno di riflettere e di pensare, bisogna agire sulla sfera dell'irrazionale. Facendo una cosa piccola ma giusta, a volte si possono risolvere grandi problemi. Ciò che ti cambia veramente ti cambia in un attimo, non in una settimana o in un mese».

«Dodi, per favore,» avevo detto io «non ho voglia di essere inutile.»

E lui: «Perché non parli mai dei tuoi genitori, o della tua famiglia? È come se venissi dal niente. Se non avessi conosciuto i tuoi, per me potrebbero non esistere».

«Lo sai che non ero felice a casa mia» avevo sussurrato.

Dodi era tornato dolce. «Non ti voglio tormentare, ma credo che dovresti fare qualche sforzo in più, adesso scusami se sono invadente, ma è come se tu cancellassi tutto quello che non ti piace o che ti fa soffrire, non usi il tuo nome o il nome dei tuoi genitori, le risposte sulle persone che ami sono evasive, sempre astratte, non riesco a rintracciare la materia, stai cancellando ogni cosa. Invece credo che se fossi più concreta riusciremmo ad andare avanti velocemente, ti fidi ancora di me?»

Era vero che nelle settimane dei nostri incontri avevo provato a eludere le sue domande, e forse era vero che non mi fidavo di lui, non completamente almeno. Quando si allontanava per andare in bagno cercavo di frugare tra i suoi appunti o nelle stanze del laboratorio, e non avevo voglia di parlare davvero di me perché avevo la sensazione che mi togliesse qualcosa.

«Prima della spettroscopia ti va di parlare di tuo padre?»

«Non tanto, Dodi, scusami.»

«Almeno un ricordo d'infanzia? Un pomeriggio insieme? Almeno ti andrebbe di descriverlo fisicamente? Me lo ricordo alto.» Io avevo continuato a tacere, poi avevo provato a dire che non c'erano stati tanti pomeriggi insieme, ma dicendolo mi ero commossa e Dodi si era impietosito. «Per oggi possiamo saltare la spettroscopia, va bene così.»

«No, vorrei farla, invece. Me la sento.»

Non so perché l'avessi detto, Dodi mi aveva guardato i lineamenti della faccia da vicino, come se lo stessi provocando, ma alla fine aveva accettato: «Va bene, andiamo».

Nello sgabuzzino delle lastre mi era sembrato che la posa fosse durata di più o che fosse stata più piacevole. Seduta nuda al buio, quel giorno, mi ero sentita subito meglio e Dodi doveva essersene accorto. Una volta fuori mi aveva infilato la T-shirt dal collo come si fa con i bambini e aveva detto: «Sorprendente, lo sapevo. Scusami per la piccola violenza, ma ti sarai accorta che ti ha fatto bene, i risultati sono subito migliorati».

«Ma quali risultati?» gli avevo chiesto.

«Le righe, c'erano quasi tutte questa volta.» Poi aveva continuato dicendo che era arrivato il momento di lavorare sulla memoria, che non era importante che ricordassi fedelmente la mia vita passata, che potevo anche distorcere e inventare perché quella distorsione avrebbe comunque detto qualcosa di me. «Lo chiameremo "esercizio degli episodi perduti" oppure "esercizio del tempo dimenticato", decidi pure liberamente.»

«Grazie» avevo detto andandomene, e mi ero accorta di essermi sporta nel tentativo di toccarlo, e che Dodi si era invece un po' ritratto, come se già stesse facendo altro.

Scendendo le scale avevo sentito le gambe cedere un po', così mi ero accasciata un piano sotto il laboratorio. Forse davvero le parole di Dodi mi avevano colpita, era vero che, a parte alcune abitudini e alcuni volti, la memoria di tutti gli anni della mia infanzia e di intere parti della mia giovinezza se ne era andata. Avevo provato a crescere ignorando quella che ero stata, e convincendomi che l'unica versione di me accettabile fosse quella più simile al presente. Come se potessi davvero riconoscermi solo dal mio primo giorno di solitudine. Secondo Dodi questa mancanza di memoria era parte del problema. Mi aveva suggerito di sforzarmi e di ricostruire: «Concentrati su tutto ciò che ti viene in mente». Così avevo provato.

Il primo buco di memoria, secondo lui, e anche secondo me, riguardava la scuola materna. Mia madre ricordava poco o si compiaceva a essere sempre evasiva. «Non è successo niente di eccezionale,» mi aveva raccontato dopo molte insistenze «la maestra non mi piaceva. Sosteneva che la timidezza fosse da curare, invece secondo me, col tempo, tutto passa, e infatti poi tutto è passato. O no?»

«Sì» avevo risposto io.

Sforzandomi per conto mio qualcosa era venuto fuori. E qualcosa avevo pensato di inventarlo, per non deludere Dodi, soprattutto. Avevo guardato le fotografie di me bambina, quelle conservate in ogni trasloco, due o tre immagini dei primi mesi di vita e qualcosa di successivo, seconda o terza elementare, alcuni scatti in montagna, di me più grande, spediti a casa da un parente di mio padre. In una di queste fotografie sono in posa davanti al planisfero della scuola, ho le code alte e gli occhiali da vista con l'elastico. Il grembiule addosso e tra le mani un quaderno. Nella fotografia si può leggere la pagina aperta e l'inizio di una lettera. La lettera, scritta con i ritagli di un giornale, è un collage di mezza riga, *Caro Gesù* prima di tre punti di sospensione. Così avevo provato a ricordare la classe e l'edificio intero, e avevo rivisto per un attimo la faccia della maestra mentre si avvicinava. I capelli ricci in piega, rossicci, gli occhi grandi, le guance cadenti, i puntini sul naso, macchie o lentiggini gialle. Ma sforzandomi oltre non avevo recuperato tanto. Quel poco però era bastato, e una grande pena mi aveva rapita. Era la pena di me bambina. Avevo sentito il pavimento freddo della scuola, e visto la fòrmica del banco sotto i libri, le matite smozzicate, lucide di saliva, sarei voluta tornare indietro e portarmi via, salvare la me piccola e portarla con la me grande. Alla pena, poi, si era aggiunta la commozione e avevo pensato di raccontare a Dodi che la maestra mi puniva spesso o che gli altri bambini mi prendevano in giro, qualcosa che potesse instillare anche in lui un sentimento di commiserazione e di consolazione. Anche se probabilmente non era così che era andata: non ero stata punita e umiliata, ero stata forse solo messa da parte. Ripetevo gli *esercizi della memoria*, ogni sera, prima di addormentarmi, concentrandomi sulla classe, sull'odore di alcol che saliva dai pavimenti di graniglia, il suono della campanella, le gonne kilt con la spilla da balia a sinistra, mie e delle mie compagne, e alla fine un episodio era emerso. Era un episodio in cui la maestra mi premiava per aver scritto bene una poesia. Seduta in cattedra, ha una pila ordinata di fogli protocollo accanto al registro, estrae il mio compito e dice che è il migliore. La luce è fioca, sono seduta nella fila dei banchi centrali. La maestra mi chiede di raggiungerla davanti alla lavagna per recitare la poesia. Io mi alzo e mi avvicino, ho le Clarks ai piedi e un maglione pesante sotto il grembiule. La maestra mi fa qualche domanda sulla poesia, che è molto bella, dice. Io ascolto, provo a parlare, ma non riesco a rispondere, e dopo un po' anche la vista se ne va, lascia il posto alle immagini offuscate degli altri bambini seduti ai banchi. Non so più dove mi trovo, sono paralizzata, ferma. La maestra insiste, dice che se non parlo è perché non ho scritto io la poesia. Io non dico niente e non mi metto neanche a piangere, non torno al mio posto, rimango solo ferma immobile vicino a lei.

Quando questo episodio aveva preso forma avevo sperato di poterlo cambiare, generando un ricordo nuovo in cui poi la maestra dice «Va bene, non fa niente», si alza dalla sedia, mi viene incontro e mi accompagna al mio posto. Avevo cercato una collocazione nel tempo prima di raccontarlo a Dodi, ma non ero certa della mia età, otto anni, forse sette, avrei potuto averne solo sei. Avevo chiesto a mia madre, ma non ricordava niente e mi aveva detto che se avessi voluto avrei potuto cercare la poesia in casa. «Dovrebbe esserci una scatola con i quaderni e i sussidiari dentro,» aveva detto «ne parliamo domenica, se vuoi, ma che tristezza.» Così avevo pensato che non ero certa che fosse accaduto davvero, che l'episodio della poesia semplicemente poteva essere qualcosa che mi avevano raccontato, poteva essere il ricordo di un altro, di un amico, o di un collega, e che per chissà quale motivo l'avevo spostato su di me. Tutto di nuovo aveva preso a confondersi, e la confusione si era poggiata leggera come un velo sul mio passato.

«Benissimo, visto che il primo posto dove sei tornata con la memoria è la tua scuola elementare,» aveva detto Dodi «potresti tornarci anche col corpo, solo per capire cosa senti. Rabbia, gioia, dolore, quale emozione? Dovresti avermi capito.»

L'esercizio del tempo ritrovato

L'idea di Dodi era affascinante, come intraprendere un'indagine sui pezzi mancanti del mio passato. La scuola elementare che avevo frequentato esisteva ancora, persa in una traversa di via Nomentana, vicino alla casa dei miei genitori. In macchina però, quando mi ero decisa ad andare, era successa una cosa strana. Mentre scivolavo sull'identica strada che ogni domenica percorrevo per pranzare da sola con mia madre, diretta alla Scuola materna ed elementare Maria Ausiliatrice, avevo realizzato per la prima volta, nitidamente, che il nostro appuntamento settimanale non era una delle scelte possibili che potevo fare per vederla, era invece l'unica possibilità che mi veniva concessa, come un'udienza. Non era previsto, infatti, che io potessi passare per caso da lei, o senza avvisarla, e non era detto che trascorrere del tempo supplementare con me, oltre a quello della domenica, le facesse piacere. Io semplicemente mi ero adattata, ma perché?, mi stavo chiedendo. La maggior parte delle persone che conoscevo erano libere di passare a casa dei propri genitori anche solo per un caffè, e certo senza invito. Era stato per questo, credo, che sterzare e prendere via Morgagni, diretta alla mia vecchia casa, in un attimo mi era sembrata l'unica cosa sensata.

Non sapevo cosa avrei detto a mia madre e non volevo turbarla o altro, avevo valutato di telefonarle, ma poi, arrivando nella stradina solitaria, avevo semplicemente spento il motore e parcheggiato davanti al nostro civico, il sessanta. Erano le tre di pomeriggio di un martedì di inizio maggio, il sole batteva forte e io avevo abbassato i finestrini e fatto entrare il vento caldo. Scendendo mi ero accorta di essere vestita forse troppo male, ma mi ero avvicinata al cancello ancora convinta di voler coinvolgere mia madre in questa innocua improvvisata. Solo che all'ultimo non ce l'avevo fatta. C'era un cambiamento rispetto alla domenica precedente, mia madre aveva rimosso il nome di mio padre e il mio dal citofono. Scritto maiuscolo sul cartoncino del campanello rimaneva solo il suo cognome, Branchi. La cassetta della posta era vuota. Le persiane della facciata anteriore erano tutte chiuse, come se la casa fosse disabitata. Mia madre doveva essere nella cucina sul retro, al pianoterra, o in giardino, forse. Per questo avevo proseguito sul vialetto posteriore senza citofonare, perché se fosse stata in giardino avrei potuto vederla da fuori. Lei era allungata in pieno sole, al centro dello spazio esterno, nell'unico metro quadro sterrato, lontana dal vecchio oleandro già in fiore. Sembrava addormentata, abbandonata sulla sdraio azzurra dove l'avevo sempre immaginata a leggere. Le braccia erano composte lungo il corpo e le gambe trovavano appoggio su un pouf di vimini. Aveva un costume bianco intero che le fasciava il ventre e le scopriva l'inguine, le lunghe gambe nude erano di un bianco pallido più luminoso di quello del costume. In viso però era colorita, le guance erano rosse. Sugli occhi aveva un paio di noci di plastica dura di quelle che proteggono la retina e fissato attorno al collo uno specchio di quelli di alluminio che riflettono i raggi del sole e accelerano l'abbronzatura. A terra un tubetto di crema solare e un quotidiano abbandonato aperto. Non avevo mai visto mia madre così. E non era solo perché stava cercando di abbronzarsi, non erano solo gli occhialini e solo lo specchio, era che non l'avevo mai vista fare niente di frivolo, non la vedevo in costume da anni. Messa così era femminile, addirittura, era in forma.

Dal collo le scendevano minuscole gocce di sudore e io avevo avuto paura che potesse svegliarsi per tamponarle o non so cosa, così mi ero spaventata e avevo percorso i pochi metri a ritroso verso la mia auto quasi di corsa, come chi scappa, ma prima di raggiungerla il piede sinistro si era infilato in una fessura dell'asfalto e avevo sentito le dita rimanere incastrate, ero caduta a faccia in avanti, sdraiata vicino alla mia vecchia Polo. Un panico leggero mi aveva stordita in pochi secondi, e non era il dolore o il sangue che usciva dalla ferita sul ginocchio e stava macchiando le calze appiccicando carne e nylon in una poltiglia in cui i filamenti di pelle lacerata diventavano un tutt'uno con quelli rotti dei collant, non era il dolore, era la paura di non poter guidare e andare via, la paura che per qualche motivo mia madre si affacciasse e mi trovasse lì, stesa a terra, davanti a casa nostra, cioè a casa sua. La paura di dover dire qualcosa, di essere vista io, sbucciata a terra, dopo aver visto lei in costume da bagno. Così mi ero forzata a cercare la chiave e mi ero costretta alla guida. Ero dolorante e avevo freddo, le auto in strada sembravano guidate da persone altrettanto in difficoltà e i pochi pedoni attraversavano le vie senza direzione, lenti e stanchi. Tornare a casa si era rivelato un passaggio non del tutto scontato e alla fine avevo potuto solo buttarmi sotto la doccia per allontanare ogni cosa. Più tardi avevo ragionato sul fatto che la ferita alla gamba poteva essere una buona fotografia da mandare a M., che infatti la mattina dopo, molto presto, era in ginocchio a terra davanti a me, con la mia caviglia tra le mani, allungato a leccare la sbucciatura ancora fresca.

«Non ho provato niente davanti alla mia vecchia scuola,» avevo raccontato a Dodi mentendo «sono arrivata verso le quattro del pomeriggio e i bambini stavano uscendo, alcuni correvano tra le braccia dei genitori, altri piagnucolavano, niente di che. La scuola non somiglia neanche tanto a come era, credo che l'abbiano ritinteggiata, anche le finestre sono diverse.»

«La prossima volta prova a entrare, invece di guardare da fuori» aveva detto lui, e dicendolo mi aveva sorriso.

Quando Dodi aveva suggerito di *entrare* e di non *rimanere fuori la prossima volta*, avevo pensato che sapesse ogni cosa. Che mi leggesse dentro, che sapesse che avevo sostituito la visita alla scuola con la visita a mia madre, che sapesse che poi mi era mancato il coraggio e che avevo finito per spiarla da fuori. Dubitavo da sempre del suo potere, che non ne avesse affatto su di me o che ne avesse troppo, e dubitavo della mia capacità di mentire, anche se mi capitava sempre più spesso. A ripensare a mia madre sdraiata al sole, dubitavo anche di averla realmente vista in costume. Non sapevo perché ero fuggita via anche quando avrei avuto bisogno di un cerotto e di un po' d'acqua ossigenata. Cercare di fare luce sulla coltre di nebbia del mio passato si stava rivelando una fonte di nuova e intricata incertezza.

Dal *Libro degli spettri*, 354

La mia teoria è che 354 si metta nella situazione specifica per sperimentare a suo pericolo e rischio le capacità acquisite o insorte nel tempo, quelle, in particolare, di sapersene/potersene andare. Cresciuta in un contesto disfunzionale e in un appartamento sovraffollato, prova da adulta quello che da bambina non poteva, cioè la fuga. Consapevole di un budget limitato, di cui non spiega la provenienza, appare rassegnata al cattivo investimento, rifiuta le strategie del miglioramento a scapito della sua stessa salute. Negli ultimi tre anni, e per quanto sia riuscita a mettere insieme, ha cambiato casa (stanza), sempre nella zona di Roma est, tredici volte. Più di quattro in media ogni anno. Non tutte le stanze prevedevano un canone, quasi nessuna un regolare contratto d'affitto, tutte quelle a pagamento almeno una caparra. I motivi del trasloco sono sempre diversi, ma identici nella natura del disagio, un disagio relazionale e non relativo allo spazio. Chiarendo, 354 è in grado di abitare posti poveri, a volte poverissimi, nelle fotogra-

fie rintracciamo macchie di muffa, piastrelle rotte, cucine fatiscenti, sgabuzzini stracolmi, tubature otturate, appartamenti abbandonati all'incuria, in cui nessuno si preoccupa d'altro se non dell'abitare stesso. Del giacere, e dormire, e mangiare in attesa, spesso prolungando l'attesa. 354 in questi appartamenti non trova niente di inaccettabile. Si incastra bene nei corridoi trasformati in angolo cottura, non si spaventa se il cornicione del palazzo ha perso un angolo, ingoia la ruggine se esce insieme all'acqua potabile. 354 sa che una stanza, quando costa trecento o quattrocento euro per tutto il mese, non sarà una stanza confortevole. Questo però non le interessa, perché sa pure che se ci infila dentro le sue cose, tutti i libri e i vestiti, e i manifesti della militanza e le valigie di cuoio francesi, allora quella stanza sarà vivibile e finirà per sembrarle casa. Ma un numero così alto di traslochi deve necessariamente dire qualcosa, qualcosa in più di lei, intendo. Lo capiamo circoscrivendo il conflitto al fattore umano e la risposta al conflitto a un disturbo evitante della personalità. Il reddito, se è quello certificato, non sarebbe sufficiente a coprire il costo degli affitti. Almeno da quando la casa numero uno non è stata più disponibile. 354 apparentemente ha rifiutato le borse di studio e la carriera universitaria, dicendo che non è una carriera quella in cui passi da novecento a milletrecento euro al mese se sei fortunata in dieci anni, e l'ultimo assegno tracciabile sul suo conto risale a quattro anni fa. Allora, senza reddito, da dove vengono i soldi degli affitti sbagliati? Dalla casa numero uno passa alla numero due, dove iniziano i problemi con i coinquilini; in quel caso il coin-

quilino era solo uno, e 354 se ne lamentava ancora prima di averlo incontrato, l'accusa era che stava per compiere cinquant'anni. Un vecchio. Anche se 354 aveva già quasi quarantuno anni. Gli anarchici non vivono il tempo come gli altri, dice di sé. Di lui, poi, del coinquilino della casa numero due, dirà: tossico, logorroico, viziato, invadente. Uno che si fa di eroina e poi va a ballare ad Acrobax come se avesse vent'anni. Dirà così, ma sarà lui a cacciarla con un pretesto. «Scusa, ma torna mia sorella.» 354 dirà che il materasso era pieno di cimici, e che lui non fa altro che drogarsi. Quando se ne va dalla casa numero due effettivamente ha i polpacci ricoperti di ponfi, rossi e viola. «Sono morsi di acari,» dice «o forse è perché sono allergica.» Nella casa numero tre, le campane della chiesa non le danno tregua. L'insonnia la tormenta tutta la notte, e alle sette, quando riesce a prendere sonno, partono le campane della chiesa. In casa nessuno sembra capirla, né l'amica che le ha ceduto la stanza, e che in questo gesto di apparente gentilezza risulterà poi un'opportunista, né l'indifferente inquilino marocchino che si guadagna da vivere facendo lezioni di italiano online agli americani e prende pure i soldi di un sostegno al reddito che 354 non ricorda quale sia. Comunque 354 cerca comprensione, e il modo insensibile in cui i due minimizzano non le piace, la offende, diventa un problema più grande delle campane, e 354 lascia la casa.

L'ultima spettroscopia, eseguita a maggio, risulta sottoesposta, le informazioni sono appena sufficienti a tracciare la sagoma.

La nebbia del mio passato

Sapevo che mia madre aveva gestito ogni cosa, che per anni avevo vissuto al ritmo delle sue regole, e credo che in mio padre ci fosse una debolezza simile alla mia e che lei ci considerasse alla stessa stregua, come due pazienti. Di lui ricordo soprattutto la malattia, come si fosse trasformata da immaginaria a reale. Il suo modo di esserci senza potere. Come chi sa che in realtà non può ricoprire il ruolo che gli spetta. Ricordo la stanchezza perenne, i pigiami, gli abiti da casa, gli attrezzi per il giardino. Lo posso rivedere, curvo, con la spugna in mano, lucidare la vecchia Fiat pronta per andare da nessuna parte. Lo ricordo ciondolare in vestaglia e ciabatte tenendo la mano sinistra il più delle volte appoggiata alle tempie. Lamentava un mal di testa continuo e misterioso, difficilmente riconducibile a una patologia specifica, spesso accompagnato da nausea e fitte dolorose tra lo sterno e la bocca dello stomaco. Era questo il motivo per cui, quando non faceva visite mediche e prelievi, trascorreva le giornate in casa, arrivando a tavola solo verso sera per l'unico pasto, a base di acqua calda. Seduto tra noi spostava la mano sinistra al sicuro, stretta tra le gambe, mentre con la destra faceva arrivare il brodo alle labbra. Mio padre compiva quel gesto con una tale insicurezza che pareva ogni sera impararlo daccapo.

Tornando da scuola a piedi, per poche centinaia di metri dal cancello delle elementari al portone della nostra casa popolare, mi fermavo a guardare gli alberi in fiore per raccogliere i grappoli di glicine. Poi, una volta a casa, lo guardavo strizzare lo stelo di quei poveri grappoli prima di inzupparli in un bicchiere da osteria ricolmo, la cui incisione sul fondo ricordava, coincidendo di spiacevole ironia, *Dura Lex*. Avevo dieci anni, tornavo da scuola a piedi e la mia preoccupazione maggiore era che i suoi mal di testa passassero. Ma i sintomi invece aumentarono: infiammazione, ulcera, dolore cronico. Quando mi parlava stanco, commentando i miei fogli a righe coi voti alti, diceva che più di tutto gli sarebbe piaciuto avere una figlia medico. Mi guardava, poi, con comprensione e fare interrogativo insieme.

C'erano molte ragioni in un desiderio così. Le più ovvie erano legate al prestigio e alla sicurezza. Le meno scontate si annidavano, nel suo caso, nel desiderio inconsapevole di avvicinarsi, seppure delegando una propaggine, al mondo razionale della scienza. Dopo aver lasciato che la debolezza e l'inedia segnassero la sua vita, credo sperasse di poter correggere se stesso attraverso me o, nella migliore delle ipotesi, suggerirmi la salvezza in un futuro illuminato da camici, valori, numeri e prove certe. Col passare del tempo, queste richieste vaghe e a loro modo premurose hanno lasciato il posto a un tono più severo, interpretabile come una specie di fretta. Mio padre aveva fretta di sapere se sarei diventata o no un dottore, voleva che dicessi sì, ma non tanto e non proprio per realizzare un desiderio, quanto invece per affrettare, almeno nei progetti, il momento della mia crescita. Ipotizzandomi adulta, posso capire, sentiva alleggerirsi il peso della mia infanzia e accorciarsi il numero degli anni a venire, quelli che ancora mi vedevano legata e dipendente da lui. Qualche volta, di notte, mi affacciavo per guardare fuori dalla finestra la città buia, le case degli altri e i lampioni lontani, pensavo sempre a quale felicità potesse nascondersi in quelle altre case.

Le fantasie di mio padre sul mio futuro rappresentavano comunque un'attenzione, anche se non era certo quel genere di passione che può trasmettersi di padre in figlia, visto che il padre non era un medico ma un malato. In più, intorno ai diciassette anni, mi ammalai anche io, di ansia, poi di panico e, infine, di ipocondria.

Acquisita la capacità di parlare in pubblico, la prima psicologa con cui entrai in terapia disse che forse, probabilmente, chissà, avevo convissuto per anni con una forma di *mutismo selettivo* non diagnosticato. E che, se prima la mia ansia era stata canalizzata tutta in un sintomo così forte, adesso che apparentemente il problema era risolto, e secondo l'intuizione di mia madre semplicemente crescendo, la mia ansia si era spezzettata in tanti sintomi diversi, e il più visibile, certo, poteva essere l'ipocondria.

Per me il più forte era senza dubbio l'ipocondria. Poteva capitare che non riuscissi a respirare, che le mie mani da fredde diventassero gelide, che immettessi più aria di quella di cui avrei avuto bisogno ma che sentissi sempre di non averne abbastanza. Che avessi bisogno di controllare il battito del cuore dal polso, o dal collo, in continuazione, per la paura che si fermasse. Che dovessi correre al pronto soccorso, convinta di morire d'infarto, per poi essere tranquillizzata da un elettrocardiogramma che non stavo morendo d'infarto. Che iniziassi a pensare con insistenza alle mie mani fredde, sentendo le braccia senza vita e riprendere ad avere paura. Paura di una malattia sconosciuta, di un morbo nascosto. Pensare alla morte poteva farmi svenire. Tornavo al pronto soccorso allora, per essere visitata, e sentire gli infermieri e i medici dire «È stress, capita».

La prima psicologa, quella del mutismo selettivo, mi indirizzò alla dottoressa Luciani che in una terapia di nove anni risolse in parte i sintomi dell'ansia e del tutto quelli dell'ipocondria. Con un problema così, gli studi in Medicina erano da escludere, mio padre sembrò capirlo. Poco prima del diploma scelsi un corso di Lettere all'università. Mia madre selezionò per me cinque possibili stanze in affitto e iniziò a contribuire al mio mantenimento con un bonifico mensile, che da allora considero un vitalizio. Nei momenti di maggiore forza economica, quando provavo a rifiutare il contributo, lei diceva sempre che non dovevo preoccuparmi, perché era come se io vivessi ancora a casa con lei, seppure da un'altra parte.

La mamma di Emma

A giugno l'aria era talmente calda e umida che anche camminare richiedeva uno sforzo superiore al piacere che mi procurava. Nei giardini del mio quartiere, quelli recintati attorno alle baracche e agli appartamenti condonati di via dei Savorgnan, i residenti organizzavano festicciole e grigliate. Il fumo saliva dai quadrati di cemento per arrivare nel buio della via, più in alto, fino alle stelle. In lontananza, tardi di notte, sempre il boato dei fuochi d'artificio, che era un nuovo segnale di avvertimento per gli spacciatori di zona.

Avevo proposto a Emma una vacanza da qualche parte, un fine settimana al mare verso sud o qualche giorno al lago. Lei all'inizio aveva accettato, ma poi si era tirata indietro. «Non me la sento proprio di lasciare la casa adesso, e poi ho la sensazione che mia madre potrebbe aver bisogno di me.»

La situazione della madre, per come me l'aveva spiegata tante volte, e sempre in versioni differenti, era intricata un bel po'. La malattia era una specie di esaurimento nervoso a cui era arrivata dopo i molti tradimenti del padre. Secondo Emma, però, non era stato il dolore di essere tradita ad averla fatta impazzire, piuttosto il fatto che negli anni del matrimonio il padre avesse sempre negato. Lui negava i tradimenti, e allora lei cercava le prove, ma più che altro per dimostrare di aver ragione e di non essere pazza, mi spiegava Emma, e poteva capitare che spiegando scoppiasse in lacrime, o che invece si sentisse improvvisamente divertita, e cominciasse a ridere. «All'inizio, quando io e mio fratello eravamo bambini, quando mia madre stava bene, non c'erano le scenate o le liti, lei si comportava come una madre normale» mi guardava raccontando, e credo che immaginasse la mia normale, così senza farmi troppi problemi avevo deciso di lasciarglielo credere. «Crescendo la situazione è peggiorata, un anno dopo l'altro, sempre di più.» I tradimenti di lui, mai interrotti e mai ammessi, avevano logorato lei, credo, e da come avevo capito un paio di psichiatri, visitandola, avevano suggerito il ricovero, ma all'epoca un ricovero per malattie mentali era considerato sempre e comunque una vergogna. Finché il padre di Emma non aveva chiesto il divorzio, e la madre invece di rispondere con la lettera di un avvocato aveva provato ad avvelenarlo, e per la prima volta era stata ricoverata in un ospedale. «Quando l'ho vista a letto sedata e calma mi sono ricordata di come era addormentarmi tra le sue braccia» diceva Emma. Poi doveva essere iniziata la guerra del divorzio: quanto per gli alimenti, a chi l'automobile. Secondo Emma anche in quel caso ciò che interessava la madre era avere ragione più che avere i soldi. «Ma per avere ragione era disposta a tutto, per avere ragione, e per dimostrare di non essere pazza.» In questa guerra aveva finito per isolarsi dal mondo, e per smettere di parlare con chiunque non la assecondasse. «Anche su questa casa ha fatto mettere un'ipoteca, e infatti lei teoricamente potrebbe tornare a vivere qui, ma mio padre no.»

L'unica con cui continuava a comunicare la mamma di Emma, senza la mediazione di psichiatri o avvocati, era proprio Emma. Le spediva messaggi su WhatsApp, anche se sempre da numeri diversi, e le chiedeva di lei: *Stai bene, spero. Spero che tu non sia sola*. Per Emma ricevere i messaggi della madre era difficile, e impossibile decifrare il groviglio di sentimenti e reazioni che potevano innescare. «A volte penso di desiderare la sua morte» diceva. Anche se rifiutarsi di lasciare la casa per una vacanza pure breve era il modo più facile per passare le giornate in attesa del suo ritorno.

«Quanto tempo è che non esci da Roma?» le avevo chiesto io insistendo.

«Più di quattro anni,» aveva detto lei «ma l'ultima cosa di cui ho bisogno è viaggiare. Troppi soldi, e troppa fatica, per ritrovarsi dall'altra parte del mondo e vedere le stesse facce da cazzo di sempre.»

Con l'arrivo del caldo e della bella stagione Emma non aveva alleggerito molto l'abbigliamento e rimaneva comunque infreddolita, qualche volta scendevamo in giardino a cena, ma più spesso rimaneva sdraiata, stesa sul divano, mentre io guardavo fuori dalla finestra aperta continuando ad ascoltarla.

«Mi capita di pensare che le persone attorno a me siano tutte degli attori, che tutti facciano parte di una cospirazione ai miei danni» mi aveva detto la sera del ventuno giugno, quando ero passata da lei per festeggiare l'arrivo dell'estate. Io avevo aperto una bottiglia di vino ed Emma come sempre fumava erba da minuscole sigarette.

«Una specie di *Truman Show*» le avevo suggerito.

«Non proprio» aveva precisato lei. «La sensazione che ho è che le cose non accadano attorno a me per coincidenza. Che ci sia un piano, un programma, addirittura un'organizzazione internazionale.»

«Spiegati meglio» le avevo chiesto.

«La sensazione è che anche tu che sei qui adesso potresti far parte di questo piano ai miei danni.»

«In che modo verresti danneggiata?»

«Non lo so, non mi è chiaro, è come se mi sentissi spiata, controllata. Come se tutti fossero informati sulla mia vita, sui miei orari. È per questo che tengo spenta la videocamera in cucina. Anche il ladro che entra ed esce potrebbe far parte di questo piano.»

A quel punto avrei voluto fare una battuta, oppure ridere, ma Emma sembrava impaurita, così avevo continuato con le domande. «È successo qualcosa che non so?»

«Niente di così concreto,» aveva detto lei nervosa «ma può capitare che magari penso a qualcuno che non vedo da tempo, o a un conoscente, e che poi finisco per incontrarlo in un bar o per strada. Come se ci fosse qualcuno che legge i miei pensieri. Mi sembra che le persone mi guardino perché sanno chi sono, mi sembra a volte di capire, anche sul tram, o al supermercato, che guardino nella mia direzione perché stanno parlando di me. E allora inizio a pensare che tutti mi disprezzino, che tutti quelli che mi hanno conosciuto si conoscano tra loro, che parlino di me, che si divertano a dire quanto sono senza speranze. Oppure finisco per credere cose anche peggiori.»

«Tipo?»

«Penso che tutti siano controllati, perché c'è qualcuno che decide chi può stare al mondo e chi no. Che potrei essere rapita, ferita, fatta sparire, poi penso che mia madre sia al corrente del pericolo, perché anche lei è stata sabotata, e che nei messaggi che mi invia in qualche modo cerchi di avvertirmi. In fondo aveva ragione, non era pazza prima, mio padre la tradiva davvero, ma nessuno l'ha capita. Hanno sfruttato la sua fragilità, l'hanno trasformata in un caso psichiatrico e poi se ne sono disfatti. E io non credo di essere stata migliore con lei. Potresti tirarne fuori una buona idea per la tua sceneggiatura?»

«Grazie,» avevo risposto «ma per il momento sono ferma al diario.»

«Penso che anche tu sei qui solo perché mi vuoi osservare, perché ti serve per scrivere. Penso che i rapporti siano sempre contaminati da qualche tipo di bisogno, che non c'è purezza ma solo interesse e convenienza nelle relazioni. Che tutti vogliamo essere amati, ma in questa ricerca di attenzione e amore finiamo per manipolare gli altri e cerchiamo di strumentalizzarli per ottenere una parte minuscola di tutto quello che ci manca. Che ci attacchiamo alle persone come agli oggetti, che diventiamo belve feroci quando sentiamo di perdere ciò che finiamo sempre per pretendere.»

A fine serata non capivo più se il discorso di Emma fosse generico o accusatorio, e se in particolare stesse accusando me di qualcosa. Così, anche se non mi sentivo in colpa di niente, e credevo di essere stata abbastanza onesta con lei fino a quel momento, tornando a casa avevo provato a guardarmi attraverso i suoi occhi e a valutare le pieghe nascoste del mio egoismo o della mia cattiva coscienza. Era vero che la preferivo a chiunque conoscessi. Che la sua compagnia mi interessava e che a volte ascoltandola finivo per sentirmi un'intervistatrice, una che osserva la vita altrui. Era vero che, a parte M., non le avevo raccontato niente di mio e di veramente personale, niente della mia famiglia, poco di Snape, pochissimo dei miei amori passati. Forse mi fidavo di lei meno di quanto lei si fidasse di me. E non perché credessi che fosse la spia di un'organizzazione internazionale o soprannaturale, ma perché l'avevo valutata un'ascoltatrice inaffidabile e poco interessata. Le poche volte che mi aveva offerto consigli e opinioni su M. mi ero sentita sminuita. Concludeva sempre che era inutile parlare di uno sposato che mi destinava mezz'ora la mattina prima di tornare alla sua vera vita. Non c'era tra noi quel genere di sognante complicità femminile. Non le piaceva parlare di niente che non la riguardasse, e allora perché avrebbe dovuto sentirsi strumentalizzata se dimostravo interesse nel volerla ascoltare?

I discorsi di Emma erano mulinelli d'aria e i miei appigli di razionalità ci finivano dentro come foglie leggere destinate a essere risucchiate sul fondo.

Cinque cose importanti

La mattina dopo, aprendo a M., nella mia testa frullavano ancora le riflessioni della notte prima, così mentre lui si affannava per chiudere la porta, e insieme togliermi la maglietta, e insieme probabilmente assumere un'espressione seria e sensuale, io gli avevo già fatto un paio di domande. La prima era più o meno se non credeva che fosse un po' offensivo, per me, vederci sempre per poco tempo di mattina, e lui aveva risposto solo che non ci aveva mai pensato in questi termini. E la seconda era che trovavo strano che non parlassimo di niente e che forse lui era una persona troppo scostante, che forse era un manipolatore o qualcosa del genere. M. mi aveva guardata ridendo e dicendo che la parola «manipolazione» era molto interessante in quel contesto, poi ci eravamo baciati e avevo riso un po' anche io, e alla fine, quando se ne era andato, mi sentivo bene, di buon umore, e mi ero allontanata di nuovo dalle idee di Emma in cui tutti sfruttano tutti e tutti sono usati o ingannati.

Rimaneva il caldo asfissiante a insistere sui miei giorni e la routine che avevo costruito non somigliava neanche un po' a una vita normale. Quando mi mettevo a scrivere *Silvia mi odia*, mi sembrava che non funzionasse niente, e dedicarmi a un progetto fondato sul rancore non era sempre rilassante. Partire qualche giorno, una vacanza, una pausa dalla pausa in cui avevo messo la mia esistenza: questo mi sarebbe piaciuto, anche se vagamente, e anche se qualcosa continuava a fermarmi. Quello che mi bloccava era probabilmente che partendo, anche per poco, avrei sentito di abbandonare Emma o che lei vedendomi andar via avrebbe perso la poca fiducia che ero riuscita a guadagnarmi standole vicino sempre. Allontanarmi da lei avrebbe significato in qualche modo allontanarmi da me. Eppure desideravo fare un viaggio, desideravo soprattutto abbandonarmi al sole e all'acqua per parlare ancora meno di quanto stessi facendo.

Avevo raccontato il mio piccolo conflitto a Dodi. «Vorrei partire, ma non riesco a muovermi.»

Lui aveva replicato: «Interessante, davvero, i desideri raccontano molto di noi, come del resto la distanza che mettiamo tra noi e quello che vogliamo». Poi aveva aggiunto: «Ci siamo, questo avrei voluto dirtelo da un po', il desiderio è il contrario della depressione, sarai d'accordo».

«Non saprei» avevo detto piano.

Negli incontri con Dodi lo spazio delle confidenze si era dilatato. Anche se la situazione in cui ci incontravamo non era esattamente intima, mi portavo dal passato la fiducia per lui e la sensazione nuova che stargli vicino, in qualche modo, mi facesse del bene. Le sue domande erano le uniche che mi permettevano di parlare di me, il suo laboratorio l'unico posto dove sentivo di essere ascoltata, e trascorsi i primi sei mesi anche spogliarmi era diventato meno straniante.

«Scusa, ma tu mi guardi dal buco sulla porta o da quello della serratura?» gli avevo chiesto dal niente.

«Da quello sulla porta, ma non è che ti fisso, registro solo la luce. Perché me lo chiedi?»

«Per curiosità» avevo detto in fretta «e perché mi sembra che c'entri con i desideri.»

«I miei o i tuoi?» aveva chiesto lui.

«Quelli di tutti» avevo detto io sorridendo. Poi avevo ripreso: «Tu credi che io sia depressa?».

Dodi mi aveva messo in mano una specie di test a risposta multipla, le domande erano tutte relative agli ultimi dieci anni. «Ti va di mettere qualche crocetta?» aveva detto indicando il primo quesito.

Quante volte negli ultimi dieci anni ha viaggiato fuori dall'Europa? Più di cinque, più di una, mai.

Mai.

Quante volte negli ultimi dieci anni ha trasferito il proprio domicilio? Più di cinque, più di una, mai.

Più di cinque.

Quante volte negli ultimi dieci anni si è sottoposto/a a una visita specialistica? Più di cinque, più di una, mai.

Mai.

Io leggevo senza attenzione e segnavo in fretta, perché più che altro continuavo ad aspettare le risposte alle mie domande. Così avevo ripreso a parlare, e questa volta con una vocetta stupida come quella di una bambina. «Dai, voglio solo sapere se ti sembro una depressona triste.»

«Che c'entra?» aveva detto Dodi. «Non sono mica un analista, non di quel tipo, almeno. Ma tutti abbiamo degli up e dei down. Ho sbagliato con quella cosa che i desideri sono il contrario della depressione, non ti volevo costringere. Proviamo così. Perché sul retro del test non scrivi cinque cose che vorresti realizzare? Cinque progetti. Cinque cose importanti.» Dodi si era fatto molto dolce.

Io avevo guardato il retro bianco del test e poi la mia matita, e ancora mi era uscita fuori la vocetta: «Ma Dodi, non ne ho idea, cinque cose importanti, non saprei».

«Sforzati,» aveva detto lui «provaci. Se preferisci, ti lascio sola per qualche minuto.»

Dodi si era allontanato senza aspettare una risposta. Il sole, filtrato dalle tende leggere, illuminava le mie mani pallide e la polvere sul tavolo a cui rimanevo ferma, immobile, come in trance. Avevo scritto di getto: *Vorrei essere sempre attenta*, poi *Vorrei che se ne andasse la timidezza, adesso* e ancora *Una vacanza al caldo, un tatuaggio lunare, un cane*. Poi mi ero guardata attorno per un attimo, e in un attimo avevo sentito l'ansia salire alla gola dalla bocca dello stomaco per impedirmi di respirare. «Dodi, ho già scritto, perché non torni qui?» Avevo quasi urlato e mi ero alzata, e seduta di nuovo, sempre più agitata.

Dodi si era affacciato. «Sicura?»

Io gli avevo teso il foglio e lui era rimasto muto. «Che c'è adesso?» gli avevo sussurrato.

«Ma niente, dai, è che ti avevo chiesto cinque progetti. Sai, intendevo le cose che tutti considerano importanti. Comperare una casa, avere il lavoro dei sogni, trovare un amore, figli, matrimonio, risparmi, cose così. Non ti voglio giudicare,» aveva aggiunto piano «ma un cane, e il tatuaggio... Forse è colpa mia, non mi sono spiegato bene, ma non ti sembra che siano desideri un po', un pochino troppo semplici?»

Dodi era serio, io avevo provato a riderci sopra. «Scusa, scusa, è colpa mia invece, ho scritto di getto. Ti sembro scema? O superficiale?»

Dodi era sempre più accigliato. «No, non superficiale, ma è possibile che tu non senta la mancanza di altro? Prova a rifletterci.» Io non avevo saputo che aggiungere e Dodi a quel punto mi aveva congedata.

Era ancora presto nel pomeriggio e aveva farfugliato qualcosa sulla figlia da accompagnare o riprendere in una piscina. Io avevo insistito per la spettroscopia, e lui aveva detto che non c'era tempo, così, forse, mi ero pure offesa. Come se mi stesse rifiutando o non avesse più bisogno di me. Lui mi aveva accompagnata alla porta raccomandandosi di proseguire con *gli esercizi del tempo perduto* eccetera, poi, come all'inizio dei nostri incontri, mi aveva stretto forte prima di chiudere la porta, e in modo un po' struggente.

Dal *Libro degli spettri*, Marco

Mentre continuiamo a parlare mi rendo conto che la conversazione dura già da un'ora. Sono sicuro di aver fatto solo una domanda e che Marco abbia colto l'occasione per raccontare di sé come se non aspettasse altro. È sicuro, educato, parlare con lui è divertente. Ogni tanto riesce a fare ironia su se stesso. Non sembra preoccupato, eppure da alcuni incisi capisco che potrebbe essere molto più arrabbiato di quello che appare. Durante la conversazione fa spesso riferimento a quelli che ce l'hanno fatta. Marco non lavora, credo che le sue ambizioni siano state frustrate, ma che comunque riesca, grazie alla famiglia d'origine, a non avere problemi economici. Vive in una casa sua, fa sport, e d'estate parte in bicicletta per le mete dell'Europa del Nord. Eppure qualcosa mi convince che si sente un escluso e che la sua rabbia gli serve per tenersi legato al mondo. Il suo percorso marginale è quello che potrei far rientrare nelle categorie del rumore bianco.

Parlando di un'amica dice: «In Italia riescono ad andare avanti solo le persone veramente sfacciate».

Parlando di un esponente del Pd: «Siamo in tanti ormai in guerra contro la cultura progressista italiana».

Parlando di una relazione recente: «Ho provato a uscire con lei per un paio di mesi. È molto carina, ma è davvero poco elegante. Se non fosse un avvocato potrebbe chiamarsi Cinzia e fare l'estetista su via Tuscolana».

Chiedo a Marco di raccontare una sua giornata tipo.

«Sono le dodici. Ho impiegato un'ora dalle otto alle nove per aprire gli occhi. Poi un'ora per alzarmi dal letto, spostando lo sguardo dal telefono al soffitto e dal soffitto al telefono. Alle dodici gioco a tennis, per questo la colazione deve essere leggera.»

Marco ha deciso di smettere di lavorare. Ha lasciato senza pentimenti una buona quantità di impieghi e adesso ha molto tempo libero. Quando ha finito la scuola d'arte, i suoi disegni erano apprezzati, poi però le cose non sono mai andate veramente bene, poche mostre, nessuna vera galleria, nessuna pubblicazione, qualche lavoro commerciale e poco più. E così Marco per vivere fa lezioni private di disegno, ad alcuni bambini e ad alcuni pensionati.

Gli chiedo se a lui non pesa mai essersi ritirato dal mondo, e lui mi dice: «Quasi mai. Ieri però un vicino mi ha visto dipingere in balcone e m'ha urlato: "Marco, tu sì che hai capito tutto della vita! È importante avere un hobby"». Marco mi dice che dopo tanto tempo si è sentito a disagio perché il vicino l'ha portato all'unica considerazione che può davvero ferirlo, e cioè che non saprebbe dire se la cosa che ha più amato nella vita adesso sia il suo lavoro, una passione o addirittura un hobby. «Da fuori evidentemente sembra un hobby» dice. Un'altra cosa che l'ha ferito è che sua madre gli ha confessato che si vergogna a parlare di lui alle proprie amiche perché non lavora e perché vive da solo. Dice che la mamma riesce ancora a farlo sentire un cretino, uno poco cresciuto, uno che non è riuscito a trovare un posto nel mondo, con un talento limitato. Una persona inaffidabile e in fin dei conti triste.

Chiedo, forse usando le parole sbagliate, se non senta ogni tanto il bisogno di trovarsi un impiego qualunque.

Marco dice che per lui non è così, che sente che se è arrivato a questo punto sono i suoi desideri ad averlo guidato, i suoi desideri più profondi. Che ogni volta che ha avuto un lavoro si è sentito incatenato, senza l'aria per respirare. Che pensa che questa vita gli somigli di più. Che ha tempo per suonare, per studiare, per andare in bicicletta, per mangiare bene. Che ha il tempo per la cura. Che non sopporterebbe di perderlo in cose inutili. Poi aggiunge che così riesce a fare cose che altrimenti dovrebbe escludere. Chiedo a cosa si riferisca.

Marco dice che è un segreto.

Chiedo: «Come un segreto?».

«Ma sì,» risponde «non credo che vi interessi per

la vostra indagine.» (Lo dice con un tono sarcastico, come se si sentisse superiore anche in questo contesto.)

Io insisto e Marco dice che ha comperato su Amazon un puzzle da cinquemila pezzi. È una riproduzione in 3D dell'universo. «È un quadro difficilissimo da comporre perché è tutto buio.» Mi dice che aveva bisogno di un passatempo intelligente. Io lo ascolto ma qualcosa mi blocca, dopo tanto tempo sono in difficoltà e non dico quasi più niente. Marco mi guarda come se avesse vinto e aggiunge che i puzzle sono belli perché puoi anche invitare qualcuno a farli con te. Che si può parlare, fumare, bere, e intanto cercare i pezzi del puzzle, che è un'attività intellettuale, in fin dei conti. In cui non tutti riescono.

$$N_e(t) = N_e(0)\, e^{-t/\tau} < N_e(0)$$

$$\downarrow$$

$$\to 0 \quad t \to +\infty$$

Δt INTERVALLO DI OSSERVAZIONE

n OSSERVAZIONI

$$t = n\Delta t$$

$$N_e(t) = N_e(n) = \begin{cases} N_e(0)\, e^{-\frac{n\Delta t}{\tau}} & \Delta t \text{ È GRANDE} \\ N_e(0) & \Delta t \text{ È PICCOLO} \end{cases}$$

Le righe spettrali per molto tempo sono deboli, alcune assenti, lo spettro va verso il rosso, Marco ha delle paure irrazionali, sente di non essere riconosciuto per quello che vale. Dopo molto registro una seconda lastra.

Il mio compleanno e lo show misterioso

A Dodi i miei desideri non convincevano. Il martedì successivo aveva tirato fuori da un mucchio i fogli del test dicendomi che avrebbe voluto parlarne ancora. Io avevo faticato a svegliarmi, mi sentivo lenta e intorpidita e per un attimo lo avevo detestato, gli avevo detto che forse stava esagerando, e che mi dispiaceva tanto di non avere una vita perfetta come la sua, con una famiglia, un lavoro e tutto il resto, ma che, come forse aveva capito studiando tanto, il mondo è fatto di gente tutta diversa, che non tutti sono virtuosi e produttivi e che alcuni dalla vita vogliono solo una vacanza. Ma Dodi non aveva sorriso neanche una volta e non aveva ceduto a nessuna delle mie rivendicazioni.

«Ti consiglio di pensarci,» aveva detto «perché così sembri svogliata, e non c'è niente di peggio. Rimandiamo ancora le spettroscopie, intanto se ti va di fare un weekend fuori, dovresti farlo.» Io avevo annuito con la testa, ma il suo atteggiamento serio mi stava rendendo molto insicura. Non era solo che probabilmente si sarebbe aspettato progetti più concreti, era che mi sembrava deluso o annoiato, e non riuscivo a togliermi dalla testa che ad annoiarlo fossi io.

La mia ansia più grande era che le attenzioni che avevo ricevuto da lui fino a quel momento svanissero nel nulla, lasciandomi infine ancora più sola. Non reclamavo neanche più che mi svelasse le ragioni della ricerca, l'unica cosa che volevo da Dodi era che continuasse ad ascoltarmi e a guardarmi. Gli avevo scritto tornando a piedi verso via dei Savorgnan: *Non credo che partirò, ci vediamo martedì prossimo, giusto?*

Era il primo luglio, il giorno del mio compleanno. Dodi non se l'era ricordato e io non avevo in programma nessun festeggiamento. Mi ero fermata in una gelateria e poi in una pasticceria, ma avevo finito per fissare gli sportelli degli espositori dei dolci e i gusti della frutta senza decidermi. «Ha scelto qualcosa?» mi aveva chiesto gentile un commesso minorenne. Io l'avevo guardato scuotendo la testa.

Mia madre oltre agli auguri non aveva formulato alcun invito, confermando solo il pranzo della domenica. Avevo scritto in fretta i miei desideri, ma ero stata sincera, non mi importava che non piacessero a Dodi, mi sorprendeva solo che sembrasse stanco di me. Camminavo e mi guardavo attorno, osservavo gli altri cercando di desiderare di più, di desiderare meglio. Un corpo più attraente, un amore più grande, un passo più veloce. Non avevo più addosso l'adrenalina del licenziamento e forse la mia libertà ritrovata si stava trasformando in una nuova costrizione. Forse era questione di tempo, e per cambiare non basta distruggere, occorre saper ricostruire, mi dicevo trascinando un passo dopo l'altro. Era chiaro che non sarei potuta tornare indietro, solo l'idea di spedire un curriculum o presentarmi in qualche agenzia mi dava la nausea. Sfortunatamente, il futuro per come l'avevo soltanto vagheggiato stentava ad arrivare, e a conti fatti mi sentivo immobile. Ferma al punto di partenza. L'unica cosa che mi riusciva era prolungare il presente, da mesi.

Più o meno alla fine di via Cavour, dopo la lunga salita da via dei Fori Imperiali, una bambina mi aveva guardata dal passeggino ed era scoppiata a ridere, aveva il labbro inferiore coperto di saliva, e due soli denti piccoli che brillavano come perle sulle gengive. Era carina, pensavo, ma il solo fatto che mi avesse guardata aveva rafforzato l'insofferenza e potenziato l'irrequietezza che mi portavo dietro da quando avevo lasciato lo studio di Dodi.

Quel giorno, per la prima volta dopo tanto, mi ero sentita stanca, senza le forze sufficienti per arrivare a casa a piedi. Ero salita sul tram alla stazione Termini e come prima cosa avevo puntato un sedile libero; mi girava la testa, le persone attorno erano troppo vicine, non potevamo che continuare a toccarci e sfiorarci involontariamente, accusando l'altro di non fare abbastanza attenzione o di prendere troppo spazio. Dodi non aveva neanche risposto al messaggio, le inquietudini sul suo comportamento non mi davano tregua.

Ha rinunciato perché ha capito che non combinerò mai niente nella vita, mi dicevo. Seduta in fondo al vagone, avevo chiuso gli occhi per riposare e dal buio un ricordo di noi due poco più che adolescenti mi aveva raggiunta. Nel ricordo Dodi stringe pollice e indice su un plettro sudato, i capelli lunghi scendono sulla fronte e gli coprono gli occhi, io lo guardo, siamo nella mia cameretta di allora, sta suonando qualcosa, forse *Lullaby*. Sono davanti a lui, l'uomo ragno è già sulle mie gambe, e tutto quello che desidero è che la smetta ed esca dalla mia stanza per andarsene. *Cosa c'è nel mio cuore che mi impedisce ogni esperienza d'amore*. I miei incontri al laboratorio stavano diventando sempre più brevi. Sarei voluta restare di più quel pomeriggio, e invece non ero neanche riuscita a dirgli del mio compleanno.

Il tram consumava i pochi chilometri di distanza fino a via Prenestina. Emma era uscita due volte con un amico di uno conosciuto su Tinder che spacciava cocaina al Pigneto per una cerchia ristretta di locali. Al primo appuntamento era stato simpatico, ma al secondo le aveva urlato addosso strafatto accusandola di non essere abbastanza eccitante. Decisi che sarei passata da lei quella sera, ma non per festeggiare o altro. A casa però avevo continuato a sentirmi esausta e senza forze, mi ero tolta i vestiti ma avevo freddo. Avevo provato a stare al sole, però la luce era insopportabile. Così alla fine, anche se erano solo le tre di pomeriggio, avevo ceduto al divano, con l'idea di dormire, solo per poco, un'ora al massimo. Invece mi ero spenta in un sonno profondo, senza percezione e senza memoria. Una specie di blackout, come se venissi da mesi di fatica o da un viaggio lontano.

Riaprendo gli occhi, mi sentivo ancora stanca, la casa era buia come il vialetto e il sole pareva tramontato da tanto. Avevo recuperato il telefono e aperto il frigo per prendere qualcosa da bere. Sullo schermo dieci o dodici avvisi tra messaggi e telefonate di Emma in un'escalation di ansia e insofferenza, da *Ehi tutto bene? Ti aspetto più tardi* a *Che cazzo di fine hai fatto? Ti ho chiamata, rispondi.* Erano le undici, non avevo mangiato nulla e avevo bevuto troppo poco, non riuscivo a rispondere al telefono e forse per la prima volta il fatto che Emma contasse su di me mi aveva infastidita. Non avevo l'energia sufficiente, e in un rapporto più equilibrato sarei stata io a poter reclamare il suo aiuto, pensavo. Non le davo la colpa, voleva solo quello che le avevo concesso. Le avevo dedicato tutto il mio tempo, l'avevo osservata per mesi, conoscevo i suoi vestiti a memoria, i particolari del corpo, il suo modo di afferrare gli oggetti senza forza. Non era strano che pretendesse la mia presenza. Ma, se per un po' l'incastro fra noi era stato perfetto, la sua dipendenza cominciava a stancarmi, sentivo venir meno l'attenzione, desideravo tornare nel mondo, uscire dal limbo che si stava rivelando meno creativo di come l'avevo immaginato e, in qualche modo, avevo iniziato a darle la colpa, a subire meno il suo fascino, come se mi somigliasse ancora, sì, ma somigliasse solo alla mia parte peggiore. Mi irritava che non volesse uscire, che si illudesse di ogni uomo incontrato sulla strada, che non fosse bella e sana, che la sua pelle fosse grigia, che non piacesse a nessuno, che non riuscisse a dimenticare la madre. Tra i messaggi c'era anche un breve video di M. seduto sul divano che si toccava veloce poco prima di venire. *Ti penso molto, buon compleanno* diceva nel breve testo che seguiva. La sua mano era curata come sempre, le unghie non superavano in millimetri i polpastrelli, unghie tagliate in tondo da una madre sapiente, e idratate, e pulite da un sapone profumato. Le mie invece erano sempre smozzicate, e sempre circondate sul contorno da piccole ferite, mani di un'adolescente insicura. Unghie corte con lo smalto imperfetto e mezzo scrostato. Anche al video di M. avevo deciso di non rispondere, o che l'avrei fatto dopo. Non mi era chiaro perché, ma l'emozione o l'eccitazione di ricevere un messaggio così, anche quella, era svanita, e a riguardare le gocce di sperma colare dalle sue nocche mentre ipoteticamente mi pensava non avevo provato niente. «Tutto se ne va» avevo canticchiato ad alta voce accendendo la tv, come una specie di Joker in slip e canottiera.

La luce della tv illuminava di blu il mio appartamento, avevo preso il telecomando e mi ero sintonizzata sul canale Nove per cercare un programma di cucina che mi appassionava parecchio. Invece del Nove, però, dopo due o tre schermate a nero era ricomparso LightNOW-News 24hours e il programma, anche questa volta, era lo show sul violentatore seriale. Il conduttore era lo stesso e il suo colorito ancora più acceso, sempre esaltato da una camicia bianca, che questa volta gli stringeva di più attorno al ventre. Si spostava alle spalle degli ospiti in studio, ma il rumore dei suoi passi non era percepibile da casa, come se invece delle solite Church's indossasse comode pattine. Tra le quinte sempre la gigantografia in technicolor del violentatore seriale, in questa occasione un filo di rosa fluo sottolineava il suo profilo sui pixel dello schermo, dove decine di mostriciattoli scendevano lenti per disintegrarsi sul fondo, come in un videogioco degli anni Ottanta. Non avevo voglia di guardare ancora e col telecomando avevo spinto per spostarmi sul canale successivo, dieci e poi undici, dodici, ma anche andando avanti l'unico canale che continuava a comparire era Light-NOW-News 24hours, come se fosse a reti unificate o qualcosa del genere. Il conduttore stava spiegando ai telespettatori che non avrebbe più invitato la coppia di amici del violentatore seriale perché nelle trasmissioni precedenti i due erano stati talmente aggressivi e verbalmente violenti che il programma rischiava di ricevere altre querele. Io avevo provato a spegnere l'apparecchio, ma andando in bagno per lavarmi i denti l'avevo sentito riaccendersi. A quel punto mi ero affacciata sul giardino della vicina per chiedere se anche lei avesse problemi con la tv, ma l'avevo sorpresa addormentata sul divano, e spiando dalla finestra avevo riconosciuto sul suo schermo i fotogrammi di una commedia americana, qualcosa con Jennifer Aniston. Ero tornata in casa e mi ero rassegnata alla visione forzata.

In difesa del violentatore seriale era stata invitata

in studio una ragazza americana. La ragazza parlava bene in italiano con un leggero accento milanese. Era bella senza essere appariscente, il viso tondo, regolare, stile acqua e sapone, i capelli lisci, castani, anche se nella postura e nello sguardo era riconoscibile una caparbietà che non mi sarei aspettata, e il suo baricentro, a guardarla bene, era sempre spostato in avanti, come quello di un cane al guinzaglio. La psicoterapeuta era la stessa di dicembre ed era seduta sullo stesso sgabello alla destra della scenografia. Al posto della deputata di centro-destra, c'era ospite l'avvocato delle ragazze violentate, che stava raccontando delle due che si erano decise a sporgere denuncia nell'ultimo mese. L'avvocato in studio era il legale rappresentate di tutte le ragazze che avevano denunciato l'imprenditore dall'inizio, tredici in totale. Aveva un completo giacca e pantaloni color ghiaccio e la camicia aperta sul colletto, senza cravatta. C'era qualcosa in lui che mi ricordava l'eleganza di alcuni zii e cugini invitati ai matrimoni che avevo fotografato. Era fuori forma, aveva i capelli bianchi lunghi sul collo e la stempiatura lucida sull'ovale. Il doppio mento, le spalle piccole, le gambe corte. Stava dicendo che le ultime due ragazze che si erano rivolte a lui per denunciare l'imprenditore erano due modelle molto giovani, praticamente due bambine. Una aveva diciannove anni e l'altra ventuno. Tutt'e due erano arrivate dalla Sicilia per fare le modelle a Milano e vivevano di piccoli ingaggi. L'avvocato stava raccontando che le testimonianze delle due ragazze l'avevano molto toccato soprattutto perché, ci teneva a sottolinearlo, si poteva affermare che le ragazze fossero ancora *implumi*. Continuando nel suo racconto si era accalorato, e ripeteva: «Mi dovete credere, queste ragazze sono i miei angeli, le mie bambine». Il conduttore pendeva dalle labbra dell'avvocato, come se ne fosse davvero affascinato, annuiva a ogni affermazione e rafforzava le sillabe finali di molte parole pronunciate da lui.

Una delle due ragazze, quella di ventuno anni, l'estate precedente era stata in vacanza a Ibiza con il violentatore seriale e secondo l'avvocato delle vittime poteva definirsi la sua fidanzata, in quei giorni. Da Ibiza si erano trasferiti a Malta, dove avevano proseguito la vacanza in barca. Secondo la ragazza americana le feste del violentatore seriale a Ibiza erano molto conosciute e molto ambite, perché era vero che il violentatore era uno a cui piaceva offrire alcol e droga con generosità. Il conduttore aveva allargato le braccia interrompendo i suoi ospiti per dire che la sua era una trasmissione d'informazione che serviva anche a mettere in guardia gli spettatori dai rischi di certi ambienti legati alle droghe di tutti i tipi. Sulle quinte erano comparse alcune foto della ragazza americana in un bar del centro di Milano abbracciata al violentatore. Secondo l'avvocato, la ragazza siciliana di ventuno anni aveva subito, durante le due vacanze dell'estate precedente, violenza sessuale in almeno dieci occasioni; l'altra ragazza invece, quella di diciannove anni, aveva partecipato a una sola festa, ma era stata drogata e addormentata dal violentatore seriale che per ore aveva abusato di lei in uno stato di totale incoscienza. Il giorno dopo si era accorta di essere piena di lividi e alcuni amici del violentatore avevano commentato che doveva essersi divertita parecchio. Secondo la psicoterapeuta si stava disegnando un profilo psicologico del violentatore vicino a quello di un necrofilo, ma non voleva affrettare il suo giudizio. L'avvocato delle vittime, raccontando questi passaggi, finiva sempre per alzare la voce e ripetere cose come «Ma perché? Chi può essere così crudele con delle *bambine implumi*?», mentre il conduttore continuava ad annuire o scuotere la testa, a seconda dei casi. La sorpresa era che le due ragazze nell'ultima settimana erano diventate amiche tra loro e si erano trasferite a vivere nell'appartamento milanese di quella americana, che, stava confermando, le aveva accolte, come sorelle minori, e aveva dovuto ammettere che forse il violentatore seriale non era l'amico che aveva creduto, ma una persona molto più crudele. Le ragazze erano in collegamento da casa, girate di schiena, il conduttore usava per loro nomi dichiaratamente falsi, loro rispondevano con un tono di voce metallico, alterato. Una, quella di ventuno anni, aveva i capelli biondi e lisci, l'altra lunghi e neri.

Lo show non aveva pause pubblicitarie e non c'era il pubblico in studio, io stavo bevendo da una bottiglia di plastica l'acqua del frigorifero, non cercavo più di cambiare canale o altro, semplicemente continuavo a guardare, attonita. La ragazza bionda aveva cominciato a raccontare, ma non i particolari delle violenze, stava cercando di ricostruire i passaggi della sua storia col violentatore, dove si erano conosciuti, quando avevano iniziato a stare insieme e che cosa provava lei per lui. Il conduttore allora aveva chiesto: «Direbbe che se ne era innamorata?».

Prima che la ragazza potesse rispondere era intervenuto l'avvocato delle vittime, dicendo: «Innamorata per quanto una bambina di quell'età possa dirsi innamorata».

Così la ragazza aveva trovato la forza di riprendere a parlare e aveva aggiunto, con grande sorpresa e imbarazzo di tutti i presenti, che lei voleva ancora bene al violentatore, che provava ancora qualcosa per lui e che gli augurava di guarire.

L'avvocato allora aveva urlato rivolto al conduttore: «Capisce di cosa parliamo? Parliamo di un angelo».

La parola era passata all'altra ragazza, che diceva di essere finita a casa del violentatore solo per curiosità. Era in vacanza e aveva sentito parlare della villa del violentatore da tutti i suoi amici. Stava raccontando che lui le aveva offerto della cocaina e un bicchiere di champagne, e che dopo aver bevuto da quel bicchiere i suoi gesti erano diventati lenti, si accorgeva che la stava spogliando, ma non riusciva a impedirglielo. Il conduttore le aveva chiesto se ricordava qualcosa della prima penetrazione. La ragazza invece di rispondere aveva aggiunto che lei detestava il violentatore per quello che le aveva fatto e che sperava che avrebbe pagato per tutto. Nello stesso momento, sullo schermo scorrevano le fotografie del violentatore recuperate dalla redazione sull'account Facebook di lui. Subito dopo, la psicoterapeuta era intervenuta garbatamente, ma non per commentare le violenze, ci teneva a sottolineare che grande servizio stesse rendendo il conduttore a tutte le donne a casa. Non solo si stava esponendo, e stava rischiando in prima persona, stava facendo qualcosa che tutti avrebbero avuto paura di fare, e cioè schierarsi senza esitazioni dalla parte dei giusti, dalla parte delle vittime, senza escludere i particolari di un crimine così doloroso. Sulle ultime parole della psicoterapeuta la telecamera aveva stretto sul viso del conduttore, che a quel punto aveva iniziato a piangere, ad asciugarsi le lacrime, ammettendo il proprio coraggio e ringraziando tutti.

La torta

Il giorno dopo avevo bussato alla porta di Emma, nel pomeriggio. Avevo superato l'offesa dei suoi messaggi e recuperato un po' di energie per le confidenze. Lei invece era ancora arrabbiata, aveva risposto al citofono sibilando un debole «Chi è?», e lasciato aperta la porta perché potessi entrare senza ricevermi. Ci avevo messo un po' a scovarla, l'appartamento era al buio, a parte la luce che filtrava dalle persiane tutte chiuse. La sala da pranzo era più vuota del solito e, fermandomi a guardare, mi ero accorta che davanti al divano mancavano le due poltrone grigie di sempre. Avevo continuato a chiamarla, ma aveva risposto solo quando mi ero affacciata in giardino. Era seduta al tavolo di ferro battuto vicino al cancello, sembrava ancora più magra del solito e sopra gli shorts aveva la maglietta del pigiama a maniche lunghe.

«Ho portato da bere» le avevo detto io. Lei allora aveva sorriso, ma senza guardarmi negli occhi. Le piante attorno non venivano potate e innaffiate da un po', il gelsomino aveva intrecciato i nuovi germogli nei cespugli intricati che sarebbero dovuti fiorire e che invece stavano già morendo. Per un attimo il giardino e la casa mi erano apparsi disabitati, come se la presenza di Emma non fosse sufficiente a riempirli, come se quel posto la dominasse e la governasse più di quanto lei non fosse in grado. Pensavo lo stesso di tutte le case che avevo abitato io. Spazi che malgrado la mia presenza restavano anonimi, senza un legame preciso con me, e non so se fosse il non possederli, il fatto che fossero stanze in affitto o case in prestito, a renderli così impersonali, non solo, almeno. Credo che a definirli fosse il mio scarso attaccamento, la mancanza di un legame diretto con gli oggetti, come se non toccassi mai niente con consapevolezza, non sapessi dire con certezza la marca della lavastoviglie, quanti programmi aveva il forno, se era un forno elettrico o a gas, dove si trovava il contatore, il nome dei vicini, persone mai veramente conosciute, presenze e basta, comparse, come fantasmi, o come se il fantasma, da sempre, fossi io.

Avevo appoggiato il vino, che si stava scaldando, sul tavolo, la condensa scendeva a gocce sull'etichetta di carta, Emma mi aveva guardata senza espressione e aveva detto: «Vorrai bere, credo». Ma non si era mossa dalla sua posizione e aveva recuperato due bicchieri sul tavolo che avevano tracce di calcare e di liquido rossastro sulla circonferenza e sul fondo, con tutta l'aria di stare lì abbandonati da un po'. Aveva aperto la bottiglia e versato il liquido senza accennare alla sporcizia. Come se mi stesse sottoponendo a una prova, così, per non cedere alla provocazione, avevo preso il mio bicchiere e bevuto tutto il contenuto come acqua, al solo scopo di stordirmi il più in fretta possibile.

Quel giorno, mentre camminavo per raggiungere casa sua, avevo fatto il conto degli uomini che aveva incontrato da quando ci conoscevamo. Ma dovevo sempre ricominciare daccapo perché, arrivata a otto o nove, mi perdevo, i nomi si confondevano, soprattutto perché non potevo associarli ai volti. Sapevo sempre qualcosa di loro, ma non tutto. Erano impiegati, nullafacenti come noi, fotografi mantenuti, spacciatori, gente proveniente da ambienti diversi che come unica cosa in comune aveva quella di aver incontrato Emma per una volta o due, tre al massimo, prima di sparire per qualche motivo, lasciandola sola a interrogarsi su cosa fosse successo di sbagliato, o lasciando che da sola si riempisse di rabbia.

«Dove hai festeggiato il tuo compleanno?» mi aveva chiesto uscendo dal silenzio.

Così mi ero dovuta giustificare: «Mi dispiace, ma non ero in vena, mi sono addormentata, nessun festeggiamento». Lei pareva non credermi, e il suo sguardo più che altro somigliava a quello di qualcuno che ti vuole smascherare. «Mi vuoi raccontare del tipo con cui sei uscita?» avevo provato per cambiare argomento.

«Mi è svenuto addosso e poi è sparito, ti serve altro?» aveva domandato lei a sua volta. L'alcol iniziava a fare effetto e, malgrado sentissi Emma ostile come non mai, sentivo anche il sole tramontare, la temperatura scendere, il mio respiro rallentare e, in qualche modo, l'angoscia andarsene, come se gli ultimi raggi se la portassero via per fare spazio a una specie di imprecisato candore. Avrei voluto dirle che un cielo così bianco non lo vedevo da giorni, che non avrebbe dovuto preoccuparsi di nulla perché tutto quello che muore poi è in grado di rinascere, che nulla ci appartiene, che avrebbe solo dovuto imparare a rilassarsi e lasciar andare, che non c'erano più genitori incapaci e uomini disinteressati, che tutto, in quel momento, avrebbe smesso di essere, tranne il minuscolo raggio di sole che ancora raggiungeva i nostri occhi.

Mentre elaboravo le mie fantasie di illuminazione, Emma aveva ripreso a parlare e sul telefono aveva aperto l'app di Instagram. «Ecco,» mi aveva detto «ti riaggiungo, ieri quando ho visto che non rispondevi al telefono avevo smesso di seguirti.»

«Ma perché?» avevo replicato, e mentre replicavo avevo sentito lo stesso fastidio e la stessa insofferenza che avevo provato il giorno prima, come se fosse in grado di trascinarmi in stati d'animo e discorsi e situazioni faticosi, e meschini, rendendomi contemporaneamente incapace a sottrarmene. Avevo trascorso tutto quel tempo in casa sua perché lei da mesi si rifiutava di uscire, non voleva partire né fare un bagno al lago o al mare, e così anche io avevo rinunciato. Era per lei che continuavo a passare le mie giornate a Roma, nell'estate più calda di sempre e senza nessun progetto. Non le importava apparentemente nulla di me, ma poi non sopportava che non la ascoltassi, era orgogliosa, viziata, insopportabile, eppure non riuscivo ad allontanarmene. Questa lite per Instagram era il fondo del fondo, e non perché avesse smesso di seguirmi, probabilmente non me ne sarei accorta, era che mi pareva chiara la volontà di fare un dispetto, o qualcosa che attirasse a forza la mia attenzione, un gesto capriccioso, ma molesto. E tutto perché per ventiquattr'ore non avevo risposto al telefono. Non ero uno dei suoi genitori, non ero una fidanzata, non ero responsabile di niente, e facevo già abbastanza.

Emma aveva notato la mia rabbia e sembrava contenta, come se fosse riuscita a ottenere quello che voleva. «Era solo una reazione, non ti volevo cancellare, come la tua reazione di rabbia adesso, niente di diverso.»

«È diverso, invece, perché io non avevo nessuna intenzione di offenderti. Il piano della nostra discussione è davvero basso» avevo detto.

«Non è il piano della discussione, è la nostra amicizia che probabilmente ha qualcosa che non va, che non torna» aveva aggiunto lei. «È perché confermiamo reciprocamente le nostre parti negative, ci guardiamo allo specchio, ma non ci piace quello che vediamo. Mi sento usata da te, e ingannata, anche se non so perché, probabilmente mi stai giudicando.»

«Non ti sto giudicando.» Le avevo detto solo questo, ma ero sorpresa. Un'analisi simile avrei potuto farla io, era quello che pensavo di lei e di noi. Eppure trovavo pericoloso che fosse arrivata alle stesse conclusioni e il pericolo era che mi abbandonasse, che decidesse di smettere di vedermi quando ancora non ero pronta a lasciarla andare. Così avevo preso a mentire, o almeno avevo cercato di farle credere che non sapevo di cosa parlasse. «Non capisco che intendi, potresti essere più concreta?»

E a quel punto Emma non era riuscita a riformulare correttamente, aveva iniziato ad aggrottare le sopracciglia e poi a piangere, ed era tornata confusa. «Mi sembri sempre fredda con me, mi sento come se non avessi un corpo quando ci sei, io voglio solo delle relazioni normali, tu non vuoi essere fotografata da me e non mi fotografi, mi sento di non esistere, voglio essere trattata come una persona.» Poi era sparita in cucina, ricomparendo con una torta di compleanno, sopra c'era un'unica candelina. Emma aveva smesso di piangere, la torta era bella, ed era l'unica cosa che avevo ricevuto per il mio compleanno, a quel punto avrei potuto commuovermi io, ma non mi era riuscito, invece mi ero sforzata di abbracciarla, e l'abbraccio tra noi era stato goffo e impacciato. «Ti va di esprimere un desiderio?» Mi stava guardando e sembrava in pace, adesso. Io avevo annuito e assecondando le richieste di Dodi avevo ripetuto tra me e me: «Io voglio che tutto questo finisca». Poi, soffiando piano sulla candelina, avevo chiuso gli occhi.

Incontri al minimarket

La mattina dopo mi ero svegliata in una delle stanze da letto del piano superiore a casa di Emma.

Dopo la torta avevamo continuato a bere e poi a parlare e, anche se non ricordavo tanto delle nostre parole, avevo la sensazione che i discorsi si fossero rasserenati e che fossimo andate a dormire solo molto tardi. Avevo provato a raccontarle del talk show notturno che continuava a comparire nella mia tv e lei mi aveva raccontato di aver ricevuto un nuovo messaggio dalla madre. Forse sarebbe arrivata a Roma e allora, se Emma avesse promesso di non dirlo a nessuno, avrebbero potuto incontrarsi in un bar. Emma mi aveva chiesto di accompagnarla e io non le avevo risposto nulla.

Anche rilassandomi, di sera tardi, i miei pensieri erano tornati a elaborare strategie vaghe per il futuro. Sentivo di essermi messa in gabbia, continuavo a girare su me stessa e continuavo a girare a vuoto, ero stanca di Emma, e di M., e di chiunque altro.

Avevo programmato scendendo le scale di salutarla senza fermarmi e senza fare altre chiacchiere, mi aspettavo di vederla in cucina o al computer e invece non c'era. Avevo controllato in giardino e poi nella sua stanza da letto, dove finalmente l'avevo trovata addormentata ancora vestita e accartocciata tra le lenzuola. Dormiva profondamente, così le avevo lasciato un messaggio in cucina ed ero uscita dalla porta con addosso la sensazione di chi fugge, quasi correndo.

Diretta verso casa, un passo dopo l'altro, tentavo di rimettere insieme i pezzi degli ultimi mesi, pensavo alle scelte che avevo considerato rivoluzionarie e che in un tempo così veloce mi stavano imprigionando di nuovo. Tutto quello che mi era sembrato eccitante si stava rivelando monotono e senza spiragli. Mi sfuggiva la natura del cambiamento, oppure, ipotesi peggiore, qualcosa di astratto ma potente bloccava la mia vita da sempre: a ogni mia azione, per quanto efficace, ne seguiva una contraria e altrettanto forte in grado di neutralizzare i miei sforzi riconsegnandomi, in un diabolico gioco dell'oca, al punto di partenza. Non tutto, iniziavo a pensare, poteva dipendere da me, forse gli ostacoli che da sempre percepivo dentro avevano iniziato a rappresentarsi fuori, forse non era più sufficiente fare un passo dopo l'altro. Nulla mi riusciva e io perdevo più forza ogni giorno, mentre il mondo si trasformava in un rebus irrisolvibile.

Prima di inerpicarmi sulla salita di via dei Savorgnan ero entrata al minimarket di via Alessi. Di solito lo evitavo, perché il commesso indiano dormiva sempre dietro la cassa e per pagare le patate dovevo ripetere più volte «buongiorno» o «mi scusi», aspettando che aprisse gli occhi. Ma con la testa affollata dalle peggiori previsioni, oscurata dall'ipotesi di una dannazione misteriosa o di un karma particolarmente negativo, non ce la facevo a entrare in un supermercato vero, scegliere fra troppi prodotti, subire il freddo dell'aria condizionata, aspettare il mio turno, erano operazioni che non sarei riuscita a sostenere. Il commesso dormiva con la testa appoggiata alle braccia incrociate, io mi ero infilata nel corridoio dei detersivi e stavo scegliendo tra due ammorbidenti diversi, alla mia destra un uomo curvo sul cestino degli accendigas parlottava da solo. «Questi a casa di mia nonna non mancavano mai» e col pollice sinistro aveva schiacciato, due, tre volte, la levetta nera che faceva comparire il fuoco «e aveva ragione, perché per non ustionarsi le dita sono l'unica cosa» stava dicendo. Io avevo ascoltato e avevo fissato lo sguardo sulle sue scarpe, scarpe eleganti, molto ben pulite e lucidate, i pantaloni di un tessuto pregiato cadevano a piombo sulle stringhe, l'uomo aveva raddrizzato la schiena, era alto un metro e ottanta, forse qualcosa in più. Appoggiando le mani sui fianchi per riaversi mi aveva guardata anche lui, e solo allora l'avevo riconosciuto con certezza. «Potresti pensare che un uomo di successo come me abbia una colf ventiquattr'ore su ventiquattro o almeno le piastre a induzione, e invece no, cara la mia bella telespettatrice, accendo il gas come tutti.» Il conduttore del talk show di LightNOW mi stava guardando ancora in attesa di un commento.

«Mi scusi?» avevo risposto io.

E lui, ricominciando: «Le persone come te, la gente comunemente comune pensa che gli uomini di potere come me, quelli realizzati e famosi, facciano una vita con tutti i comfort, elettrodomestici di ultima generazione, bagnoschiuma costosi, oli, massaggi, e invece come vedi faccio la spesetta dal pakistano di via Alessi vicino a te che non conti niente».

Allora mi ero innervosita e avevo risposto: «Scusi ancora, ma perché crede che io non conti niente? Che ne sa lei? E poi non sono affari miei dove fa la spesa, può comperare quello che vuole, sbaglia destinatario perché non sono interessata a riflessioni o comparazioni sul potere.» E dicendolo ero arrossita sulle guance.

Lui aveva ripreso: «Temo, mia cara, che invece il potere e l'ambizione ti interessino un bel po' e che però non lo ammetteresti mai. Certo non ti interessa il mio, di potere, ti interessa qualcosa di più grande, di più puro. Io sono il male, giusto? E tu saresti il bene. Vuoi compiere un'impresa, vuoi riscattarti. Vuoi scrivere un grande diario, anche se non sei capace, e poi? Dimostrare in ultimo che tutte le tue sofferenze erano ingiuste, una vittima, ti interessa il potere della vittima, correggimi se sbaglio. Però, però, si sta mettendo male, ti si legge in faccia, i tuoi piani facevano acqua da tutte le parti, e, scusami se te lo dico, erano solo le solite fantasie; tra un po', neanche troppo in là, non avrai più un centesimo e non ti potrai permettere neanche l'ammorbidente che stringi tra le mani come un salvagente. E poi la tua arroganza, mascherata da pace interiore... fidati, non sei credibile, tu ti arrabbi e giudichi e sei disperata come tutti. A occhio, di più. Quanti uomini che conducono uno show di denuncia importante a coronamento di una carriera giornalistica eccezionale conosci? Nessuno, te lo dico io».

L'avevo scrutato ancora, ed era vero che rispetto a me sembrava passarsela meglio, aveva qualcosa di plastico, di luminoso quasi. La camicia bianca, come quelle che gli avevo viste usare in tv, gli stava bene, i capelli erano pochi ma in piega, sembravano morbidi, curati. Era abbronzato e aveva una leggera linea di *eyeliner* attorno agli occhi piccoli. Era grottesco, certo, e la trama della sua pelle ingrossata lasciava intuire l'età, poteva avere sessant'anni, sessantacinque anche. Però era come se la fortuna che raccontava gli si vedesse addosso, trasformandolo in un uomo che forse non avrei definito comune né sgradevole, purtroppo. Io avevo i jeans corti al polpaccio macchiati da un pezzo di torta della sera prima e una maglietta di cotone verde slabbrata sul collo e sicuramente spiegazzata. Ero pallida, bianca, tutte le mattine mi coprivo la faccia di crema solare perché avevo paura del cancro. I miei capelli erano unti dal caldo e dal sudore per aver camminato due ore, mi sentivo rifiutata da tutti e sicuramente avrei dovuto riconoscere di essere conciata peggio dell'uomo che avevo disprezzato tanto attraverso lo schermo. Comunque avevo trovato la forza di rispondere: «Non accetto lezioni sul male e il bene da uno che nella vita strumentalizza gli altri senza pietà e non mi interessa la sua fortuna, non mi interessa che il mondo sembri darle ragione, e se lo vuole sapere non mi interessa neanche il mondo». Ma poi, continuando ad alzare la voce, costretta a difendermi e a mentire, inaspettatamente, avevo finito per piangere, di rabbia soprattutto, ma non solo.

Lui continuava a sorridere e non si era impietosito davanti alle mie lacrime. «Devi ammetterlo, eh? Mi facevi più scemo di quello che sono. La brutta notizia a questo punto è che non posso fermarmi a parlare con te, perché se un uomo importante come me rivolge un certo numero di attenzioni a una carina come te, soprattutto se quella carina è un'assoluta nullità e in più piange, allora poi rischia di essere denunciato, e che tutte le maledette nullità di questa terra protestino e finiscano per dire di essere state molestate solo per gridare al mondo l'onta del proprio fallimento e della propria inutilità.»

«Guardi che io non denuncio nessuno, e se mi fa passare adesso esco» avevo detto asciugandomi le lacrime con una manica. Il presentatore si era fatto di lato e aveva aperto le braccia per sottolineare con grande enfasi il mio passaggio, il commesso indiano ancora dormiva, io gli avevo sbattuto l'ammorbidente davanti e lui si era svegliato in un sussulto. Ero stranita e rabbiosa, ed ero uscita dal minimarket scappando, ancora, come poche ore prima lasciando la casa di Emma.

In strada ero scoppiata a piangere, a dirotto questa volta, e senza trattenermi, con i singhiozzi e tutto il resto. Piangevo soprattutto perché non era previsto che un conduttore tv di mezza età potesse farmi piangere, e perché, fatta eccezione per pochi e inevitabili episodi, mi ero abituata a non farlo. Avevo fatto fuori le aspettative e le delusioni d'amore, c'era il sesso, ma il sesso non faceva piangere, al massimo commuovere. Avevo pianto vedendo il mio gatto morire e poi avevo visto Emma piangere per qualsiasi cosa, per frustrazione e per rabbia, e forse anche per questo le mie, di lacrime, non uscivano più.

Fatto sta che dopo l'episodio del minimarket scendevano in abbondanza, sentivo i capillari ingrossarsi sui bulbi e bruciare, acqua e fuoco insieme. Le lacrime annebbiavano la vista e continuavo a camminare sui marciapiedi seguendo il tragitto solo a memoria. Il conduttore era stato sleale e sgradevole, ma perché non lo avevo aggredito anche io, perché mi ero a malapena difesa, perché ero scappata ancora, e sempre, senza dire quello che pensavo? Poi in un attimo, poco prima di girare la chiave nella porta di casa, ero tornata lucida, come accade a volte dopo uno spavento, e a spaventarmi erano stati i miei stessi pensieri. Quante possibilità c'erano che la persona con cui avevo parlato fosse davvero il presentatore di LightNOW, quante, che quella conversazione così offensiva fosse davvero avvenuta, chi era la persona con cui avevo parlato e perché non avevo più tra le mani l'ammorbidente che avevo comperato? L'unico possibile testimone era il commesso, che però aveva dormito per tutto il tempo.

L'asticella della confusione stava salendo oltre il livello sostenibile, così avevo strappato le cuffie dal telefono e dalle orecchie e avevo scritto a Dodi: *Ho bisogno di vederti oggi, al più presto*.

Lui aveva risposto senza sorprendersi e mi aveva dato appuntamento per il pomeriggio stesso.

Spiccare il volo

«Accidenti,» aveva detto vedendomi entrare nel suo studio «sembra che tu non abbia dormito affatto, da dove vieni così sconvolta?»

«Scusami,» avevo risposto io «non ho avuto tempo per la doccia e non ho avuto il coraggio di dirtelo al telefono, ma il punto è che temo di impazzire, non so più se sto bene. Di testa, intendo.»

Così avevo raccontato tutto, la televisione che cambia canale da sola, che non si spegne, lo show del violentatore seriale e il presentatore che compare al minimarket del mio quartiere di periferia e dice che tutto quello che sto facendo è inutile. E l'avevo guardato. Ma Dodi aveva ascoltato impassibile, senza sembrare neanche sorpreso, poi aveva ricevuto una telefonata e scusandosi si era alzato in fretta. Dalla mia stanza lo sentivo discutere su qualcosa che riguardava una tassa non pagata. Sul tavolo, in bella vista, ancora i fogli del mio test. Io li avevo presi in mano senza un'intenzione particolare e da sotto era spuntato il *Libro degli spettri,* l'avevo aperto a caso ma sembrava contenere molti più appunti e molte più formule rispetto a quando l'avevo fotocopiato io. In fondo, su una delle ultime pagine, avevo fatto in tempo a leggere *nuovi spettri.* Dodi era tornato dietro la scrivania ancora un po' agitato. Io non gli avevo dato il tempo di calmarsi. «Hai capito cosa ho detto? È possibile che sia diventata pazza, pazza con le visioni, intendo, non simpaticamente eccentrica o pazzerella.»

Lui allora era scoppiato a ridere. «Ma che dici? Tu non sei pazza. Casomai vorresti esserlo.»

Si era ritirato curvo dietro il tavolo e io mi ero sporta dalla poltroncina per avvicinarmi il più possibile. «Scusa, allora come te lo spieghi quello che ti ho raccontato?»

Dodi mi aveva guardato appena. «Me lo spiego in almeno dieci modi differenti, il punto è che forse non è una spiegazione così urgente.»

«Dimmene uno, ti prego» l'avevo implorato.

Allora aveva alzato gli occhi al cielo quasi scocciato. «Può darsi che fosse davvero lui, per esempio, oppure no. Tutte le forchette di un ristorante sono apparentemente uguali, anche se in realtà sono diverse una dall'altra. Anche se questo non vuol dire che non siano in realtà tutte uguali. Vuol dire che sono più o meno uguali in considerazione delle fluttuazioni e del margine di errore. Se hai un fenomeno che può assumere solo valori interi più il lancio di un dado, il valore successivo dipenderà dal valore precedente, più un numero a caso, si tratterà di una successione di numeri, come aggiungere un numero a caso a una regola.»

«Non è quello che ti ho chiesto» avevo detto stancandomi.

«Invece sì,» Dodi aveva ripreso «immaginiamo che tu lo faccia lanciando un dado. Se il dado non è truccato, la possibilità che esca uno, due, tre, quattro, cinque o sei è sempre la stessa, è uniforme su tutte le misure a disposizione. Per questo se la possibilità di variare la considerazione di un sistema è sempre identica, nella sua regolarità, il lancio del dado annulla se stesso. Le cose sono diverse, eppure sono sempre le stesse. Sei quella che ha incontrato un personaggio della tv e sei quella seduta qui adesso, tutte e due le persone sono vere, anche se non sono esattamente la stessa persona. Qualcuno ha tirato un dado ed è uscito tre, se hai visto il conduttore di una trasmissione tv in un negozio, avrai i tuoi motivi.»

«Grazie» avevo detto io, solo che Dodi non mi aveva convinta e nemmeno consolata.

«Ma perché continui a mettere tutta te stessa in cose così irrilevanti?» aveva aggiunto, questa volta fissandomi dritto negli occhi. «Addirittura un programma televisivo. Ti ricordi che neanche la guardavamo la televisione? Ci facevano pena quelli che guardano la tv. Quando hai iniziato a pensare che le persone ti odiano, e addirittura a scriverci un diario sopra? Il cane, e un tatuaggio lunare, e la migliore amica ostile che passa tutto il tempo su Vinted. Ti ho chiesto cosa desideri davvero. Adesso sono io che ti imploro, cosa desideri?»

«Scusa, Dodi, ma io non ti ho mai parlato di Emma, o di Vinted. Che ne sai?» Dodi non aveva risposto, avevamo continuato a guardarci aspettando che l'altro dicesse o facesse qualcosa e alla fine ero stata io a parlare. «Hai ragione, non desidero niente di vero, e penso che desiderare qualcosa o qualcuno veramente sia la cosa più dolorosa e inutile che si possa fare. È un inganno, un tranello, è come aggiungere al sistema un numero che non esiste e comunque alterare e compromettere l'equilibrio.» Poi avevo abbassato gli occhi, e senza provare più niente avevo detto: «Non credo che abbia senso continuare a vederci, forse davvero partirò per una vacanza. Spero di esserti stata utile».

Dodi aveva provato a fermarmi e a dirmi di calmarmi eccetera e io avevo pianto ancora, ma senza tristezza, come se stesse accadendo a qualcun altro.

Risputata fuori in strada, sotto un cielo grigio e afoso, non avrei più saputo dire a chi o a cosa fossero diretti i miei pensieri, né i miei desideri. Erano trentasei, quaranta ore, erano tre giorni che non riuscivo a riposare. *Io voglio tornare a casa*, ma l'unico posto che potevo chiamare casa non mi apparteneva e dopo gli episodi della tv non era più neanche un posto rassicurante, e certo non sarei potuta tornare a vivere con mia madre anche se avessi voluto. Nel nostro ultimo pranzo mi aveva chiesto come andava il mio periodo di rinascita e mi aveva detto, riempiendo il suo bicchiere con l'acqua del rubinetto, che voleva che io pensassi a me stessa, che tutto quello che poteva fare per me lei l'aveva fatto, e che, se anche «il lavoro di genitore non finisce mai», era per me tempo di spiccare il volo e di rendermi indipendente in tutto e per tutto. Poi aveva bevuto d'un fiato l'acqua fresca e aveva quasi urlato: «Buonissima!». *Io voglio tornare a casa*, avevo chiuso gli occhi e li avevo riaperti al chiasso improvviso di uno stormo, potevano essere rondini o forse corvi, migliaia sopra la mia testa che volteggiavano nascosti dalle nuvole basse. «Mia madre vorrebbe che fossi un uccello» avevo pensato ad alta voce, *ma le piume mi hanno sempre fatto schifo*, avevo aggiunto tra me e me.

Non c'era più niente che potesse suggerirmi l'evidenza e la realtà. Indicarmi cosa fosse vero e cosa no. Cosa esistesse dentro di me e cosa fuori. Niente che ricostruisse un'immagine verosimile o che tracciasse i confini del mio corpo. Tutte le paure che avevo nascosto negando e negando ancora si stavano materializzando, prendevano vita e mi si dirigevano contro come una corrente improvvisa, un mulinello di acqua e aria calda. Non mi fidavo più di me stessa e, forse, neanche più di nessuno fuori. Dodi era l'unica persona che mi stava aiutando, forse l'unica che mi voleva ancora bene, e senza pensarci me ne ero disfatta in un attimo. Continuavo a torturare le mie povere dita e dall'anulare sinistro usciva parecchio sangue, lo avevo asciugato con un lembo della maglietta, ma non riuscivo a fermarlo e la macchia nera, appiccicosa, si stava allargando sul cotone scolorito. Fissando la ferita ero tornata con la memoria alla prima fotografia fatta a M., a Snape, alla sua fede lucente, rivedevo la sua mano muoversi tra le mie gambe, il piccolo cerchio dorato che brillava sulla mia pelle bianca, e per poco avevo sentito tutta l'eccitazione dell'inizio. Anche M. però era distante, ero riuscita a portarlo nella mia vita, solo per un po', e solo con molta immaginazione, ma l'immaginazione era finita. Su WhatsApp i venti messaggi che mi aveva inviato da quando non avevo risposto al suo video con gli auguri di compleanno. L'insistenza mi incuriosiva, ma comunque non avevo le forze per scrivere qualcosa di sexy o rispondere con una foto porno o altro.

Più tardi, nel pomeriggio, mentre ancora vagavo dalle parti del Pigneto cercando di capire cosa fare, era stato lui a inviarmi due foto. In una la strada di casa mia dall'incrocio di via degli Angeli, e nell'altra la mia Polo parcheggiata su largo dei Savorgnan; nel messaggio che seguiva, solo: *Ti penso*. Perché non riuscissi più a rispondergli non mi era chiaro, non trovavo le energie, non mi divertivo più, o forse non c'entrava M. e non avrei potuto comunque divertirmi in quel momento. Il display si era illuminato ancora: *Dimmi dove sei e ti raggiungo*. A quel punto, solo per impedire che fosse il mio silenzio a provocarlo, avevo risposto: *Scusami, ma ho qualche problema in questi giorni, non possiamo incontrarci*. M. però aveva letto il messaggio immediatamente e mi aveva chiamata, due volte e poi un'altra. E alla fine mi aveva spedito il video di una donna legata con i polsi alla testiera del letto che si fa scopare contemporaneamente da due uomini. Nei trenta secondi del video uno le viene in bocca e l'altro sul ventre, dopo averla penetrata.

Via del Pigneto si stava riempiendo di gente per l'ora dell'aperitivo, la luce arrivava dalla circonvallazione filtrata dalle fronde esili degli alberelli dell'isola pedonale, io avevo bevuto un caffè e poi un altro e non riuscivo ad alzarmi dalla sedia di plastica del bar dove ero finita per nascondermi da chissà cosa. Ragazzi e adulti, piccole comitive e qualche bambino si stavano disponendo ai tavoli dei locali con la naturalezza e la sicurezza di chi occupa il proprio posto e in qualche modo possiede quello spazio. Io non avevo voglia di bere, né di mangiare, sedendomi forse avevo sperato di incontrare un amico o almeno un conoscente ma poi non mi era dispiaciuto restare sola. Sentivo che qualcosa di tragico stava per accadere, ma riconoscevo quella sensazione come una sensazione provata tante volte a cui poi non era seguito un bel niente. Dal bar si era alzato il volume di un pezzo pop tipo Kevin Morby e la cameriera mi aveva guardato un paio di volte in attesa che me ne andassi, o nella migliore delle ipotesi interrogandosi sul mio brutto aspetto. Ripensavo alle parole del presentatore di LightNOW: «Tra un po' non ti potrai permettere neanche l'ammorbidente». La cameriera mi aveva guardata ancora, io avevo tirato fuori una moneta da due euro e mi ero decisa ad andare via.

Rivelazioni

«Buongiorno,» diceva Emma in un messaggio vocale «sto andando a un appuntamento al laghetto dell'Eur con mia madre. Ci incontreremo alle tre, ma se ce la fai mi raggiungi prima? Ti prego, ti prego, ti prego. Non posso da sola.» Dopo averlo ascoltato mi ero coperta la testa con un cuscino e avevo provato a riprendere sonno. Pensavo ancora al conduttore e all'episodio del minimarket; a parte Dodi, non avrei saputo a chi altro riferirlo anche se ormai l'angoscia che mi stava provocando mi impediva di dormire. L'unica cosa che mi rimaneva da fare era convincermi che non fosse mai successo. Che fosse il frutto di una fantasia, di un sogno e non di un'allucinazione.

Negare la realtà si era rivelata nella mia vita una piccola fortuna, dare alla fantasia il potere di sistemare e correggere gli eventi in una versione accettabile era la mia idea di giustizia. Ma a questo punto, forse, non si trattava più di negare la verità, l'esigenza era diventata quella di negare l'immaginazione, o il prodotto alterato dell'immaginazione. Quante possibilità c'erano, in alternativa, che un talk show così esistesse davvero, e quante che io non stessi perdendo la ragione? Come era successo negli anni della mia ipocondria il dubbio dell'insania mi torturava. Avevo cercato su Google il palinsesto di LightNOW, ma ovviamente non avevo trovato nulla, a parte un canale americano con un nome simile, che però non avrei comunque potuto ricevere dall'Italia. Così avevo trovato la forza di alzarmi solo per staccare la spina dal mio apparecchio.

Come avevo fatto fino a due anni prima senza risultati, avevo di nuovo scritto alla mia prima psicoterapeuta, che però come allora non aveva risposto. «Ti raggiungo tra poco» avevo detto a Emma.

E lei subito a me: «Grazie», inviandomi la sua posizione. Secondo Google Maps avrei impiegato quaranta minuti per raggiungerla in auto, così mi ero vestita in fretta, mentre il grande schermo nero ancora mi fissava dal fondo della stanza.

Emma non era distante dalla pozza del laghetto, come succedeva da giorni il cielo era grigio e carico di pioggia. Pioggia che però non si decideva a cadere, nuvole gonfie e cupe che non rilasciavano mai l'acqua che tutti si aspettavano e desideravano, dopo più di tre mesi di caldo. Mi ero seduta accanto a lei, che aveva sorriso, e, per la prima volta dopo tanto, davvero riconoscente.

«Come sto?» aveva chiesto subito.

«Bene, molto bene» avevo risposto io. E non avevo dovuto mentire, era carina. I vestiti non erano i soliti, quelli più simili a pigiami e vecchi pezzi trendy mischiati a caso. Sembravano nuovi, e aveva una camicia a fiori leggera che non le avevo mai visto. Era diversa e femminile, anche. Aveva il rimmel e lo smalto perlato alle unghie. Certo, comunque era nervosa e fumava una sigaretta dietro l'altra, ma i capelli erano lucidi, puliti. In più non la vedevo fuori casa sua da mesi. Era così emozionata che una parte della sua emozione era passata a me solo standole accanto. Le mie mani erano fredde e anche le sue, che avevo sentito sfiorandole le dita sulla panchina.

«Cosa pensi ti voglia dire?» le avevo chiesto.

«Non ne ho idea,» aveva risposto Emma «nel messaggio diceva solo che si sente pronta. Non so neanche se vive ancora per strada o in clinica, forse ha solo bisogno di soldi. Le ho portato cinquecento euro per sicurezza.» Erano già le tredici, la panchina dove Emma mi aveva aspettato era quella dove avrebbe dovuto incontrare la madre. Eravamo rimaste in silenzio per un po', poi le avevo proposto una passeggiata o almeno un panino per pranzo. Ma Emma aveva rifiutato, mi stava solo chiedendo di aspettare con lei per le successive due ore. Per un po' avevamo scherzato sulla situazione, poi Emma aveva ripreso a parlare seriamente: «Sai, questa cosa voglio dirtela, perché credo che tu sia una vera amica e non ti meriti di essere presa in giro».

«A cosa ti riferisci?» le avevo chiesto.

«Ti ricordi il mio appuntamento con Marco? Il tuo

amico.» Io avevo annuito, pensando già che volesse di nuovo insultarlo. Invece a Emma era comparso un sorrisetto languido che non mi aspettavo. «Dopo il nostro primo appuntamento, quello in cui mi aveva mollata a dormire sul divano, ero arrabbiata e gli ho scritto una brutta mail. Lui però è stato comprensivo, non mi ha offesa, si è scusato. È stato gentile. Mi ha chiesto di incontrarlo. Io ho accettato e così abbiamo preso a vederci, da amici soprattutto, ma una volta abbiamo anche fatto sesso. Quasi da subito Marco mi ha chiesto di non dirti niente.»

«Scusa?» avevo detto io.

«Sì, Marco crede che il fatto che tu ci avessi presentato e che avessimo, per così dire, un'amica in comune fosse più che altro un ostacolo. Qualcosa che avrebbe messo a disagio sia lui che me, e così ho accettato.»

Era un po' che non lo vedevo ma ero sicura che ci fossimo scambiati dei messaggi, e che mi avesse telefonato, un paio di volte almeno. Ma perché nascondermi una cosa così?

«Sei arrabbiata?» aveva chiesto Emma.

«No, non proprio, sono molto sorpresa.»

Lei aveva continuato: «Sai, Marco mi ha detto che è una cosa che fa sempre, all'inizio di una storia. Non rivela a nessuno con chi sta uscendo, lo fa per proteggere la relazione».

«E non ti è sembrato strano?» le avevo chiesto io.

«Sì, infatti ho pensato che si vergognasse di me.»

In qualunque altra occasione questa idea di Emma mi sarebbe sembrata assurda e paranoica. Marco, però, dopo l'appuntamento con lei mi aveva detto che il motivo per cui non si era avvicinato era proprio che non l'aveva trovata abbastanza carina, e mi aveva preso un po' in giro, dicendomi che di bellezza femminile non capisco niente. Se aveva cambiato idea, come può succedere, perché nascondermelo?

«Ma adesso state insieme?» le avevo chiesto.

«No, siamo amici, ma potrebbe succedere, ecco, non lo escluderei.» Poi aveva aperto WhatsApp e mandato un messaggio alla madre, mancavano ancora venti o trenta minuti all'appuntamento. «"Sono qui, ti aspetto." Che dici, è troppo freddo? Meglio qualcosa in più?»

Ma io continuavo a pensare a Marco. «È perfetto» le avevo detto, confusa.

«Lo sapevo che ti saresti arrabbiata.»

«Ma non è così, ne sarei stata felice, invece. Solo non capisco perché nascondermelo.»

«Per avere uno spazio nostro lontano dal tuo giudizio.»

Penso che a quel punto il mio sguardo fosse cambiato. «È ora che vada,» avevo detto «tua madre starà arrivando.»

«Ti prego, aspetta ancora un po'.» In cielo piccoli lampi viola, attorno a noi poche anime e un uomo sdraiato sul bordo del lago che dormiva di un sonno profondo.

Per distrarmi avevo aperto la chat con M. e avevo trovato altri messaggi e un video di lui sotto la doccia, appoggiato con una mano alle maioliche mentre con l'altra si masturbava. «Tua madre ha risposto?»

Emma aveva scosso la testa. «No, ma se credi che non verrà puoi anche andartene, non ho bisogno di cattive energie.»

Allora, e forse solo per ferirla, le avevo risposto: «Credo che se avesse deciso di venire adesso sarebbe già qui. Io comunque non ho più tempo per aspettare, perché ho un impegno». Emma aveva annuito, e mi aveva guardata come se sperasse di trattenermi, io l'avevo salutata cercando di abbracciarla nel nostro modo freddo e alterato e poi ero uscita dal parco diretta al parcheggio. Mentre giravo la chiave, prima due, poi tre, e poi decine di gocce d'acqua e sabbia avevano preso a ticchettare sul parabrezza, un fulmine più grande degli altri in cielo, e in breve un temporale enorme che stava cancellando ogni cosa attorno a me. Ero preoccupata per Emma ancora dentro il giardino, probabilmente sola e delusa. Avevo provato a telefonarle e a scriverle prima di mettere in moto e andarmene, avrei voluto darle un passaggio, ma lei non aveva risposto, e al mio ultimo tentativo il suo telefono era sembrato spento.

Seconda parte

Dal *Libro degli spettri*, 545

Il primo anno in casa trascorre quasi nella normalità. O almeno a nessuno appare così evidente o così preoccupante il ritiro di 545. Su di lui il pregiudizio positivo del ragazzo di talento e l'orgoglio degli amici e dei familiari per il premio ricevuto alla scuola di cinema.

«Cosa facevi il primo anno in casa?» gli chiedo.

«Niente di particolare, avevo rifiutato un po' di proposte per concentrarmi sul mio film, a tutti era sembrata una buona idea, si aspettavano da me qualcosa di veramente buono, perché il corto era andato bene. Se vuole c'è ancora su YouTube, anche se sono passati diciassette anni. È la storia di un uomo che rapisce una bambina e la tiene segregata nel suo garage, all'inizio sembra lui il carnefice ma poi capiamo che ha una personalità talmente fragile da diventare la vittima della vittima. Un classico rapporto sadico, ma sublimato in una dinamica solo apparentemente scontata. Comunque, dopo il corto avevo ri-

cevuto la proposta per il backstage di una grande produzione e la regia di un film con una sceneggiatura non mia, ho rifiutato tutto perché tutti si aspettavano il capolavoro, e anche io volevo il capolavoro. Col mio genere di sensibilità e con la mia preparazione nessuno si aspettava da me qualcosa di commerciale, il primo premio, l'opera sublime, era questo il giusto approdo.»

«Ti pesavano le aspettative?»

«No, non credo, non molto. Se pensa che risponderò qualcosa tipo che tutti si aspettavano troppo da me e quindi ho fallito, sta sbagliando. È più complesso, oppure semplicemente è un'altra cosa. Avevo trentatré anni, avevo studiato al liceo e poi all'università, quando sono arrivato a Roma con una borsa di studio, alla mia famiglia e ai miei amici, a tutti è sembrato incredibile che avessi quel genere di possibilità. Le ragazze hanno iniziato a guardarmi in modo diverso, a guardarmi, soprattutto. Non so come spiegare meglio, ma credo che allora il mio fascino abbia iniziato a disvelarsi. E dopo il premio ancora di più. La piccola cerchia che avevo attorno e i miei genitori, se rifiutavo un lavoro dicendo di voler scrivere, mi apprezzavano. All'inizio era come se le mie scelte li convincessero che ero un grande autore. Era come se chiunque incontrassi sulla mia strada fosse disposto ad aiutarmi. I coinquilini mi ascoltavano, mia madre mi manteneva con un bonifico mensile, le ragazze che incontravo erano talmente felici di stare con me che mi offrivano la cena, pagavano per me. Credo di aver scambiato queste attenzioni per amo-

re e che una parte di me non abbia più voluto rinunciarci.»

«Non credi che un successo reale avrebbe aumentato questo amore, questa stima?»

«Non lo so, non lo so più, io chiedevo e loro continuavano a dare, persone che avevano meno di me erano disposte a prestarmi la casa o la macchina. Ho distrutto l'automobile di una fidanzata e lei non ha fatto storie quando ha capito che non avrei potuto risarcirla. E con quella macchina andava a lavorare in un fast food di notte, le serviva, capisce?»

«Ti dispiace esserti comportato così?»

«Non lo so cosa è successo, ogni dimostrazione d'amore era una deroga alla mia realizzazione, chiunque incontrassi continuava a guardarmi aspettandosi che un giorno avrei brillato, e quegli sguardi si trasformavano dentro di me in altro tempo e in altre possibilità. Non volevo essere forte, volevo essere fragile.»

«In un anno quante pagine del tuo copione avevi scritto?»

«Il primo anno neanche una. Andavo in palestra ogni giorno e non pesavo più di sessantacinque chili. E ogni giorno prima di andare in palestra guardavo Magnolia *di Paul Thomas Anderson, un pezzo, o anche tutto quanto.»*

«Ogni giorno lo stesso film?»

«Sì.»

«Perché?»

«Credo che avrei voluto girare un film così, un'opera totale sugli uomini e il mondo. Un capolavoro. Ma poi...»

«Cosa?»

«Non riuscivo. Il secondo anno è stato più difficile. Ho iniziato a giudicarmi. Nella mia testa i pensieri si sono fatti violenti. I giudizi su di me e sugli altri più categorici. Delle donne non sopportavo i difetti dei corpi. Ero attratto dalla bellezza e dalla perfezione ma poi niente, neanche la bellezza e la perfezione mi convincevano. I rapporti con gli uomini sono diventati prevalentemente competitivi. Mi sembrava che nessun film fosse davvero riuscito, che nessun romanzo potesse essere alla mia altezza. Ho iniziato a pensare che non ero come avevo pensato e ho iniziato ad avere paura. Ed è andata avanti così per tanto ancora. È per questo che siamo qui, per parlare dei miei dieci anni chiuso in casa, vero?»

«In dieci anni non hai scritto nulla?»

«Sì, mi sono forzato, certo. Ho scritto una commedia generazionale, una sceneggiatura da un fumetto inglese e una storia di mafia, addirittura. Però non ero più io, compilavo meccanicamente le mie pagine tentando di salvarmi, ma erano storie senza forza e infatti tutti le hanno rifiutate. Nessuno ha più voluto produrre il mio film, ho smesso per questo.»

Nelle spettrografie le radiazioni fotogeniche sono sempre molto forti. La confusione psicologica non sembra riguardare il corpo, e l'unica preoccupazione, per quanto posso dire, è rappresentata dalla staticità nell'intensità delle emanazioni.

Lex

«Quello che intendo è che, vedi questo posto, che sembra in mezzo al niente, con gli alberi intorno e il fango e la gente che entra ed esce dal capannone, un posto così, in mezzo al niente che se sei fortunato ci hai messo tre ore a trovarlo, anche in un posto così ci sono almeno cinque telecamere accese che al confronto J.G. Ballard sembra *Cappuccetto rosso*. Ce ne hai una puntata addosso tu che mi guardi come un angioletto e sicuramente ce ne avevo addosso una io mentre andavo a pisciare dietro la stalla. E poi una videocamera per ogni telefono, e un telefono per ogni persona, almeno uno, quante persone ci saranno?, dal sito sono partiti tremila link, facciamo che ci sono tremila teste di cazzo e ognuna ha un telefono, in tutto ci sono tremila e cinque videocamere che registrano da ore quello che succede qui. Ti hanno filmato mentre arrivavi, mentre ti guardavi in giro, e pure mentre piangevi da sola in un angolo, poi ti hanno ripreso mentre bevevi dal mio bicchiere, mentre mi davi cinquanta euro in cambio di due di queste e ti hanno visto mentre i tuoi lineamenti si rilassavano e poi mentre diventavi felice, finalmente felice. Mi registrano adesso che ascolti, centinaia di migliaia di fotografie rimbalzano da una chat all'altra, mentre tutti sono ancora convinti che ci sia segretezza e che questo sia illegale. Sai che ti dico? Che se lo fosse non ci avrebbero mai fatto appoggiare una cassa e nessun camper si sarebbe mai parcheggiato dietro a un altro. Sarebbe questo il motivo per incazzarsi e dare fuoco a tutto, a tutte le città, a tutte le stazioni, a tutti gli aeroporti, spaccare ogni lente, ogni memoria, cancellare le prove in bianco e nero sfocate, le fotografie in alta definizione, i file in cui siamo venuti male. E invece andrà sempre peggio, tra cinque anni ci sarà una videocamera nel portone di tutti i palazzi, in ogni ascensore, montata sulla parete di ogni pianerottolo. A ogni angolo di strada, in ogni negozio. A casa di ciascuno dei tuoi amici, ti siederai a tavola e i tuoi discorsi finiranno in un server e poi rimbomberanno in un altro, scriveranno leggi sulla privacy che non serviranno a niente e che nessuno rispetterà più, mentre compreremo su Amazon a nove e novanta l'ennesimo occhio di plastica da puntare addosso ai parenti, pensando così di salvarci. Le fotografie saranno utilizzate per ricattare, ridicolizzare, violare ogni gesto. Ti è mai capitato di farti una foto senza vestiti? Penso di sì, lo fanno tutti, hai mai pensato a che fine fanno quelle fotografie, pensi a chi le ha viste? Credi che se davvero drogarsi fosse illegale saremmo tutti qui? Non c'è niente che si possa fare e niente che non si possa fare, tutto è possibile se è funzionale al sistema. Altrimenti in qualche modo, semplicemente, il sistema ti taglia fuori.»

«Accidenti» avevo detto io dopo tanto.

La testa mi girava un po', ma non troppo, ed effettivamente, forse, mi si era stampato un sorriso ebete mentre cercavo di seguire i discorsi del ragazzino che avevo davanti, che mi aveva offerto da bere e poi venduto qualcosa che non avevo capito bene se serviva a rilassarmi o a eccitarmi. «Quanti anni hai?» Avevo provato anche io a schiacciare la schiena contro il muro.

«Ventuno» aveva risposto il ragazzino, che diceva di chiamarsi Lex.

«Sei una specie di filosofo?» gli avevo chiesto.

Lui si era ritratto. «Tanti direbbero che sono una specie di spacciatore.»

Da dove ci eravamo appartati la musica arrivava a fiotti e le parole del mio giovane amico sembravano galleggiare tra la sua bocca e la mia. Come sempre, quando mi trovavo di fronte qualcuno dotato di tante certezze, non riuscivo a capire se avesse completamente ragione o completamente torto. Per prendere una posizione avevo deciso che aveva completamente torto.

«Se fosse come dici ci lascerebbero stare, e invece tra un po' vi arresteranno tutti.» Mi ero esclusa dalla mia stessa profezia perché comunque non ero lì per divertirmi, avevo uno scopo, e il mio scopo era nobile, cercavo una persona che probabilmente aveva bisogno di me, e credevo ancora che l'avrei trovata.

«Mio cugino è uno che a cinquant'anni ha una chat

con un gruppo del paese, sono tutti maschi e si scambiano solo foto di donne. Qualcuno di loro prende il treno e va a lavorare a Roma, altri restano in paese, sai com'è, sono foto di tette e di culi e se le scambiano tutti i giorni, più volte al giorno, uno aggiunge la foto e gli altri commentano. Capito che genere di commenti? Scrivono di una che è una troia perché sta sulla metro alle nove di mattina con una maglietta aderente o una gonna corta. È uno schifo, nessuna di quelle donne sa di essere fotografata. Ma comunque cosa potrebbero fare per evitarlo?»

«Scusa, ma questa cosa di tuo cugino non è una prova, un gruppo di sfigati di paese non è una prova.» L'avevo detto dando un'altra bella sorsata dal bicchiere di Lex che conteneva un liquido che sembrava alcol, ma era più simile a sciroppo per la tosse con ghiaccio. «Vorrei una birra» avevo sussurrato. Lex ne aveva presa una aperta dal muretto e me l'aveva passata, io avevo bevuto senza altre pretese. «Scusa, Lex, ma non faccio altro che sentire paranoie di questo tipo dalla gente, cioè che siamo tutti manovrati e tutti controllati, io invece mi sento libera di fare più o meno quello che mi pare.»

Lex aveva chinato la testa sulla spalla sinistra per infilarsi un filtro fra le labbra. «Come ci sei finita qui? Cioè, non ti offendere, ma si vede che sei fuori contesto.»

Dicendolo mi aveva fatto sorridere e senza pensarci ero stata sincera: «Ho ricevuto il link via mail da un'amica, non riesco più a parlare con lei, per questo speravo di trovarla qui».

«Quei link a volte sembrano spediti da un indirizzo della tua rubrica, ma non è così.» Lex mi aveva preso una mano e mi aveva chiesto di sedermi accanto a lui.

Dalla mia nuova prospettiva potevo vedere lo specchio che dal corridoio rifletteva la massa delle persone sotto il palco, le luci accese a intermittenza, e il fumo bianco che le avvolgeva. La sua mano tenera e fredda per un momento mi era sembrata rimpicciolirsi nella mia, le nostre teste erano vicine e, mentre cercavo di capire dallo specchio se qualcuno lì in mezzo potesse essere Emma, Lex aveva ripreso a parlare. «Secondo te perché diciamo di vedere qualcuno? Voglio dire che tra tutte le espressioni che potremmo usare per riferire delle nostre interazioni usiamo quasi sempre il verbo vedere, diciamo "ho visto Chiara", ma in realtà, escluso solo il caso in cui l'abbiamo vista da lontano, l'abbiamo anche ascoltata, ci siamo toccati, le abbiamo parlato. Ma consideriamo solo gli occhi. Anche se non c'è niente di più falso di un'immagine. Di quello che vedi puoi pensare qualunque cosa, prima quel tatuaggio che hai sul collo mi era sembrato un gatto.»

«È un neo» ero riuscita a dire.

«Appunto, un neo. Se tu mi dici "sei il mio spacciatore preferito", questa è una cosa netta, diretta, poi certo potresti mentire se ne hai motivo, però comunque l'hai detto; ma se mi guardi e basta, con gli occhi languidi o come ti pare, quello che capisco è che ti piaccio o che sei fatta e invece magari tu pensi proprio "sei il mio spacciatore preferito".»

«Lex, sei il mio spacciatore preferito.» Glielo avevo detto piano, e per un attimo, annebbiata dalla sensazione soffice che tutto si sarebbe sistemato e tutto sarebbe andato per il verso giusto, avevo sentito di volergli un gran bene, e di volere un gran bene a chiunque ci passasse davanti, di volerne a Emma, e a mia madre, e a Dodi e a M. come non mi era mai riuscito prima. «Quante possibilità ho di incontrare Emma questa sera?» avevo chiesto a Lex.

Lui aveva risposto subito: «Infinite». In realtà c'erano talmente tante persone e l'illuminazione era così scarsa che forse non l'avrei neanche riconosciuta.

Arrivando, e fino a quando i discorsi con Lex non si erano fatti così serrati, avevo individuato almeno cinque volte una figura che avrebbe potuto essere quella di lei e che poi si era rivelata un'altra. E comunque, pensavo, se davvero fosse venuta a questa specie di festa illegale sarebbe finita come sempre appartata in giro con un semisconosciuto da odiare nelle settantadue ore successive. «Ti rendi conto che mi ha infilato due dita dentro mentre ancora bevevo un gin lemon?» E della serata non avrebbe detto altro. Invece c'erano parecchie cose che prendevano la mia attenzione in quel posto a metà tra un campeggio non attrezzato e la grande aia di una casa agricola. Cose stupide, come la ragazza che soffiava il Crystal Ball in mezzo al fango: era tanto che non vedevo qualcuno giocare con quella plastica molliccia, e solo guardandola ne avevo sentito l'odore. E la musica, che poteva essere insopportabile e diventare struggente un attimo dopo, c'era qualcosa di misterioso, pensavo, e pensavo anche che uscendo di casa non avrei mai creduto di avere le energie sufficienti per una notte intera in un posto così; invece le avevo, e non avevo nessuna voglia di andarmene.

Gli occhi di Lex sembravano neri, ma erano blu, e potevo accorgermene solo quando illuminava lo schermo del suo telefono per controllare soldi e pasticche durante gli scambi che comunque non erano così frequenti e non ci impedivano di parlare. «Lo so che sembro un paranoico, ma ho i miei motivi, tutta la mia vita si è sfasciata perché qualcuno guardava anche quello che non avrebbe potuto e qualcun altro non sapeva più come difendersi, e qualcuno non capiva niente di quello che aveva davanti agli occhi.»

«Lex, scusa, ma a Roma dove posso trovarti? Cioè, una volta tornati, durante la settimana.» Io ero stata presa dalla paura che non ci saremmo più visti, ma lui aveva sorriso e basta, mentre riprendeva i suoi discorsi.

«Alla fine è normale, perché se pensi che qualcuno possa sabotarti, farti del male o privarti di qualcosa, toglierti quello che è tuo, spiare diventa naturale. Lo farebbero tutti, come prima arma di difesa intendo, è istintivo perché pensi che più informazioni hai, più riuscirai a proteggerti. E allora le persone registrano i colloqui di lavoro e le risposte delle cassiere al supermercato o usano la foto della fica della loro ex di sedici anni per ridere con mezza scuola. Cose del genere. E secondo me è uno schifo. Tu non sei così, si vede subito che non sei così» mi aveva detto Lex, e io lo avevo ringraziato. «Prima di fare questo, lavoravo in un posto tipo Leroy Merlin, ma più sfigato, un posto sulla Laurentina, di quelli per il bricolage e il giardinaggio, sessanta dipendenti, tanti sotto i venticinque, sei euro e trenta netti all'ora in busta paga, però tutto regolare, contributi, malattia, pensione, tutto.» Io avevo annuito perché sapevo bene di cosa parlava. «Va bene, quindi un'assunzione regolare, apparentemente niente sfruttamento, ma quello che succede è che, dopo un po', semplicemente, in cambio di sei e trenta l'ora si sono presi la tua vita. Dopo un po' ti senti in colpa a chiedere un cambio turno o vorresti che il raffreddore non ti venisse mai. Quelli che non si ammalano o che si mettono la divisa da coglione sempre in ordine e sempre pulita, quelli sono premiati, capisci?, in qualche modo, dopo un po', accedono a posizioni più prestigiose o meno faticose; e quelli che già ci stanno, in quelle posizioni, se sei uno poco preciso o che si ammala spesso, o che esce troppo spesso a fumare, quelli ti guardano con disprezzo, non è che fanno altro, ti guardano di merda o al massimo si dicono qualcosa facendoti intendere che parlano di te, e ridono, o dicono ad alta voce qualcosa che potrebbe riferirsi a te, se sei basso dicono "quel nano", se sei timido, o sei triste, dicono "è moscio", ma lo dicono in modo che tu li ascolti, capisci? Così, su sessanta dipendenti, devi pensare che tanti sono frustrati, che la mattina non hanno nessuna voglia di mettersi in cassa o di bagnare il prato finto con la pompa col cloro o di togliere la polvere al barattolo di vernice. La frustrazione dopo un po' sale per tutti e allora la rabbia che hai per quello che ti sta succedendo, che poi è che semplicemente hai un lavoro del cazzo per cui dovresti pure ringraziare, dopo un po' quel risentimento ce l'hai per ogni pennello da 0.5, per ogni pensionato con i vasi di terracotta in mano, per ogni piantina di salvia, e i tuoi occhi sono pieni di malinconia,» io avevo annuito ancora «cioè adesso sei e trenta sono una cifra che per me neanche esiste. Per meno di duemila la sera neanche esco a lavorare.»

«Guadagni bene» avevo sussurrato.

«Eh sì.» Lex si era emozionato e mi aveva offerto ancora lo sciroppo. «Quelli frustrati, come me, e come gli altri là dentro, hanno un'unica soluzione, e la soluzione è rubare. Qualcuno trova il modo in cassa di dare un resto sbagliato, capisci, venti euro al posto di quaranta, dieci invece di quindici, la gente quando arriva a pagare, dopo essere stata per ore nelle nicchie dei giardini finti o tra gli scaffali delle vernici, non capisce più un cazzo, e comunque se ti sgamano puoi sempre dire che ti sei sbagliato. Gli altri, i commessi che non stanno in cassa, si riducono a rubare la merce, a raccattare le piantine che stanno morendo, ma anche viti e bulloni, stop, cose così, i detergenti per il pavimento. Rubare sul posto di lavoro rimane l'unico modo per continuare ad accettare quel lavoro, sai che ti stanno togliendo qualcosa, che ti stanno manipolando col senso di colpa e col senso del dovere, e allora ti prendi venti euro o ti rubi una tenda di plastica per la doccia.»

A quel punto avevo visualizzato la mia, che comunque era talmente aggredita dalla muffa da avere i buchi sul fondo, e avevo visto il lavandino del bagno otturato, il frigorifero piegarsi da un lato perdendo una staffa, il rubinetto della cucina gocciolare, e il tetto, come sempre, lasciar passare l'acqua dal cielo.

«Scusa, ma nessuno se ne accorge?» avevo chiesto.

«Certo che se ne accorgono, ma non sanno come provarlo, è per questo che a un certo punto, quando lavoravo lì da nove mesi, e mi veniva già da vomitare ogni santo giorno, si è sparsa la voce che avessero montato telecamere ovunque, pure negli spogliatoi o nel seminterrato dove facevamo la pausa pranzo. È il motivo per cui sono impazzito.»

«In che senso?» avevo chiesto ancora.

«Impazzito, fuori di testa, da ricovero, mi hanno chiuso sei mesi in una struttura di recupero per malati di mente, questo intendo.»

«Ma perché?» avevo insistito, tornando lucida dopo un tempo di anestesia imponderabile.

«Io non rubavo niente, mai stato in cassa, e per il resto quella roba la toccavo il meno possibile, e poi l'ho sempre trovato umiliante, è una rivalsa che non vale l'offesa, e ti si attacca addosso una patina viscida, da biscia, che non vale proprio lo sforzo. La cosa è talmente assurda che non so come spiegartela. Dopo un po' che si dice in giro che hanno montato le telecamere, qualcuno di noi viene chiamato dal capo del personale e viene convinto a licenziarsi. Uno è un mio amico e lo imploro di raccontarmi, ma quello non può dirmi niente. A quel punto, anche se ero certo di non aver mai rubato neanche un rotolo di Scottex, inizio ad avere paura che mi accusino, che mi diano la colpa dei furti, vado in paranoia completa, capisci?»

«Ma se non avevi rubato niente, come avrebbero potuto accusarti?»

Lex aveva alzato la testa dal telefono. «Te l'ho detto che sono impazzito. Avevo paura, ma non so più neanche di cosa, perché non era una questione di vita o di morte, anche se mi avessero licenziato, abitavo ancora con i miei che non sono poveri, quel lavoro non mi serviva, eppure mi vergognavo a perderlo. Avevo paura, e la paura non se ne andava mai neanche nel sonno, la testa piena di congetture, ogni giorno mi aspettavo che mi convocassero per dirmi che mi avevano visto prendere qualcosa. Ho perso dieci chili in due mesi, ho iniziato a essere servizievole, leccaculo, sempre debitore di qualcosa, e poi, quando ormai mi facevo veramente schifo, ed era già un bel po' che vedevo dottori, prendevo gli psicofarmaci e altro, ho provato a prenderne un po' di più, e mi hanno portato in clinica.»

Tra me e Lex era sceso il silenzio, io avevo sussurrato «mi dispiace», e davvero mi dispiaceva, non riuscivo più a guardarlo in faccia e non mi sentivo le gambe mentre pensavo di dovermi alzare. Avevo provato a stringergli una spalla con la mano invece di stringergli una mano, o abbracciarlo, che forse era quello che avrebbe fatto bene a entrambi. Sapevo quello che stava succedendo, i discorsi di Lex mi avevano riportata dritta alle colpe e ai dubbi che non smettevano di assillarmi da quando Emma sembrava essere sparita nel nulla. Anche lei, come Lex, era spaventata dallo sguardo delle persone, anche Emma probabilmente non faceva altro che nascondersi e fuggire, reclamava le attenzioni che non aveva mai avuto, e quando non le otteneva, come unica rivalsa, tornava a nascondersi. Mi aveva portato nel suo mondo solitario e appartato, ma al mio primo cedimento non aveva retto e, più i giorni passavano, più mi convincevo che non volesse altro che far risuonare la sua sparizione della mia colpa. Avevo afferrato il telefono, ignorato ogni segnale, ogni messaggio, chiesto scusa a Lex, e chiamato Emma senza risultati, come era successo in tutti i giorni precedenti. I miei messaggi di preoccupazione non le erano mai arrivati e quando prima di ricevere il link della festa ero passata da lei a casa, la casa era sembrata disabitata con le finestre tappate e il citofono muto. Andando via dal laghetto dell'Eur ero decisa a liberarmi di lei, ero insofferente, mi sentivo incastrata come se la sua vita dipendesse dalla mia, trovavo patetico che se ne stesse lì ad aspettare la mamma come una bambina abbandonata, e per di più vestita di tutto punto. E trovavo assurdo che avesse stretto un'alleanza con Marco alle mie spalle. Ma poi, da quando aveva smesso di rispondere al telefono, la sua assenza aveva preso a ossessionarmi. Avevo acceso e spento l'iPhone e provato con Id nascosto e altri trucchetti, il suo account Instagram era senza stories dal giorno in cui l'avevo vista l'ultima volta, e avevo perfino chiamato la polizia per chiedere se qualcuno avesse denunciato la scomparsa di una donna di nome Emma. Marco era diventato la mia unica speranza di sapere qualcosa di lei, ammesso che avesse voluto parlarne. Se davvero le fosse successo qualcosa di grave a questo punto l'avrei saputo, ma da chi? Avevo tentato ricerche macabre, come «Registro delle morti del comune di Roma», «Trovata morta una giovane donna» e un generico e senza alcuna speranza «Emma, Roma». Sulle bacheche dei miei social avevano iniziato a comparire articoletti e inserzioni sponsorizzate con messaggi di allarme tipo: «Chi usa il silenzio sta attuando un'aggressione e una manipolazione velata» e ancora «L'uso del silenzio è senza dubbio una delle forme più subdole di abuso emotivo», con tanto di grafichette pastello e fantasmini stilizzati. Il video di una psicoterapeuta su YouTube ammoniva: «Lo scopo del manipolatore che adotta il silenzio come strategia è quello di far sentire l'altro colpevole e meritevole del diniego assoluto, giustificando alla fine la propria sparizione solo nella colpa dell'altro. Quello che può accadere alla vittima di questa forma di manipolazione nei casi più gravi è uno sgretolamento e una dissoluzione dell'io tali da mettere a rischio l'equilibrio e la Gestalt del soggetto fino a renderlo prosciugato delle proprie risorse vitali».

Il video mi aveva colpito parecchio, perché oltre la colpa dovevo riconoscere che la sparizione di Emma non stava innescando in me la sensazione di sgretolamento e di dissoluzione tipica delle vittime di ghosting, ma quella contraria. Come se non vederla più o addirittura pensare che non esistesse più, che non fosse mai esistita, mi stesse facendo sentire di nuovo me stessa e di nuovo libera, come se un doppio fastidioso e ingombrante se ne fosse andato, riconsegnandomi di nuovo un'identità compatta.

Certo ero preoccupata, per lei e per la sua salute, e stavo continuando a cercarla, ma l'assenza mi preoccupava quanto la presenza, cioè se fosse tornata nella mia vita piena di richieste d'attenzione, e paranoie, e stati di agitazione, non so quanto sarei stata felice.

«Lex, vorrei andare in bagno» avevo detto.

Lui si era scusato. «Mi dispiace di averti raccontato questa roba, è che sembri sensibile.» Io avevo annuito. «Tieni, ti regalo queste che adesso sono il top.» Dicendolo mi aveva messo nella mano una pallina di cellophane che avvolgeva due piccole sfere di gelatina rossa.

«Sembra Xamamina» avevo detto io.

«È un po' meglio» aveva aggiunto lui.

«Grazie Lex, le tengo per un'altra volta, ma non dovevi. Mi dispiace per la tua storia, non è giusto, hai ragione. Però puoi pensare che adesso hai un lavoro migliore.» Così avevamo riso tutti e due, io poi mi ero allontanata nella parte più buia dell'aia e lui mi aveva guardata andar via. Era già tardi, le tre o le quattro del mattino.

Quando era comparsa la mail di Emma, con l'indirizzo, e il giorno della festa, avevo pensato a un invito vero, che volesse davvero incontrarmi, o a un modo un po' romantico per fare pace. Invece probabilmente aveva ragione Lex, chissà chi l'aveva spedita, Emma non c'era, e la sua assenza era talmente percepibile da non lasciarmi scampo. Io iniziavo a sentirmi stanca e, anche se Lex mi era simpatico, non sapevo neanche perché in un posto con tremila persone fossi finita, come sempre, in una conversazione esclusiva, come se fossi al mondo per ascoltare e annuire e alla fine dire «mi dispiace». Nello spazio vicino ai bagni chimici una ragazza piegata in due continuava a vomitare, più giù, verso il parcheggio, due sagome sembravano avvinghiate in un modo piuttosto goffo. Io avevo riconosciuto la mia auto parcheggiata con le altre fra le pozzanghere e la ghiaia, mentre la voce metallica ripeteva nelle mie cuffie: «Arriverai a casa alle cinque e quarantacinque».

Alle sei, parcheggiando su via dei Savorgnan, avevo visto comparire un messaggio Signal di Lex: *Niente polizia, nessun arresto, festa di sistema*, e io non ricordavo neanche di avergli dato il mio numero.

In treno

Su una cosa Emma aveva ragione. O almeno era più onesta di me nel riconoscerlo. Le persone diventano molto abili e straordinariamente acute quando vogliono ferirti o farti sentire a disagio. Anche quelle apparentemente innocue e banali tirano fuori un ingegno misterioso se si tratta di capire cosa ti spaventa o di cosa ti vergogni. «È una forma di difesa» le dicevo io.

«Invece è una forma di offesa» ribatteva lei.

Ci pensavo sul treno regionale che da Roma avrebbe dovuto portarmi a Grosseto in poco più di due ore e che invece continuava a stentare e fermarsi in lunghe pause. L'aria condizionata era rotta, io sudavo sul collo e sulle braccia, sui polpacci dalla piega tenera delle ginocchia, e non riuscivo a togliermi dalla testa l'idea che le due ragazzine sedute nei sedili davanti ai miei ridessero di me. Avranno avuto sì e no sedici anni, forse diciassette, i capelli in ordine, le unghie laccate, il trucco nero agli occhi e un rossetto perlato che le rendeva talmente simili da poter essere gemelle. Una delle due da Instagram mandava link all'altra che diceva «Smettila», ma lo diceva ridendo fino alle lacrime. I gridolini arrivavano forti alle mie orecchie fino a quando non si zittivano improvvisamente o improvvisamente non si sussurravano qualcosa, all'orecchio, appoggiate al finestrino, per poi scoppiare a ridere ancora abbracciandosi. Alzavo il volume e mi concentravo sui miei pezzi preferiti, ma continuavo a vedere le loro bocche aprirsi, le palpebre alzarsi e abbassarsi veloci, e non mi toglievo dalla testa che avessero notato qualcosa di ridicolo in me, o che si prendessero gioco della mia sventura, diventata evidente, o solo del fatto che avessi il doppio dei loro anni.

Una paura così avrebbe potuto averla Emma, e se fosse stata vicino a me l'avrei rassicurata. «Nessuno ride di te» le avrei detto. Solo che le sue paure adesso si erano trasferite a me e non c'era nessuno a rassicurarmi. «Che cazzo ti importa di due ragazzine qualunque» avrei aggiunto, fino a quando non l'avessi vista sorridere. Solo che adesso importava a me, non avevo mai avuto pensieri del genere, ma non li avevo mai avuti perché forse prima di allora ero stata solo molto ingenua e non molto forte.

Per uscire dal vagone e spostarmi in un altro avrei dovuto passargli davanti, e neanche questo mi riusciva. Di nuovo ero terrorizzata. Se i miei timori fossero stati fondati, quella era la prova che stavo diventando strana, evidentemente strana. Una borderline a tutti gli effetti. Ma se invece mi fossi sbagliata, e quelle due avessero riso di tutt'altro, allora era il mio equilibrio a vacillare e significava che Emma mi aveva contagiato a tal punto, e senza che me ne accorgessi, da rendermi una vittima del mondo.

Marco mi stava scrivendo: *Vengo a prenderti alla stazione, dove sei?*

Non troppo lontano da te, stavo rispondendo io, e anche la nostra conversazione in quel momento era sembrata irreale. Come se le ragazzine avessero svelato la mia inadeguatezza, come se la povera demente che credevo vedessero in me fosse l'unica immagine in cui potessi davvero identificarmi e non solo una cattiveria gratuita. Per questo, a quel punto, la paura era diventata che Marco, vedendomi, mi trovasse fuori di testa. Per calmarmi e spezzare l'incantesimo di quel momento mi ero finalmente alzata, riuscendo a chiudermi in bagno. Il cubicolo lurido di anni di incuria sapeva vagamente di candeggina e zolfo. Guardandomi allo specchio ero riuscita a riconoscermi e a contenere il panico. Non c'era niente che evidentemente non andasse in me. Ero la solita, né bella né brutta, non certo il mostro che avevo preso a sentirmi. Al massimo qualcuno avrebbe potuto dire scialba, forse i miei occhi erano gonfi, ma niente di più, non stavo crollando in mille pezzi, mi dovevo solo calmare e passare un po' di carta assorbente sulla fronte. Il sole del mattino si infilava da ogni fessura e bruciava di luce da ogni finestrino. Il controllore mi era passato a fianco senza guardarmi e credo invece che mi avrebbe fatto piacere parlare con lui, chiedergli quanto ancora per Grosseto. La domanda sarebbe stata comunque superflua perché il treno stava rallentando e i freni stridevano sotto i miei piedi mentre il cartello della stazione si faceva finalmente leggibile. Io continuavo a sistemarmi in modo frenetico. I capelli indietro, una ciocca sulla fronte, le spalline della canottiera diritte su quelle del reggiseno, le stringhe dello zaino alla stessa lunghezza. Poi, con un ultimo balzo, il vagone si era arrestato davanti all'edicola e proprio vicino a un'anta di riviste avevo riconosciuto il mio amico.

Marco

Erano le tredici e la stazione di Grosseto sembrava potersi liquefare da un momento all'altro.

«Qual buon vento» mi aveva accolta Marco, mentre cercavo di capire dal suo sguardo quanto fossi strana, o quanto ancora normale. «Cioè, il vento, proprio oggi, non direi» aveva proseguito lui, che però era il test peggiore che potessi trovare, visto che faticava a guardarmi in faccia preferendo forse incontrare lo sguardo di chiunque altro in stazione. «Non che ci siano stati giorni più freschi, agosto quest'anno è un vero e proprio forno, un forno ventilato.» E dicendolo aveva riso un po' da solo. «Orbetello non è Antigua, ma vedrai che si sta bene e mia madre non vede l'ora di conoscerti.» Aveva sorriso ancora, e non è che non fosse simpatico, è che non mi pareva presente, attento, intendo, aveva addosso l'agitazione di chi finge, quella di chi nasconde qualcosa, o di chi si sforza di essere gentile senza trasmettere alcuna gentilezza.

Così aprendomi la portiera e così appoggiando il mio zaino sul sedile posteriore. «Tieniti forte, perché ho intenzione di correre» continuava a scherzare. Seduta vicino a lui l'avevo visto torcersi il collo per la retromarcia e imboccare l'Aurelia in direzione del residence senza smettere di sorridere, e per un attimo non mi ero sentita al sicuro. I rischi che percepivo erano tutti emotivi, il rischio che tra noi stesse per succedere qualcosa di traumatico o di spiacevole o di violento, addirittura. Senza riflettere, avevo acceso una sigaretta e l'avevo spenta dopo due tiri soltanto ricordandomi che Marco detesta il fumo. Avevo aperto il posacenere della piccola Panda, ma anche questo doveva essergli sembrato fuori luogo e infatti per la prima volta il suo sguardo era stato esplicitamente ostile. Con l'altra mano accarezzavo l'aria calda che dal finestrino, seguendo la linea del mio braccio teso, arrivava fino al collo, asciugando ogni goccia di sudore.

Così avevo smesso di ascoltarlo e chiudendo gli occhi avevo fatto il conto dei mesi in cui non ci eravamo visti, che erano sei o sette, più o meno da quando gli avevo presentato Emma sperando che funzionasse. Marco abitava in un quartiere di periferia a nord di Roma, e in dieci anni di amicizia non mi aveva mai invitato a casa sua. Se ci vedevamo a pranzo, a cena o solo per salutarci, ci vedevamo da me, o in giro. Potevo dire di sapere tutto di lui, gli amori passati, i tentativi di vivere da artista dopo l'accademia, le polemiche con i curatori e i galleristi, i problemi con la famiglia. Avrei riconosciuto il suo tratto a matita in pochi secondi, gli acquerelli e gli schizzi sulle tovaglie di carta. Ma non so se avrei definito il nostro rapporto intimo, pure perché entrambi non dismettevamo mai agli occhi dell'altro l'immagine del fallito intelligente, di quello che ha sempre la situazione sotto controllo. Avevo capito che gli era più facile nascondere che svelare, che c'erano cose su cui probabilmente preferiva mentire, dissimulare, ma non mi importava, perché comunque qualcosa di onesto tra noi c'era.

Riaprendo gli occhi avevo dovuto proteggermi dal sole delle due e ammettere che il caldo mi stava dando alla testa, perché guardando Marco al volante non ero più neanche certa che fosse lui, come in una fotografia venuta male. Forse era la mia cattiva coscienza a filtrare la realtà e ad alterarla, perché tutto quello che stavo facendo era avvicinarmi a lui per sapere di Emma. Marco aveva ricevuto una telefonata, e aveva appoggiato d'istinto il dito indice sui piccoli auricolari nascosti tra i capelli; doveva essere la madre, perché acconsentendo a ogni richiesta stava recitando una lista delle commissioni.

Chiudendo gli occhi di nuovo, io cercavo di rimettere insieme quello che mi ricordavo del suo incontro con Emma. L'idea di farli incontrare era stata mia. Lei era sempre smaniosa di contattare uomini e Marco in quel momento mi appariva più solo che mai, e mi aveva confessato di sentire sempre di più la mancanza di una donna mai incontrata, una nostalgia fortissima, come se qualcosa lo tenesse lontano dalla persona che avrebbe potuto farlo felice. Mi aveva detto, sfinito, di sentire la mancanza di questa donna svegliandosi la mattina, e di masturbarsi sul divano pensando a lei. Una volta anche Emma aveva raccontato una cosa simile, descrivendola come la nostalgia dell'amore mai avuto. Questo era bastato all'epoca per farmi credere che si sarebbero potuti piacere. Le cose, però, non erano andate granché, da come ricordavo. Emma si era sentita ferita, umiliata addirittura, e Marco, per parte sua, il giorno dopo mi aveva confessato di aver deciso, vedendo Emma a cena, che non avrebbe voluto una storia con lei da subito. Perché si era reso conto che non era il suo tipo e che c'era qualcosa nel corpo che la faceva sembrare spezzata, anche se non capiva cosa. Lei aveva continuato a piangere e il giorno dopo mi aveva accolta in casa come se fosse arrabbiata anche con me. Marco invece ne era uscito rafforzato, diceva di sentirsi evoluto e che un tempo sarebbe andato a letto con una come Emma solo per compiacerla, solo per gentilezza, finendo per generare in lei aspettative inutili e dolorose. Così anche lui aveva smesso di parlarne. Questo era quello che sapevo e che ricordavo. Almeno finché Emma non aveva aggiunto il racconto dei loro incontri successivi.

«Scusami, mia madre mi tratta come il suo maggiordomo. Ti ci abituerai» aveva detto Marco, e finalmente avevo sorriso anche io.

Arrivati al residence, immerso in una pineta diradata davanti alla spiaggia, un uomo con la schiena curva aveva alzato la sbarra che separava il giardino delle vacanze dal resto del mondo e Marco aveva guidato ancora, lasciando che la Panda si spegnesse vicino a poche altre utilitarie. La signora Anna ci stava già aspettando. Attorno a noi i cespugli e i vialetti organizzati in percorsi circolari e semplici, un villaggio di pace dove le aloe cresciute a terra e i fichi d'India opachi di salsedine segnavano i punti cardine della bussola che avrebbe impedito a chiunque di perdersi. Una freccia di legno scolpita a mano indicava BUNGALOW PRIMAVERA, il nostro. «Mamma, so che ci stavi aspettando.»

Mentre ancora Marco stava parlando, avevo incrociato gli occhi azzurri e limpidi della signora Anna e mi ero sovrapposta, in imbarazzo, forse diventando addirittura rossa: «Piacere, davvero. Spero di non disturbare troppo, è un onore» e altre cose sceme che avevano sicuramente finito per farmi sembrare impacciata come ero.

«Va be', ci sistemiamo» aveva concluso Marco.

Dentro, la casetta di legno era più grande di quello che appariva da fuori. Il piano maiolicato del pavimento proseguiva dal patio all'interno, diviso solo da una porta a vetri di quelle che cambiano colore con la luce del sole. La mia stanza era grande come quella di Marco e dalla scala in ferro centrale si intravedeva il piano superiore, un secondo open space con bagno, dove invece alloggiava la signora Anna. Insomma quello che mi ero figurata come il classico bungalow anni Ottanta, cioè l'alternativa alla tenda da campeggio che conoscevo, era in realtà un cottage chic. Nella mia stanza mancavano i ninnoli e le vecchie lenzuola che avevo previsto, era essenziale, con la testiera del letto e il guardaroba di legno grezzo, un tappeto marocchino a terra, e una piantina di rosmarino vicino all'interruttore che alzava e abbassava le tapparelle, quello con cui avevo preso a giocare, fino a quando non avevo incrociato lo sguardo di disapprovazione di Marco dal giardino. «Tu riposati, adesso» aveva detto. «Mia madre vorrebbe cenare con noi più tardi, vediamoci alle sette per l'aperitivo.»

Così, su suo consiglio, mi ero stesa e, dopo giorni e giorni, finalmente avevo sentito qualcosa sciogliersi, la schiena aderire perfettamente alla superficie morbida del letto, la tensione del collo andarsene, come se mi stessi ricomponendo. Avevo acceso una sigaretta, e di nuovo stavo fumando, e ciccando nel rosmarino quando avevo ricevuto un messaggino WhatsApp da parte di Marco: *Ti prego di non fumare in casa. Scusami, è per mia madre.* Come avesse fatto a sentire la puzza di fumo dopo due sole boccate era difficile da dire. *Certo, scusami tu, ti va se dopo cena ci fermiamo a parlare un po'?*, avevo risposto io.

E lui a me: *Sono troppo stanco, preferirei domani, scusami ancora.* E dire che per come si stava mettendo, cioè per la formalità della situazione, il cottage chic e tutto il resto, avevo anche sperato di parlare con lui quella sera e tornarmene a Roma la mattina dopo. Marco però continuava a essere misterioso, in macchina ci eravamo scambiati sì e no dieci frasi e dopo avermi depositata in camera si era fatto sentire dall'altra stanza solo per quella storia del fumo.

Doveva conoscere il motivo della mia visita, e il motivo della fretta che avevo avuto di incontrarlo, perché non ne era stato sorpreso e sembrava che la sua unica preoccupazione, per il momento, fosse quella di evitare di rimanere da solo con me in una stanza.

«Scusate il ritardo» avevo dovuto dire quando alle diciannove e zero cinque l'avevo trovato seduto vicino alla signora Anna al tavolo del patio, e se lo sguardo di lui mi era apparso del tutto inespressivo quello di lei si era acceso.

«Figurati, cara, vieni qui a sederti al sole, finché ce n'è. Marco, ti va di preparare l'aperitivo? Non esiste tramonto senza gin tonic.» Vista da vicino era più bella di come mi era apparsa in giardino arrivando. I capelli raccolti dovevano essere stati biondi o castani e il bianco di adesso appariva morbido e lattiginoso, un tutt'uno con la carnagione chiara appena oscurata dalle rughe sulla fronte o dalle pieghe del collo. Le spalle larghe e la vita stretta erano riconoscibili sotto la camicia leggera di lino. In più era scalza e il fatto che i piedi fossero nudi aumentava il suo fascino. Come se l'età e i segni del tempo non fossero altro che un'illusione ottica e a guardarla con un po' di attenzione la sua bellezza non potesse che rivelarsi intatta. Doveva aver capito la mia ammirazione e infatti aveva preso a restituirmela in simpatia. Marco era scomparso dietro i vetri della porta che lentamente stavano diventando blu.

«Mio figlio parla tanto di te.» E dicendolo aveva incrociato il mio sguardo e tutt'e due eravamo scoppiate a ridere. «Non è vero,» aveva aggiunto continuando «ma sono felice di conoscerti, a parte qualche compagno di scuola, mi tiene nascosta a tutti. Ti va di darmi del tu? Mi sentirei più a mio agio.» Poi da una shopper di Fragonard aveva estratto un pacchetto già iniziato di Dunhill e me ne aveva offerta una.

«Veramente credevo che non fumassi» avevo detto io accettando.

«E chi te l'ha detto, Marco? Non credere a niente di quello che dice, mente, e poi è così bigotto.» E ancora avevamo riso.

Marco era ricomparso aprendo la porta con un piede e aveva appoggiato un primo vassoio con tre bicchieri ghiacciati, aveva guardato la madre, e con aria triste aveva detto: «Credevo che fossimo d'accordo su quelle». Tornando una seconda volta dalla cucina aveva appoggiato tra noi il posacenere e piccole ciotole di mandorle, olive e altro, ma anche in questo caso la sua gentilezza era stata vuota. Per tentare di avvicinarlo gli avevo stretto la mano, scoprendo così che sia la mia che la sua erano ghiacciate.

«Marco fa i cocktail più buoni di tutto il residence.» Anche la signora Anna cercava di avvicinarlo. Con più successo di me perché quel complimento doveva essergli piaciuto, e infatti si era seduto di nuovo tra noi, e con un'espressione più attenta in viso, questa volta.

La signora Anna poi aveva chiesto di me, gli studi e il lavoro, che cosa mi piacesse, senza soffermarsi su niente in particolare, ascoltandomi solamente. E dopo un po', forse anche per il gin che era forte, avevo iniziato a sentirmi meglio, addirittura bene. La mia stranezza nel suo sguardo non appariva più tale, ed era chiaro per lei che se volevo scrivere avevo fatto bene a licenziarmi. Le avevo raccontato di Snape e aveva detto, lusingandomi, che in un negozio di souvenir, in effetti, non mi ci avrebbe proprio vista. Era dolce e assertiva allo stesso tempo. Aveva scosso il bicchiere e Marco aveva capito che era il caso di riempirlo ancora. Il sole stava scendendo velocemente e sulla nostra testa si era accesa una lanterna color ambra che rendeva tutto più morbido. E così avevo detto: «Complimenti, si sta benissimo, è una casa davvero bella».

Mentre finivo di dirlo, la signora Anna aveva aggiunto: «Tu sei bella, davvero».

Io l'avevo guardata sorridendo, ma sorridendo come si sorride a qualcuno che ti piace, e dovevo essere arrossita un'altra volta. Avevo cercato istintivamente Marco, e lui era ricomparso da dietro il vetro: «Volete cenare? Vino, insalata?».

A letto, più tardi, avevo iniziato a pensare che tutte le mie ansie non avessero nessuna relazione con la realtà. La signora Anna era sembrata affascinata da me e addirittura mi aveva trovata bella. Sapevo che se mi fossi rimessa in sesto sarei stata di nuovo attraente. Mi sarebbe bastato accoppiare i vestiti in modo decente la mattina, pettinarmi i capelli e smettere di bere e di fumare. Avrei potuto cercare un lavoro a settembre, un lavoro qualunque, avrei fatto la commessa o la fotografa, poco sarebbe importato. Con i soldi del lavoro avrei potuto affittare una casa migliore, e col tempo avrei cercato un fidanzato vero, qualcuno disposto ad amarmi un po', invece di un uomo sposato e ossessionato dal sesso. In più non c'erano prove che Emma fosse in pericolo, né che mi volesse punire col suo silenzio. Anche quest'ansia poteva essere il frutto della mia insicurezza. Le persone a volte prendono strade diverse. Forse era semplicemente impegnata con la madre.

Tornare a casa, lavarmi i capelli e cercare un lavoro qualunque, questo era il mio piano, anche Dodi avrebbe approvato i miei nuovi e concreti desideri. E poi lasciare in pace Marco, pure lui già molto impegnato con la mamma. In fondo, cosa avrebbe potuto dirmi? E poi, anche se aveva continuato a vedere Emma, erano solo affari suoi. Avrei potuto godermi un giorno di mare, il primo dall'inizio dell'intera estate, e poi tornarmene a Roma. Così, cullata da questi pensieri di un futuro più semplice, mi ero lasciata andare al sonno.

La mattina dopo, a colazione, la signora Anna non c'era e Marco seduto al tavolo della cucina mi stava aspettando con il caffè; mi ero seduta anche io, ancora rasserenata, ma lui mi aveva preceduto nei saluti e si era sbrigato a dirmi: «Lo so perché sei qui. Vuoi parlare di Emma. Dobbiamo solo riuscire a ricavarci un paio d'ore per noi. Tu vai pure in spiaggia, io preparerò qualcosa per pranzo e ti raggiungerò nel pomeriggio». Dicendolo mi aveva lasciata da sola e tutta l'ansia che ero riuscita ad allontanare la sera prima mi era ripiombata addosso, trasformandosi in angoscia. Avevo rovesciato la mia tazzina di caffè, tentato di asciugare tutto con la maglietta del pigiama ed ero rimasta seminuda, in cucina, sentendomi di nuovo un'intrusa.

In bagno, mentre mi preparavo per il mare, guardavo le mie mani tremare e sentivo i battiti del cuore seguire un ritmo troppo alterato, attaccato allo specchio un post-it che non avevo notato al risveglio: *Vieni nella mia stanza dopo cena? Sono solo cinque gradini in salita. Anna*. Dalla finestra della stanza un odore forte di incenso e la melodia di un coro indistinto che recitava il mantra a Krishna. Per qualche secondo avevo cercato di accordare il mio respiro al loro, senza riuscirci. Marco mi aveva lasciata, diretto non so bene perché al porto, e la signora Anna non era in casa, oppure c'era ma non emetteva alcun suono. Di nuovo l'unica urgenza, per me, l'unico desiderio stava diventando la fuga. Ma non potevo, non ancora. Marco sapeva che stavo cercando Emma, e sapeva qualcosa su Emma che avrebbe potuto rivelarmi. *Vado in spiaggia, come mi hai suggerito, avvertimi se passi o quando torni al residence*, gli avevo scritto.

Erano due, forse tre anni che non mettevo piede su una spiaggia o in un posto di villeggiatura, avrei dovuto indossare costume e pareo e non mi sentivo pronta. Da sempre preferivo non guardare il mio corpo. A volte, con i vestiti giusti, mi ero sentita bene, a posto intendo, ma in generale vedermi nuda o con poche cose a coprirmi, tipo biancheria intima, non mi faceva sentire a mio agio. Per il fatto che non ero mai stata magra e che guardandomi i fianchi senza vestiti, inutilmente arrotondati, mi era sempre sembrato di somigliare a un fiasco di vetro. A questo potevo aggiungere la scarsa coordinazione e il modo goffo di muovermi nello spazio, anche le gambe lunghe e i polpacci affusolati credevo mi donassero un aspetto più buffo che elegante. Comunque infilandomi il costume blu intero, che era l'unico che possedevo, avevo sentito le cuciture del décolleté e quelle delle cosce fluire in modo diverso sulle mie circonferenze e, guardandomi infine allo specchio, avevo dovuto riconoscere un corpo nuovo, più sottile. Dalla piega del seno piccolo, la lycra del costume si svuotava fino alle anche. I fianchi non erano più quelli di un fiasco, tracciavano una linea curva ma delicata, fino alle ginocchia. Mettendomi di profilo e respirando profondamente avevo visto la sporgenza delle costole e d'istinto avevo appoggiato due dita sullo sterno. Era strano vedermi così. Non mi depilavo da mesi e le ginocchia e i polpacci si erano coperti di una peluria fitta, seppure debole e sfibrata, come quella di una dodicenne. Questo nuovo corpo doveva essere il risultato dei mesi allucinati vissuti fino a quel momento. E il fatto di non aver percepito il cambiamento la prova in eccesso della mia dissociazione. Per assicurarmi di non sbagliare avevo portato la lampada del comodino e poi una banana davanti allo specchio, per confermare che il loro riflesso corrispondesse al reale volume. Corrispondeva. Lo specchio non stava mentendo e io ero magra. Chissà che faccia avrebbe fatto Emma vedendomi, e quale altro difetto avrebbe dovuto prendere di mira per ridicolizzarmi. O cosa avrebbe detto Dodi. L'unica che certamente non avrebbe commentato era mia madre, che da sempre e per sempre era in grado di dire solo che avevo le guance tonde e lisce come la buccia di una mela. Questa mela adesso non era più la stessa, e dovendo scegliere un altro frutto a cui paragonarmi forse sarei stata più somigliante alla banana che ancora tenevo in mano.

Avevo messo la banana e una manciata delle mandorle della sera prima nello zaino, poi avevo staccato il post-it e l'avevo accartocciato nella tasca degli shorts, dove con le dita avevo riconosciuto la pallina di cellophane di Lex. Uscire dal cottage diventava improvvisamente un gesto avventuroso, anche se si trattava di fare cinquecento metri in orizzontale fino alla spiaggia. Tra i cespugli bassi svolazzava qualche pettirosso e il sole delle undici non era poi così caldo. Pestavo gli aghi a terra nel sentiero della pineta e c'era talmente tanta pace che anche il fatto che si rompessero sotto i miei piedi mi appariva come una violenza.

La spiaggia era piena di ragazzini e c'era pure un campetto da beach volley infilato tra il chiosco del bar e quello delle sdraio. Ma non aveva importanza perché io, più che altro, avrei voluto riposare, avrei voluto sentire le mie mani fermarsi e il cuore tornare al suo posto. Tirando fuori dalla tasca le monete per l'ombrellone, avevo toccato il rotolino accartocciato del post-it di Anna e appena stesa sulla sabbia l'avevo aperto per rileggerlo.

Trovando quella specie di proposta in bagno non avevo avuto il coraggio di prestarle attenzione, ma da subito non avevo pensato neanche per un minuto di rifiutare. Che genere di invito fosse, però, non riuscivo a decifrarlo, e nemmeno se Marco ne fosse a conoscenza. Forse no. Comunque lui al mio messaggio non aveva risposto, anzi, non lo aveva neanche ricevuto. Sarei potuta rientrare con calma dopo pranzo sperando di trovarlo in casa. Chiudendo gli occhi avevo ascoltato due bambine dirsi cose dolci: «Hai dei capelli bellissimi, fammi toccare i tuoi piedi, voglio farti un tatuaggio» ed ero tornata con la memoria alla casetta di montagna che i miei genitori affittavano per le vacanze quando ero bambina io, un posto semplice senza attività né svaghi. Forse anche io ero stata simile a una di quelle bambine, avevo avuto l'ottimismo e la fiducia, e l'innocenza. Ma oltre l'appartamento con il perlinato in legno a metà parete non riuscivo a vedere altro, o a trovare un momento che avrei definito felice, solo una massa concentrica e confusa, come aver vissuto la vita di un'altra, dall'infanzia a quel giorno sulla spiaggia. Avevo scritto a Lex su Signal: *Il tuo regalo mi farà dormire?*

E lui subito a me: *Se è quello che vuoi*. Così avevo buttato giù una sfera e dopo un po', al caldo, finalmente mi ero rilassata.

«Corri a farti una doccia e raggiungici» aveva detto la signora Anna vedendomi tornare. Uscendo dalla doccia, mi sentivo ancora più stanca di quando mi ero svegliata al mattino, e forse il sole, il digiuno e le pillole non erano bastati a calmarmi. Spiando dalla finestra avevo visto Marco e Anna ricomporsi attorno al tavolo nella stessa disposizione della sera prima. Marco stava accendendo le candele, poi si era seduto e aveva iniziato a strimpellare qualcosa, tipo Radiohead. La signora Anna fumava e ogni tanto si avvicinava al figlio che non smetteva di canticchiare. Qualcuno, vedendoli così, avrebbe potuto scambiarli per una coppia.

Le mie gote erano appena un po' colorite e i capelli avevano ripreso volume dopo tanto. Avevo fatto attenzione, vestendomi, e avevo tirato fuori la canottiera più carina da mettere sopra i soliti jeans. Volevo essere bella, o perlomeno non essere deludente. Aprendo Instagram non avevo resistito ed ero finita sulla pagina di Emma, dove i post erano sempre gli stessi e l'ultimo era di quasi tre settimane prima.

«Gamberi freschi e vino, spero sia ok.» Anna mi aveva vista uscire e mi aveva preso la mano come in una danza, finché anche io non ero tornata al tavolo con loro. Marco aveva alzato lo sguardo dalla chitarra sorridendo appena. «La nostra ospite è sempre più rilassata» aveva aggiunto. E la sua osservazione mi aveva reso insicura.

«Ho dormito troppo in spiaggia» mi ero giustificata. «Ti aspettavo, ma non ti sei fatto vedere. Non mi hai più scritto, che combini?»

Marco aveva ignorato le mie domande e aveva preso a suonare qualcosa di folk, forse Brassens. La signora Anna stava lasciando andare la testa indietro sulla sdraio e aveva detto sussurrando: «Oh Dio, che bello».

Marco si era alzato, diretto in cucina, io l'avevo seguito d'istinto e mi ero avvicinata fingendo di volerlo aiutare, credo sia stato quello il primo scambio sincero tra noi da quando ero lì.

«Dovevi raggiungermi in spiaggia, ma non ti sei fatto vedere, lo sai che sono in ansia, cazzo» avevo detto io.

E lui, subito: «Lo sai che non mi piace sentirti parlare così, e ti pregherei di non dire "cazzo", "porca puttana", "vaffanculo" o altro davanti a mia madre».

«Ok, te lo giuro, ma che cazzo di fine ha fatto Emma?»

A quel punto Marco mi aveva messo il vassoio di gamberi crudi tra le mani. «Ne parliamo dopo, ti ho detto, adesso sforzati di aiutarmi.» Le piccole creature rosa adagiate in circoli simmetrici mi guardavano tutte insieme come implorando di non essere inghiottite. «Sbrigati» aveva detto Marco, questa volta davvero acido. Appoggiando il vino a tavola l'avevo visto servire il primo bicchiere a sua madre.

Io mi ero dovuta versare il vino da sola, ma almeno la signora Anna aveva brindato con me e aveva aggiunto: «Stai benissimo oggi».

«Mi sento bene, infatti. Grazie.» Dicendolo avevo guardato Marco.

Quando era nervoso metteva in campo il suo complesso di superiorità. Era lo stesso complesso che gli aveva impedito nel tempo di innamorarsi veramente. Cristina è troppo sempliciotta, e tizia è troppo grassa, o troppo scema o troppo povera, o noiosa come una fisioterapista. Soffriva di non essere felice, ma non poteva fare a meno di giudicare. Cosa invece pensasse di me, non avrei saputo dirlo. Quella volta che aveva provato ad avvicinarsi, alla fine ero stata io a respingerlo. Ma chissà perché l'aveva fatto. Forse non mi pensava scema, ma qualcosa di affine, una che aveva fatto le scuole statali e basta, il liceo ok, e l'università, ma niente più, e mi correggeva la dizione, infatti, e le dislessie, e mi implorava di non dire parolacce, almeno a tavola. Detestava il mio quartiere, e lo detestavo anche io, se non fosse che quando lo detestava lui mi sentivo costretta a difenderlo e finiva, malgrado tutto, per piacermi. Le persone sono libere, si incontrano, dicevo. Niente di più falso, puro antagonismo. La luce color ambra si era accesa sopra le nostre teste, l'alcol del bicchiere si stava mischiando alla codeina, e alla mia ansia, e a un misto di stanchezza ed endorfine, e bisogno di tregua.

Gli occhi azzurri della signora Anna splendevano del sole che se ne stava andando. Non facevo l'amore con una donna da dieci o quindici anni, e comunque all'epoca era stata una coetanea in una specie di passione elettiva. Ma mi sarebbe piaciuto in quel momento essere toccata e abbracciata, esistere nel corpo e non più nei pensieri. Marco aveva preso a dire che non capiva perché mi ostinassi a guardare i film e le serie doppiati, e che guardarli in lingua originale era tutta un'altra cosa. Questa uscita sui film e le serie doppiati suonava come la prima delle provocazioni che sapevo sarebbero arrivate. E per questo l'avevo lasciata cadere. «Non è che guardo tante puntate ultimamente.» Poi avevo aggiunto: «Per caso vi è capitato di sintonizzarvi su un canale che si chiama LightNOW?». Ma nessuno aveva ascoltato la mia domanda. Più tardi, quando i gamberi erano finiti e a tavola restava solo il vino, avevamo parlato ancora un po' di serie tv e Marco aveva sciorinato tutte le sue cose preferite, che erano soprattutto spettacoli di stand-up, comicità alla Louis C.K. o serie anni Novanta come *Seinfeld*, o roba di animazione alla *BoJack Horseman*. Solo che Marco promuoveva le sue preferenze in fatto di tv come se parlasse di Proust o di Dickens, citava Tig Notaro come Dante Alighieri e mi infilava in un baratro senza appello perché non guardavo *How I Met Your Mother*.

«Marco guarda troppa televisione» aveva aggiunto la signora Anna.

L'aveva detto distrattamente, senza apparente cattiveria, eppure a quelle parole Marco si era innervosito di più, e alzandosi dal tavolo aveva detto: «Mi scuserete se questa sera non lavo i piatti e non sciacquo i bicchieri, ma sono troppo stanco. Vi toglierei il gin, ma sembra che non abbiate ancora finito di bere».

La signora Anna non era interessata alla scenata del figlio, e anzi aveva continuato a conversare. «Quando ero bambina i miei nonni accendevano un fuoco di notte, anche in estate. Tiene lontano gli animali selvatici e gli spiriti dei defunti. Ma se accendessi un fuoco qui mi ritroverei l'esercito in cinque minuti.» Poi aveva preso a giocherellare con una candelina sul tavolo e guardandomi aveva aggiunto: «Adesso mi spieghi perché, invece di essere a casa a scrivere o in giro a fare un viaggio vero, sei qui a trovare un amico introverso e sua madre?».

«Ho perso un'amica» avevo detto io senza guardarla, e mi ero accorta dicendolo del fraintendimento che offrivo.

«Mi dispiace,» aveva detto Anna «quand'è successo?»

Così mi ero sbrigata a ribattere: «No, no, non è morta. Non credo, almeno. È semplicemente sparita nel nulla. Non risponde al telefono, non è in casa, non vuole più vedermi o parlarmi, o altro».

«E allora lasciala andare,» aveva detto lei, tirando ancora la testa indietro «la vita cambia, muta nel tempo tante e tante volte in una vita sola, trattenere le cose e le persone è un errore che facciamo tutti e che a tutti costa troppo.»

«Lei, scusami. Tu. Tu però trattieni Marco, o sbaglio?»

«Sbagli,» si era sbrigata a dire «perché è lui che non ha il coraggio di andarsene.»

Sentivo di essere stata irritante, e deludente. Come se Anna non si aspettasse quel genere di commento, un commento fuori luogo, forse invadente. Non era una sensazione nuova. Mi era già capitato di fare una splendida impressione a qualcuno e poi di deluderlo un attimo dopo, come se non riuscissi a essere all'altezza di me stessa. O, come spesso capita alle persone timide, mi era già successo che gli altri mi mettessero addosso la personalità che più gli sarebbe piaciuto che avessi, e che io, pur capendo bene il desiderio, non riuscissi a restare nella parte tanto a lungo.

La casa, al buio, appariva disabitata, la signora Anna si era alzata per innaffiare i fichi d'India e non era più tornata al tavolo, dove era scontato, ormai, che sarei rimasta sola. Se si fosse offesa per la mia insinuazione o semplicemente fosse uscita di scena in modo fatale non mi era chiaro. Avevo acceso un'altra sigaretta, ero scivolata all'interno del cottage e mi ero infilata una felpa per scaldarmi dall'umidità della notte. La stanza di Marco era al buio, con le finestre aperte, e illuminata solo dalla luce della luna. A terra, oltre allo stesso tappeto e alla stessa pianta di rosmarino della mia, bottiglie d'acqua vuote, un leggero odore d'erba nell'aria, e il pc ancora acceso. Senza esitare mi ero buttata a peso morto sul suo letto e avevo aperto il portatile, pronta a spiare. Avrei frugato alla ricerca di notizie su Emma, credendo che questo sarebbe bastato a giustificarmi in quel gesto. Avrei cercato le mail, le foto o qualsiasi brandello di conversazione scritta, le prove di quello che ancora mi veniva nascosto. Solo che, spingendo un tasto a caso, mi ero ritrovata davanti una chat Telegram aperta dove Marco aveva scritto da poco. Era un gruppo di anonimi, tutti molto arrabbiati, l'immagine del profilo era il logo di un movimento anarchico, e l'intervento di Marco era particolarmente violento.

Non manca molto tempo e gli effetti catastrofici di quello che avete fatto distruggeranno la vostra vita come hanno distrutto la nostra. I cittadini, la gente a casa, quelli di cui parlate sempre da un pulpito, quelli che non vi votano più perché tanto dei voti neanche avete più bisogno, quelli saranno la vostra rovina. Faremo in modo che il terrore entri nelle vostre vite e le distrugga. Da persone per bene, da piccoli costruttori borghesi, da pacifici padri di famiglia, da studenti modello ci avete trasformato in guerrieri rabbiosi. Far crollare la vostra immagine sarà lo scopo delle nostre vite, finché non sarete costretti a nascondervi. Voi e i vostri decreti truffa scritti dall'avvocato di Un posto al sole, *le biotecnologie per un futuro che non arriva, gli antibiotici in dieci dosi, voi e i finanziamenti infiniti ai giornali che non compera nessuno, i talk show che informano con i giornalisti drogati condotti dai più dementi. I* fact checkers *ciechi. Daremo fuoco alle vostre vite da dentro, finché non esploderanno come bombe. Ci avete costretti a dimenticare il nostro buonsenso, il nostro senso del perdono, abbiamo perso la dignità con le canzoni di Sanremo, con l'app controllo, con il passaporto a passeggio, il bollo pagato, l'assicurazione sull'assicurazione. Vi ammazziamo a uno a uno, brutte carogne. Tutto quello che ci rimane sarà impiegato a riscattare quello che ci avete sottratto, la vostra vita in cambio della nostra, ci fate solo ridere perché siamo sempre di più e sempre più incazzati. State educando i nostri figli come automi pietrificati dal terrore. Ipnotizzati dalla paura, costretti a guardare le conseguenze della politica scellerata che non siete riusciti a risparmiarci. Avete reso i nostri genitori vulnerabili, agorafobici, perdenti. Avete reso l'idea stessa del contraddittorio una minaccia, eppure, ancora, avete il coraggio di chiamarla democrazia. Ma non ce ne frega un cazzo, le vostre statistiche sono false, le vostre ideologie sono false, le vostre previsioni sono ridicole, la vostra volontà di governare è criminale. Preparatevi a morire a uno a uno o iniziate ad ammazzarvi da soli.*

Non avevo mai sentito Marco parlare così. Era irriconoscibile. In più credevo che la politica non gli interessasse affatto ed ero sicura di ricordare che come me non avesse mai votato. Evidentemente, invece, certi discorsi lo prendevano parecchio. Sotto il suo intervento continuavano a comparire messaggi di odio e di vendetta, ma tutti più sgrammaticati del suo, e non avevo capito bene chi fosse il destinatario di tutta quella violenza, avevo richiuso il pc, e sentivo l'angoscia crescere, in tasca ancora l'invito della signora Anna. Così mi ero alzata, ma prima di uscire avevo notato in un angolo, a terra, una scatola aperta e un grande puzzle dell'universo in costruzione dove l'unica cosa riconoscibile, al momento, erano gli anelli di Saturno.

Mi ero diretta verso la scala interna, avevo salito i gradini, fino a ritrovarmi sul soppalco, a terra lo stesso tappeto etnico ma più grande. Anna stava uscendo dal bagno, aveva i capelli legati e si lisciava i palmi per distribuire una lozione sulle mani. Senza parlare si era avvicinata a me e dopo poco aveva iniziato a baciarmi sul collo e sulla fronte. Tutte le volte che le sue labbra toccavano la mia pelle sentivo ogni cellula del corpo rilassarsi e cedere al sollievo e al piacere. Le avevo tolto l'accappatoio e avevo preso a toccarle il seno, che era proporzionato, né grande né piccolo, e molto più tonico di quello che mi sarei aspettata. Così avevo scacciato l'ipotesi di una mastoplastica. La sua pelle profumava di olio di mandorle e sapone neutro, le sue dita stavano scivolando tra le mie gambe, e mi sentivo parecchio eccitata a quel punto. Tutto continuava a essere strano, e la luce donava a me e a lei qualcosa di spettrale, erano settimane che qualcuno non mi toccava così e mi stavo abbandonando a lei. La signora Anna mi stava sussurrando all'orecchio che ero proprio come immaginava che fossi e io le stavo rispondendo che non sapevo quanto avrei resistito se avesse continuato a toccarmi, e mentre lo dicevo avevo preso la sua mano per spingermela dentro. Così mi era bastato sedermi a terra e guardarla mentre si piegava tra le mie ginocchia aperte per iniziare a gemere, poi avevo chiuso gli occhi. «Le tue guance sono rosse anche al buio» aveva detto lei. Solo che quando poi mi ero avvicinata io, cercando a mia volta di stringerla e toccarla, lei mi aveva allontanata, aveva raccolto l'accappatoio e si era rivestita dicendo che tanto non sarebbe riuscita a rilassarsi; mentre lo diceva i suoi occhi erano diventati ancora più chiari, quasi trasparenti, e qualcosa nella sua espressione aveva finito per strizzarle il collo e far ricomparire le pieghe degli anni. Io allora le avevo teso una mano e lei si era distesa vicino a me, sul pavimento, e dopo poco, forse addirittura insieme, ci eravamo addormentate.

Svegliandomi più tardi, quasi all'alba, avevo avuto il terrore che Marco ci vedesse così, ancora sdraiate. Senza toccare Anna l'avevo coperta con un lenzuolo ed ero scesa nella mia stanza, chiudendo la porta e questa volta facendo attenzione a far girare la piccola serratura a farfalla. Ero ancora troppo stanca per percepire l'imbarazzo di quello che avevo fatto. Ma già prima che il sole sorgesse ero certa che non avrei trascorso un'altra notte in quella casa. Non avrei affrontato un'altra cena con loro due a tavola, e senza dubbio non mi sarebbe più successo di andare a letto con Anna. Dio, ti prego, fa' che Marco non lo scopra mai, avevo implorato riaddormentandomi nel mio letto.

Come la mattina precedente, affacciandomi in cucina lo avevo trovato ai fornelli. Lui continuava a lucidare il piano cottura con i guanti di lattice fino al gomito e un panno morbido, a tavola la moka col coperchio sollevato. «Prendo un po' di caffè da qui» avevo detto, e lui senza rispondermi mi aveva allungato un bicchiere da cucina e un tovagliolo. Poi di fretta avevo continuato: «Mi dispiace che non ci stiamo divertendo insieme, cioè mi dispiace di non passare il tempo con te».

«Smettila,» aveva detto subito lui «non sei qui per questo e comunque non mi importa.»

E io a lui: «Ma se da quando sono arrivata non hai fatto altro che ignorarmi. Sono felice di vederti, invece, ma sono anche troppo preoccupata per Emma. L'ultima volta che l'ho vista era un pomeriggio di tre settimane fa, al laghetto dell'Eur, aspettava la madre, che credo proprio non sia mai arrivata. Comunque quel giorno mi ha detto che avete continuato a sentirvi, che tra voi c'è stato qualcosa, ma che tu non volevi che lo sapessi».

«È vero» aveva detto Marco, come se quell'ammissione non gli costasse niente.

«Ma perché?»

«Perché tu giudichi ogni cosa, e perché se mai avessi voluto una relazione con lei l'avrei voluta lontano dal tuo sguardo.» Sentivo che le sue parole erano solo l'inizio di una confessione più profonda, che avevo desiderato, ma che nel momento in cui si avvicinava mi stava terrorizzando.

«Scusa, Marco,» avevo ripreso «sono io ad avertela presentata, se non avessi pensato che potessi farle del bene, o almeno che poteste divertirvi insieme, non l'avrei fatto.»

«Non credo che tu l'abbia fatto per questo.»

«E allora perché?»

«Per avere il controllo sulla sua vita e per avere più informazioni possibili. Controllo e informazioni, è quello che interessa a tutti, e tu non sei diversa. Certo, ti metti nelle situazioni con l'aria di chi si è persa. E sei affidabile, se vuoi, nel senso che sai essere presente, rispondere in tempo ai messaggi, essere di compagnia, ma alla fine non ti interessa davvero chi hai di fronte, usi le persone per riempire i buchi, e poi passi oltre.»

«Non l'ho fatto con te, mi sembra.»

«Lo stai facendo adesso, entrando in casa mia, osservando tutto, giudicando in silenzio. Vuoi sapere, vuoi conoscere, che fine ha fatto Emma, dove sta Emma, ma ti interessava così tanto quando era lei a chiederti aiuto?»

«Non mi chiedeva aiuto, ma sei impazzito? Non credevo fossi così arrabbiato» avevo detto, difendendomi.

«Ti chiedeva aiuto eccome.» Questa volta, dicendolo, si era girato verso di me, e mi era sembrato che mostrasse i denti, come per mordermi. «Ti ha chiesto aiuto in ogni modo, mentre la scrutavi senza sosta decisa a non intervenire. Ti sei mai chiesta se è normale che Emma non pesi neanche cinquanta chili? Oppure perché i suoi denti sono neri? È sano secondo te che per giorni e giorni beva e fumi, invece di pranzare e cenare? Che non esca di casa o che vada a letto con qualunque perverso le dedichi cinque minuti?»

«Tu non sai niente, io le sono stata vicina per mesi, l'ho ascoltata, e ho tentato in ogni modo di farla sentire normale, come dici tu, anche perché non è che io mi sentissi molto meglio.»

Ma Marco subito aveva ripreso. «Ecco la povera vittima. Non è che ignorando i problemi hai dato un grande apporto al suo equilibrio.»

«Senti chi parla di equilibrio» avevo detto allora io. «Ho visto quello che scrivi su Telegram.»

«Oh, hai fatto molto di più» aveva detto lui. E a quel punto avevo abbassato gli occhi. «Comunque prova a vederla così, Emma si è accorta che non ti importa veramente di lei, vuole rapporti sani, si sentiva manipolata vicino a te, usata, e, in qualche modo, svalutata. Se non ti risponde al telefono è perché non vuole parlarti, se non la trovi a casa è perché vive da un'altra parte, in un posto nuovo.»

«Ma dove?» avevo provato a insistere.

«Non vuole che te lo dica, non sta bene, ma anche quando starà meglio non vorrà più incontrarti. L'hai fatta sentire come una cavia, come se stessi sperimentando qualcosa, invece di trattarla come un essere umano.»

«Stai esagerando, non puoi saperlo, io non sono un'analista, non so niente di bulimia e digiuno, è una mia amica, ma tu perché mi odi così?»

«Perché sei superficiale» aveva detto lui, l'aveva detto con disprezzo, e questo mi aveva ferita.

«Scusa, come superficiale? Che intendi?»

«Non hai voglia di accogliere le persone veramente, di amarle davvero. Fai finta. Ma in realtà ti interessa tenere tutto oltre l'asticella del rischio. E il rischio è che tu debba donare qualcosa di tuo per far star bene qualcun altro. Sei cinica.»

«Ma come cinica? Che c'entra?» E a quel punto mi stavo davvero offendendo, anche se Marco non mi pareva più tanto lucido.

Lui aveva ripreso: «Sì, sei cinica, anaffettiva in tutti i rapporti. Fredda, molto fredda».

«Va bene, sono molto fredda, hai ragione, ma sono sicura che Emma vorrebbe incontrarmi. Puoi dirmi dov'è?»

«Se lo volesse ti direbbe dov'è lei stessa. Molla l'osso, lascia stare, trovati un altro caso da studiare.» Poi si era tolto i guanti di lattice gialli e aveva coperto i fornelli con un panno di tela. Si era seduto al tavolo con me e aveva ripreso: «Ti sei chiesta, arrivando, se questo era o no il momento giusto per incontrarci? Che ne sai tu di me? E di mia madre. Avevi bisogno di sapere dove sta Emma e ti sei presentata, ma quando Emma ti ha chiesto di restare, invece, te ne sei andata. Vedo, non vedo, e comunque, sempre, faccio quello che voglio, giusto?».

E allora avevo ripetuto: «Giusto».

Mi ero alzata, diretta alla mia stanza e convinta di volerla finire lì. Marco mi odiava, era questa l'unica informazione che avevo ricavato dalla nostra lite, insieme forse ad aver capito che Emma non era in pericolo, ma aveva lasciato Roma, probabilmente anche lei odiandomi. Marco però mi aveva afferrata per un braccio e aveva iniziato a stringere. «Che cazzo fai? Lasciami andare.»

Mi aveva lasciata, ma poi aveva preso a torcermi il polso destro, io continuavo a divincolarmi e a chiedergli di smetterla, e lui aveva aggiunto: «Povera piccola cretina, chissà che hai capito di quello che ti ho detto, e chissà se una sola volta da quando ci conosciamo ti sei chiesta come sto».

«Male, direi» avevo risposto io, strappando ancora il mio braccio dalle sue mani, e in quella piccola colluttazione avevo sentito il polso piegarsi in modo insolito oltre la cartilagine, questa volta facendomi davvero male.

Avevo sbattuto la porta della mia stanza chiudendola a chiave, le mie cose sparse intorno si erano moltiplicate, per questo le avevo raccattate in fretta formando un bolo che avevo scaricato nello zaino senza nessuna cura. Mi ero infilata una maglietta e le scarpe, pronta a scappare. Il bungalow come sempre pareva disabitato, mentre rivolgevo un ultimo sguardo al piano rialzato di Anna.

Avevo raggiunto l'uscita scavalcando la sbarra e passando oltre il gabbiotto del guardiano. Solo che la strada davanti a me era in tutto e per tutto una strada di campagna, senza fermate d'autobus in vista o altro. Così ero tornata indietro quasi strisciando, e il guardiano, che aveva assistito alla scena, mi aveva preceduta: «Le chiamo un taxi?».

«Sì, per favore.»

Sull'autobus che da Orbetello mi avrebbe riportata a Roma mi ero accorta di quanto il polso mi facesse male. Non ero riuscita a sollevare lo zaino fino alla cappelliera del mio sedile, e anche tenere in mano il telefono e comporre un messaggio da mandare a mia madre si stava rivelando troppo faticoso. In compenso l'autobus era vuoto, era il tredici agosto e di gente che dal mare tornava a Roma doveva essercene poca. Avevo scritto con la sinistra a mia madre: *Sto tornando, vediamoci domenica*. Oltre questo mi ero accorta di non avere altre incombenze, nessuno ad aspettarmi, nessuno in pensiero per me.

Emma era il mio unico rapporto stabile prima della sua sparizione. M., forse, come ogni anno si era già trasferito in Sardegna con la famiglia, o almeno lo speravo, e Dodi, per lui provavo solo dispiacere per come mi ero comportata. Avevo sentito le spalle appoggiarsi alla ciniglia del sedile, e guardato l'asfalto scivolare dal finestrino un chilometro dopo l'altro. Il polso adesso aveva una colorazione rossastra che si estendeva a tutta la mano, come se fosse tumefatto. L'aria condizionata era piacevole, ma, oltre al dolore, il mio umore era davvero a terra. Marco pareva odiarmi, certo, forse insieme a me odiava il mondo intero.

Cercavo di ricomporre un'immagine di lui che potesse comprendere quello che avevo visto negli ultimi giorni e quello che di lui credevo di aver capito nei dieci anni della nostra amicizia. Forse la distrazione che mi imputava nel rapporto con Emma era quella che avevo avuto nel rapporto con lui. Forse mi ero rifiutata di vedere e accogliere la sua sofferenza e la sua depressione e l'avevo trattato come un amico di confidenze e basta. Avevo approfittato della sua intelligenza, del suo umorismo, mi ero divertita, ma non mi ero mai chiesta davvero chi fosse. Mi aveva tenuto nascosta la sua vera vita e io avevo accettato. Quando mi aveva raccontato di aver tradito Valeria per anni non mi ero preoccupata, e lo avevo liquidato con un generico «Sono cose che possono capitare a tutti in un rapporto lungo»; quando era diventato disoccupato per scelta, non lo avevo criticato, anzi, forse, lo avevo ammirato e addirittura, quando mi aveva detto di aver dominato intellettualmente il suo terapeuta, prima di abbandonare l'analisi, lo avevo appoggiato, oltre ad avergli creduto.

Forse, semplicemente, il mio modo di stargli vicino senza intervenire non era una forma di rispetto, era una forma di mancata partecipazione, di incuria, o di pigrizia che alla fine lo aveva ferito, forse si era sentito ignorato e non sostenuto. Comunque era più squilibrato di quanto lo avessi valutato e, a giudicare dal mio polso, anche più pericoloso. Quella roba di Telegram era incomprensibile, non era mai stato un militante e come anarchico faceva veramente pena. Malgrado tutto, continuavo a sentirmi colpevole, e invadente.

In fondo quello che era successo con la signora Anna metteva in crisi anche me. C'erano molte cose ormai fuori controllo, e avevo ripreso a percepire il mondo come una trappola, un gioco oscuro in cui continuavo a perdere anni, occasioni, persone.

Alla stazione Termini di Roma l'autista del mio bus aveva inchiodato prima di raggiungere la fermata, perché un taxi non si era fermato, tagliandogli la strada. Io ero già in piedi pronta a scendere e per non cadere mi ero aggrappata a un poggiatesta, peggiorando le condizioni del mio polso. Non potevo più ignorare quanto mi facesse male, così, ancora con lo zaino sulle spalle, mi ero diretta al pronto soccorso più vicino.

Il gesso

«Cos'hai?» mi aveva chiesto la donna incastrata alla reception.

«Un polso gonfio» avevo risposto.

«E ti fa male?»

«Sì, certo» mi ero lagnata rispondendo.

Mi aveva guardata ancora, come se non le piacessi, e aveva aggiunto: «Sei caduta in spiaggia?». Io avevo risposto che ero caduta durante una partita di beach volley. Questo particolare falso aveva aumentato l'antipatia e l'infermiera aveva detto: «Sei un codice bianco, vai ad aspettare con gli altri in quella stanza là».

La sala d'aspetto del Policlinico era vuota, fatta eccezione per me, per un ubriaco sdraiato su due sedili e per una coppia di anziani che si teneva la mano. Dopo pochi minuti un altro infermiere si era avvicinato con una pillola di ibuprofene e un bicchiere d'acqua, urlando: «Un analgesico per la pallavolista. Prendi, cara, c'è un po' da aspettare».

Io avevo bevuto in fretta dal bicchiere e avevo chiesto altra acqua. Riprendendo fiato avevo aggiunto: «Ma perché aspettare, visto che non c'è nessuno?». Così l'avevo visto girarmi le spalle e riprendere a urlare che la pallavolista aveva fretta. La signora della coppia davanti a me mi aveva sorriso e aveva alzato le spalle come per dire: scherza, non te la prendere. Poi per almeno due ore nessuno si era più affacciato, i due signori si erano alzati preferendo aspettare fuori in giardino e io e l'ubriaco eravamo rimasti soli. Mi ero procurata dell'acqua e qualcosa da mangiare tipo Smarties al distributore, fino a quando la prima infermiera, quella del gabbiotto, non si era affacciata dicendo: «Tocca a te».

L'ortopedico era un uomo di mezza età con molta forfora che dalla fronte arrivava al camice per confondersi sul bianco. Mi aveva salutata senza guardarmi negli occhi e mi aveva preso la mano muovendola tra le sue. «Fa male così?»

Io avevo quasi pianto. «Sì, malissimo.»

«Immagino,» aveva detto lui «trenta percento scafoide, settanta radio. Adesso vai a farti una radiografia, poi ti dico. Sei caduta durante una partita, vero?» e, asciugandomi gli occhi, avevo fatto cenno di sì con la testa.

Dopo poco ero di nuovo con lui che mi illustrava la situazione. «Allora, allora, lo dico sempre io che le vacanze fanno male, o no? Ti spiego la situazione. Se si fosse trattato di una frattura minore o di una scheggiatura, mi sarei limitato a ingessare il polso per mantenere unite le estremità rotte e farle guarire e via. Invece, come vedi qui, guarda qui la lastra, come vedi, questa frattura sul radio è doppia, quindi è necessario un piccolo intervento chirurgico per far ricongiungere i due lembi dell'osso. Non te l'aspettavi, eh?» Io avevo fatto segno di no e avevo iniziato a piangere davvero, lui mi aveva passato un fazzoletto e aveva continuato. «Questo implica incidere la pelle, usando l'anestesia, e fissare le ossa con una piccola, piccola piastra. Poi potremo ingessare e per un tot di settimane, diciamo sei, terrai il braccio fermo al collo con una fascia. O con un bel tutore, vediamo. La lunghezza esatta del tempo di guarigione dipende dal tipo di frattura, dalle lesioni ai tessuti vicini e dall'età del paziente. Tu sembri giovane, ma secondo me non sei tanto giovane. Ah, ecco, trentotto,» aveva detto guardando la mia cartella «lo dicevo io.»

A quel punto mi ero sforzata di chiedere: «Quando dovrò fare l'intervento?».

E lui: «Be', subito, e quando sennò? Ti ricovero e ti opero. Se faccio tardi dormi qui, se faccio presto per le otto sei fuori».

Doveva averci impiegato un bel po' però, perché quando mi ero svegliata, la mattina seguente, ero ancora in ospedale, sdraiata sul letto di una stanzetta al pianoterra. La luce entrava dalle tapparelle, ma debolmente, e io altrettanto debolmente mi ero guardata, con addosso ancora il camice dell'operazione e l'avambraccio ingessato fino al gomito. Per anni avevo desiderato di rompermi un braccio. Guardavo i compagni di scuola o i bambini del quartiere tornare con gli arti ingessati come eroi, reduci da una sofferenza che li stava nobilitando e al tempo stesso liberando dagli obblighi di tutti i giorni. Immaginavo per loro cure e attenzioni speciali. Nella mia fantasia, rompersi un braccio era un imprevisto capace di innescare grandi privilegi.

A me non era mai successo. In fondo, come avrebbe potuto? Facevo poco sport, andavo in bicicletta solo di domenica, non mi arrampicavo sugli alberi e non correvo a perdifiato. La maggior parte del tempo la trascorrevo a casa, fino a quando, crescendo, il desiderio del braccio rotto se ne era andato, e qualche volta, per inserire nella conversazione due elementi che potessero descrivermi, dicevo che non mi ero mai rotta qualcosa e non ero mai rimasta incinta. Questa combinazione spiazzava sempre chi l'ascoltava.

Che mi fossi rotta un polso adesso, in piena estate, da adulta, e senza nessuno che potesse accudirmi, toglieva qualunque fascino a fratture e distorsioni. E poi, anche se l'avevo fatto passare per un incidente, in realtà era stato Marco a rompermi il polso; uno, cioè, che credevo un caro amico. Più tardi mi avevano consegnato la scheda col referto, le radiografie e il resto, dimettendomi mi avevano dato un appuntamento per la visita di controllo a settembre.

La mail di Marco

Tornando verso casa, mi ero detta che forse la cosa più saggia che mi restava da fare sarebbe stata addormentarmi, riposare fino alla fine dell'estate. Mentre giravo la chiave nella serratura avevo avuto la sensazione di tornare da un viaggio lunghissimo e non da due giorni in Toscana. Mi ero lasciata andare sul letto e avevo scritto sul gesso a penna: MARCO 13/08/2018. Il quartiere era vuoto e sporco. Nelle ore più calde, l'unico bar della piazza chiudeva e per incontrare qualcuno occorreva arrivare a via Alessi, alla fermata del tram, o più giù, verso il mercato di via Filarete. Non mi importava, però, in qualche modo mi sentivo di nuovo al sicuro, più in grado di gestire gli eventi. Dal letto avevo mandato un messaggio a Marco: *Mi hai rotto un polso, non sto scherzando, ho il gesso per sei settimane*, e insieme avevo spedito una foto. Marco aveva visualizzato all'istante senza rispondere.

Quello che mi passava per la mente in quel momento era che tutto sommato un polso rotto valeva quanto aver fatto sesso con Anna. Se Marco mi odiava doveva essere perché ci aveva visti. Dirgli del mio polso avrebbe riequilibrato il nostro rapporto, anche se dovevo ammettere che non stava funzionando, lo vedevo online ma non ottenevo nessuna risposta. Era arrivato invece un messaggio di Anna: *Perché sei scappata? Vorrei rivederti, ti chiamo quando torno a Roma*, e un secondo: *Ho trovato il tuo numero sul pc di casa, spero non ti dispiaccia, come vedi non uso solo i post-it*. E poi un cuore rosa. Ai messaggi di Anna ero stata io a non rispondere. Cercando di sistemare meglio i cuscini, e sempre usando la mano sinistra, avevo visto comparire la risposta di Marco: *Ti ho spedito una mail, per favore leggila e per favore scrivi a mia madre. Se le dici qualcosa del polso, ti ammazzo*. La mail era questa.

Scusami se ti scrivo frettolosamente, ma la situazione e il tuo comportamento mi impongono di non aspettare oltre. A quelli come noi manca qualche rotella. Inutile negarlo. Anime in pena, bambini affamati. Feriti a sufficienza da non desiderare altro che amore e attenzione. Passiamo il nostro tempo a dire guardami, sono qui, ci sono io, io, io, io. Alla nostra età sarebbe giusto rinunciare. Lo dico per me, ma vale anche per te. Per te a maggior ragione. Alla nostra età potremmo aver capito che non accadrà mai, che tutti gli incontri e le volte in cui abbiamo pensato fosse possibile che accadesse erano inganni. Ogni volta che ci siamo sinceramente avvicinati a qualcu-

no non credendo ma volendo. Dal giorno in cui siamo nati, a oggi. Sincera, allora, per una volta: ti sei mai sentita amata? È come se ti potessi vedere davanti a me cincischiare una risposta vaga, dire sì, usare la logica, sapendo che la sola risposta possibile è no. Ammettilo. Per questo giri per il mondo come chi si è perso, che poi è quello che faccio io, che è poi il motivo per cui ci siamo incontrati. Insieme, per un po', abbiamo fatto finta che non fosse così, che fossimo anche noi in lista per la realizzazione dei nostri desideri, sul punto di. Di sentirci finalmente accolti. Credo, adesso, che possiamo smetterla di fingere. Abbiamo amato le nostre madri più di quanto loro ci abbiano amati, tu pure la mia, e questo è già contro natura. Abbiamo trascurato gli studi, il lavoro, i soldi, i viaggi e anche quella che gli altri chiamano bellezza. Non avevamo tempo perché eravamo troppo impegnati a cercare di farci amare. Ogni volta, poi, abbiamo dovuto ammettere di esserci sbagliati. Mentre i nostri talenti appassivano, mentre i nostri occhi perdevano diottrie e diventavano meno luminosi, noi continuavamo, al telefono, a chiederci il perché della nostra solitudine. Ce lo chiedevamo, eppure, pensaci bene, ce lo chiedevamo senza che ci importasse. Abbiamo pregato per anni che accadesse. Ti prego, adesso, rinunciamo, e rinunciamo anche a fare finta che ci importi l'uno dell'altra. Smettila di fingere che ti interessi di Emma. L'unico motivo per cui la cerchi è che non sopporti l'idea che stia meglio senza di te. Non sopporti l'idea che qualcuno voglia volontariamente farti soffrire perché questo aumenterebbe le prove del tuo non essere amabile e tu ti dovresti rassegnare. Io mi sono rassegnato. È tutto finito, credimi, tranne la tua indifferenza, che è questo universo senza suoni. Ora capisco che la tua indifferenza è talmente grande che non ti permette di capire e non ti rende responsabile. Per quanto orrenda, è perfetta nella sua rotondità e ti esime da qualsiasi responsabilità, ma io ti ho rotto un polso per farmi sentire, per farti capire quanto poco sarebbe bastato a non farmi impazzire. La tua indifferenza ti rende disumanamente pura e rende me ridicolmente colpevole. Adesso lo so che stai sopportando queste parole in attesa di qualcosa che ti interessi davvero, della parte utile di questa lettera. La parte utile, secondo te, è quella in cui ti racconto di Emma. Quella parte, purtroppo, non può arrivare, perché io non so niente di lei e sicuramente mi interessa meno di quanto interessi a te. Quindi, se vuoi, smetti di leggere. Fingevo di sapere per vederti implorare un po'. Non so neanche perché lei ti abbia detto delle nostre mail e degli appuntamenti. Me è vero, ci siamo visti qualche volta, e sono io ad averle chiesto di non dirti niente. Quando te l'ha detto avevamo già smesso. Chissà dov'è finita la povera pazza, forse è solo chiusa nella sua stanza, come al solito.

Quando Emma mi ha scritto, la prima volta, mi ha detto che era sicura di avermi fatto schifo, e ha usato proprio questo termine, «schifo».

Ma lo so che non ti sorprendo, erano le cose che ti interessavano di lei, la sua debolezza, la sua fragilità. E, infatti, hanno interessato anche me. Ho pensa-

to, da dove viene questa creatura a cui tutta la fiducia è stata tolta? E mi sono avvicinato. Ma era strano, davvero, starle accanto, era come se non si pensasse all'altezza di nulla, come se si vergognasse perennemente di qualcosa, la colpa di esistere. Tutto quello che ti posso dire è che non mi ha più cercato, e che anche io ho smesso di cercarla. Per quanto mi riguarda, potrebbe essere ovunque. Credo che dirti di me fosse il suo modo passivo di recuperare la mia attenzione. Troppo facile così, non trovi? Da parte mia, invece, se dico che non mi fa piacere averti in casa, la strategia migliore non è forzarmi ad accoglierti. Perché è chiaro che così sarò costretto ad allontanarti con più forza. Non credo ti dispiaccia il gesso, poi, perché i masochisti come te mostrano le proprie ferite come premi. Vogliono costantemente che il mondo si accorga del loro dolore. A conclusione di questo capolavoro ti chiederei adesso di non ignorare mia madre, e anche di non rivederla, se ti riesce. Per favore. Ti chiederei in ultimo di non cercare più neanche me, prova a fingere che io non esista, e dimenticami.

Grazie,
Marco

La scomparsa di Marco

Avevo letto la mail tutta d'un fiato, e avevo fatto scivolare il telefono a terra per allontanare le sue parole e dormire ancora un po'. Forse avrei potuto ammettere che aveva ragione. In parte, almeno. O forse avrei dovuto preoccuparmi per lui, quel gran parlare di rinuncia e abbandono poteva suonare un po' minaccioso, ma neanche questo riuscivo a fare. E poi, se si era riempito di rancore e di disillusione fino all'orlo, avrei potuto fare ben poco per lui. Rimaneva il pentimento per Anna, e sapevo che né io né lui avremmo mai trovato le parole per chiarirci.

Era martedì, mercoledì, le tre o le quattro di pomeriggio, non avevo più mangiato niente dalla colazione in ospedale e il polso aveva ripreso a pulsare contro il gesso, perché forse mi ero dimenticata di prendere un altro analgesico. Per tutti questi motivi, più che per la lettera di Marco, non riuscivo a dormire. Così mi ero spostata sul divano attaccando di nuovo il televisore alla presa e l'antenna allo schermo, questa volta decisa a sintonizzarmi su LightNOW volontariamente. L'avevo fatto alla ricerca di un qualche conforto, come si cerca un vecchio amico che non sentiamo da un po'. Infatti mi era bastato accendere l'apparecchio dal telecomando per vederlo comparire al centro dello studio: lui guardava fisso in camera, inquadrato a figura intera come se mi stesse osservando. Sullo schermo luminoso alle sue spalle una ricostruzione in 3D dell'appartamento dello stupratore in cui si muovevano figurine senza volto, come fossero gli ospiti delle famigerate feste. In studio, questa volta, oltre a due modelle che avevano sporto denuncia contro l'imprenditore stupratore seriale, una psicanalista lacaniana e un'attrice francese conosciuta per aver denunciato due registi e un produttore con accuse di violenza sessuale e molestie di vario tipo.

In collegamento video, il vicedirettore di un settimanale di moda e costume e l'avvocato delle vittime, che nelle ultime settimane erano diventate venticinque. L'attrice francese e il vicedirettore del giornale di moda e costume sembravano conoscersi bene, lui stava dicendo che «nel fango tutti scivolano», chiarendo che nella sua idea una ragazza ha meno possibilità di essere violentata se non frequenta feste a base di cocaina e Ghb. Poi aveva aggiunto che per esercitare il diritto a rifiutare un rapporto sessuale forse non conveniva stendersi al fianco di un sadico, satiro, assatanato di sesso durante il suo droga party. L'attrice francese allora aveva preso a urlare che la sua idea medievale delle donne era un problema per tutti, e che era assurdo che in Italia lo facessero ancora scrivere e partecipare alle trasmissioni tv. Poi aveva detto che lei capiva bene che una ragazza, soprattutto se è giovane e bella, ha voglia di sperimentare e andare alle feste, e sì, perché no, anche drogarsi, ma non per questo poi deve accettare di essere violentata. Il presentatore di LightNOW aveva aggiunto con un ghigno che anche le ragazze brutte hanno voglia di divertirsi, ma nessuno aveva risposto. Allora il giornalista aveva ripreso il suo discorso dicendo che «chi va al mulino poi si infarina» e doveva essere stato quello il momento in cui lui e l'attrice francese erano passati alle accuse personali: lei gli aveva detto «grassone pelato» e lui che lei, prima di denunciare il suo aggressore, aveva continuato a fare film con lui per vent'anni, e che questo forse non è abuso ma prostituzione. Che era una pazza drogata inattendibile. Lei aveva ribattuto dicendo: «Stai zitto, Paperino». Poi si era staccata il microfono dalla giacca e aveva lasciato lo studio. Le due modelle non avevano ancora parlato, il conduttore aveva aspettato che l'attrice francese abbandonasse lo studio e poi aveva chiesto a una delle due se volesse aggiungere qualcosa. La ragazza era timida ed esprimeva lentamente i suoi concetti, come se riflettesse su ogni termine pronunciandolo. Si stava rivolgendo anche lei al giornalista in collegamento dicendogli che aveva trovato offensivo il suo editoriale, quello dove aveva definito lei e le altre ragazze delle influencer solo perché erano comparse in tv a viso scoperto e dal loro abbigliamento erano riconoscibili dei brand. A quel punto aveva chiesto di intervenire l'avvocato delle vittime, che aveva urlato rivolgendosi alla ragazza: «Bambina, bambina, queste cose è meglio dirle in una querela». E la ragazza aveva smesso di parlare.

Io sul divano avevo visto il mio telefono illuminarsi con messaggi e chiamate, senza rispondere mai. Il gesso mi pesava, avevo tolto la sciarpa di cotone con cui tenevo il braccio fermo e mi ero massaggiata con la mano buona tra le scapole. Aprendo WhatsApp, altri messaggi di Anna e addirittura un sms: *Voglio parlarti, rispondimi*. Avevo risposto solo all'sms tentando di essere gentile, ma rimandando il momento di parlarle. Le avevo scritto qualcosa su una visita a mia madre o su due giorni alle terme con lei. Dal gesso non arrivava un buon odore, così ci avevo spruzzato dentro un po' di deodorante.

Il giornalista aveva ripreso con un altro esempio, dicendo che certo anche lui era contro lo stupro, che era chiaro. Era anche contro gli incidenti stradali, ma se non vuoi essere investito per strada hai meno possibilità di esserlo attraversando sulle strisce pedonali. A quel punto il presentatore di LightNOW aveva fatto ballonzolare il capo a destra e sinistra e non avevo capito se l'aveva fatto perché era d'accordo o perché l'esempio non gli tornava. Sullo schermo alle sue spalle, ancora le immagini della simulazione della festa, e di una lite in quella che doveva essere la stanza da letto del violentatore. Una delle due modelle, quella che non aveva ancora parlato, era scoppiata a piangere, allora il conduttore di LightNOW aveva allargato le braccia dicendo che se avesse potuto avrebbe cancellato personalmente ciò che era successo in quella casa. La psicoterapeuta lacaniana aveva abbracciato la ragazza, che adesso era più calma, e il giornalista aveva ripreso dicendo che «il male è sempre negli occhi di chi guarda».

Su questa cosa del male mi ero finalmente addormentata. La stanchezza accumulata doveva essere tale che poi mi ero svegliata solo la mattina seguente. Il mio corpo intero era scomposto, e il polso mi faceva male. Mentre versavo acqua calda e caffè solubile in una tazza e mi spogliavo e mi rivestivo con enorme fatica, mi ero ricordata di non aver mai comperato gli analgesici e le altre prescrizioni dell'ospedale.

Scendendo in strada in cerca di una farmacia aperta, avevo ripensato alla gioia che camminare mi aveva procurato solo pochi mesi prima, quando avevo creduto di aver cominciato con una nuova vita. Pensavo anche che non mi era mai capitato di sbagliare tanto le mie previsioni in passato. Guardavo le poche persone in strada, che erano baristi sull'uscio, pakistani e indiani fuori dalle botteghe, donne coperte con i tessuti pesanti dell'hijab. Ero passata a prendere il pane arabo in un minuscolo forno sempre aperto che vendeva il saj a un euro.

L'egiziano riconoscendomi aveva ridacchiato. «Tu rotta il braccio.»

Io avevo afferrato la busta di pane con la sinistra rispondendo: «Non proprio io».

Il mercato coperto, in piazza, era chiuso, e sui gradini che collegano via Filarete a via dei Savorgnan avevo fatto attenzione a non calpestare le macchie di sangue che probabilmente rimanevano come traccia di una lite della sera precedente. Davanti a me, scendendo ancora verso via di Torpignattara, i sigilli su quello che restava della tabaccheria a cui un paio di settimane prima avevano appiccato il fuoco. Il cielo però era bello, di un blu senza foschie, il vento di quella mattina aveva improvvisamente cambiato l'aria annunciando la fine dell'estate e, come capita a volte, mi sembrava che i sentimenti più cupi e le preoccupazioni più profonde, tutto il dolore degli ultimi giorni si potessero mischiare a un senso di bellezza e di meraviglia inaspettato, come un dono, come se per qualche verso il mondo mi stesse abbracciando e consolando. Era stato allora, quando avevo aperto la shopper per estrarre le prescrizioni e la lista di medicazioni da consegnare al farmacista, che avevo visto il telefono illuminarsi e un altro messaggio WhatsApp della signora Anna comparire, e questo purtroppo non avrei potuto ignorarlo: *Ho capito che non vuoi vedermi e non ti scrivo per questo, ma vorrei che tu mi aiutassi, se puoi. Sono più di due giorni che non vedo Marco, mi ha detto di dover andare a Roma per una commissione, ma non è mai tornato a Orbetello. Il suo telefono è spento e non riesco a rintracciarlo, sto tornando a Roma anche io. Ti prego, chiama.*

Dal *Libro degli spettri*, Chiara

Quando arrivo a Chiara non devo neanche spiegarle di cosa ci occupiamo qui, e da lei in poi non lo spiegherò più. «Accetto solo per i soldi,» ci tiene a precisare «se non è vero che c'è un rimborso smetterò di venire qui.» Nei primi mesi indago questo genere di diffidenza e capisco che Chiara crede di dover avere molti pagamenti che le spettano. Pagamenti che non ha mai ricevuto da vecchi contratti e vecchie collaborazioni. Il mio collega al dipartimento di Chimica è un suo amico. È lui a parlarmi di lei la prima volta, dice che Chiara al liceo traduceva dal greco e dal latino senza vocabolario, e poi lasciava che tutti copiassero. Che a diciannove anni, quando si sono iscritti all'università, era terza in graduatoria alle selezioni per la facoltà di Medicina. Avrebbe voluto studiare Psichiatria, ma dopo appena due anni ha smesso. «Perché ha smesso?» Le faceva schifo lo zio, credo, i genitori, la famiglia d'origine. Lo zio è un medico, Chiara ha detto che non sarebbe mai diven-

tata quel genere di persona. Ridicolmente potente, come sono i professionisti. Chiara non mi guarda quasi mai negli occhi durante le interviste, tiene le mani strette tra le gambe e fissa un punto sul pavimento o guarda in aria il soffitto. Mentre lascia l'università si ammala di bulimia. Non le piace ammetterlo, ma negli stessi anni viene ricoverata due volte e dimessa solo dopo le cure ricostituenti. Ha gli occhi cerchiati di viola, la pelle quasi trasparente, i nei in evidenza. La prima volta che ci vediamo, le chiedo se sa di essere una donna molto dotata, bellezza e intelligenza, e talento. Lei risponde solo che questo io non posso saperlo. Dopo aver abbandonato Medicina studia per un anno a Scienze politiche, ma poi lascia, non le piace. In seguito lavora qualche anno in un negozio di vestiti di un grande centro commerciale, si riferisce al posto dicendo «ecomostro» o «cattedrale dell'immorale». Le relazioni personali sono promiscue e passeggere, i rapporti con i partner spesso diventano verbalmente o fisicamente violenti, Chiara dice di non sapere perché. Le residenze sono precarie, spesso senza contratto d'affitto. Sono case in prestito, o appartamenti in cui Chiara resta per un po' da ospite. Quando si licenzia dal negozio frequenta un corso da programmatore e negli anni successivi cambia lavoro molto spesso. Impiegata in due diverse società di informatica, copy per un'agenzia di pubblicità, traduttrice per una casa editrice che pubblica e-book erotici. E alla fine viene assunta da un conoscente per tenere in ordine i conti della sua attività di ambulante. Dopo altri due anni smette di la-

vorare. Al nostro quarto incontro le chiedo di pesarsi, Chiara non vuole, dice che pesarsi non è per gli esseri umani. Che le persone non hanno nessun genere di considerazione e di sensibilità verso il corpo degli altri, anche quando ne sono ossessionate. Tutti commentano i corpi con una tale ferocia e una tale leggerezza, lo fanno per divertirsi, come se fosse un gioco. Ti misurano con gli occhi, ti pesano a intuito, finché non ti viene voglia di sparire. Non vuole spogliarsi per la spettroscopia in nessuno dei nostri incontri. Una volta mi chiede: «Conosci quella poesia di Hikmet? Quella in cui scrive: "Parte di te potrebbe vivere come una pietra in fondo a un pozzo"?». Le chiedo se pensa di essere bella, e lei risponde di no. Durante l'ultimo incontro mi dice che più di tutto, adesso, le piacerebbe lavorare come stagionale, magari in montagna, magari per qualche mese durante l'anno, solo per la stagione invernale o solo per la stagione estiva, e passare gli altri mesi a viaggiare. Le piacerebbe andare in Australia e in Nuova Zelanda, e in India. Finalmente mi guarda dritto negli occhi, e mi dice che più di ogni altra cosa le piacerebbe andare in India.

Visione fotopica e scotopica.

Ciano: meno di seicento
Verde: meno di cinquecento
Giallo: meno di cinquecento
Arancione: tra 480 e 510 (nella norma)
Rosso: tra 400 e 480 (nella norma)

Riposo sul mare

A quel punto dell'estate avevo capito con esattezza che le cose non si sarebbero messe come speravo. Pensavo a quanto fosse stato semplice credermi capace. Pensavo anche a come i rapporti apparentemente innocui che ancora mi legavano al mondo fossero quelli che mi stavano portando più lontano. Mentre non avrei desiderato altro che riavvicinarmi. Quello che mi stava succedendo, pensavo, non era il frutto della mia ultima decisione, bensì il risultato di tutte quelle precedenti. Come pregare qualcuno di non lasciarti quando non hai fatto altro che spingerlo a lasciarti. Abbiamo preparato per noi un abbandono, una separazione, una rottura, ma non immaginavamo quanto sarebbe stato doloroso sopportarla. Eppure l'abbiamo desiderata, l'idea del cambiamento si è insinuata nel nostro bisogno, nella nostra possibilità di essere vitali, nella nostra idea di futuro. Io avevo voluto restare sola, avevo desiderato tempo e tempo per non dire neanche una parola, avevo voluto che il mio letto fosse vuoto e il frigo spento, mi sentivo meglio nei pomeriggi in cui dalle altre case non arrivavano le voci e per le strade il traffico si quietava. Ma quando poi la separazione dal mondo davvero c'era stata, le mie speranze di ritrovarmi si erano trasformate in ansia e smarrimento e gli eventi che avevo osservato negli ultimi mesi mi avevano riempita di paura. Eppure non sarei potuta tornare indietro, se ne fossi stata capace avrei risposto a un annuncio di lavoro o avrei fatto la spesa o addirittura sarei tornata a Snape. Invece avevo fatto delle ricerche, avevo trovato la clinica dove era ricoverata la madre di Emma, mi ero finta Emma e mi ero seduta al suo capezzale, in una stanza climatizzata vista mare, aspettando che si svegliasse. Lei era coperta da un lenzuolo di cotone spesso e solo la testa era visibile. Una testolina tonda e perfetta, un caschetto di capelli ancora folto, bianco alle radici e più scuro sulle punte.

Il sonno doveva essere profondo, perché aspettavo già da un po'. Accanto al letto una flebo staccata e sul comodino un libro di Simenon in francese e una bottiglietta di Ferrarelle a metà. Un'infermiera si era affacciata, io l'avevo guardata e lei aveva sorriso. «Le farà bene vedere uno dei suoi figli, parla sempre di voi.» Anche io le avevo sorriso. Nel mio piano interiore, quando la mamma di Emma si fosse svegliata, avrebbe trovato solo me e io avrei avuto tempo di spiegarle chi ero e perché ero lì. Quindi avevo salutato l'infermiera con la mano buona sperando che se ne andasse in fretta.

Dal letto avevo sentito lei girarsi su un fianco e poi aprire gli occhi per chiedermi un bicchiere d'acqua. «Mi avevano detto che saresti venuta oggi, ma non ci credevo, per questo ho dormito tanto, ma che hai fatto al braccio?»

Mi stava guardando negli occhi in attesa, e così avevo risposto: «Sono inciampata e cadendo mi si è spezzato un polso».

«Avresti dovuto dirmelo, dovete smetterla di trattarmi come un'invalida, quanti giorni dovrai tenerlo, il gesso?»

«Forse, sei settimane» avevo detto io, fissandola. La mamma di Emma si era alzata, l'avevo sentita in bagno parlottare tra sé e spostare cose rumorosamente e tornare. Si era tolta il pigiama e aveva addosso una tunica tipo caftano, mi aveva appoggiato una mano sulla guancia e io l'avevo lasciata fare, anche se tutto a quel punto aveva preso a darmi i brividi e addirittura avevo freddo. «Possiamo spegnere l'aria condizionata?»

«Certo,» aveva risposto lei «apriamo un po' la finestra, e se vuoi, dopo, possiamo spostarci in spiaggia. Allora stai facendo la terapia? E stai cercando un altro lavoro? E le fotografie? Ogni tanto guardo il tuo sito e cerco qualcosa di nuovo.»

La mamma di Emma era premurosa e mi guardava con un misto di emozione e preoccupazione, e amore, che mi stavano facendo sentire una bambina di otto anni che non ha fatto i compiti. «Ho smesso di fotografare, era troppo frustrante e alla fine le mie foto non erano così buone.»

«Erano le fotografie a non essere buone o eri tu a essere un po' cattiva?» Adesso aveva un sorrisetto malizioso e aveva tirato gli occhi in su guardando in alto.

«Chi lo sa.» Mi stavo innervosendo di più, avrei voluto stringerle la mano, dirle "grazie, signora", e andarmene. Lei si era seduta sul letto, aveva estratto dal comodino un pacco aperto di Bucaneve e me l'aveva offerto. «L'altra volta non sei più venuta al nostro appuntamento.»

«Quale appuntamento, Emma?»

«Quello al laghetto dell'Eur.» E dicendolo avevo provato a capire se davvero credeva che fossi sua figlia o semplicemente si stesse prendendo gioco di me.

«Non avevamo appuntamenti a Roma. Non credo, almeno, e poi per uscire lo sai come funziona, un familiare, tu o tuo fratello, dovrebbe venire a prendermi e poi riaccompagnarmi qui. Così per un altro po', finché non starò meglio.» Avevo infilato un dito dentro la pila di Bucaneve e ne stavo mangiando due insieme. «Perché sei così sgraziata quando mangi, ti sei lavata le mani?» Io le avevo ridato i biscotti, anche perché erano mollicci e stantii. «Mi piacerebbe che guardassi dove metti i piedi, invece di inciampare ovunque.»

«Lo so, non me ne sono accorta, scusa.»

La mamma di Emma doveva essersi intenerita. «Vieni qui,» mi aveva detto «siediti vicino a me sul letto.» L'avevo raggiunta. Lei aveva tirato fuori dal cassetto una fotografia ingiallita. «Questi siete tu e tuo fratello nella casa in affitto a Talenti, guarda come eri piccola, e bellissima, le guance sempre rosse come mele e gli occhi grandi e neri. Scendevi dal letto e volevi stare attaccata a tuo fratello tutto il giorno. Mi piacerebbe che faceste pace, lui ti vuole bene.»

«Anche io gli voglio bene» avevo detto piano. Nella foto, Emma era davvero carina, doveva essere inverno e aveva addosso un maglione pesante con le ciliegie ricamate. «Posso fotografarla col telefono?» avevo chiesto.

«Ma no, tienila tu, prendila, mi fa piacere.»

«Non posso accettare, grazie» avevo detto.

«Che vuol dire che non puoi accettare? Prendila, è anche tua.» Così avevo messo la foto in borsa. Erano passati pochi minuti, forse meno di un'ora, la situazione era insostenibile, ma non avevo idea di come fare per andarmene. «Sei stanca? Ti ho stancato. Tuo padre diceva che io sono come i primi giorni della settimana, ti ricordi?»

«Veramente no, ma non sono stanca, quanto tempo è che non ci vediamo?» le avevo chiesto.

«Almeno da quando mi sono fatta ricoverare qui» aveva detto lei. Poi aveva aggiunto: «Ho controllato l'estratto conto, spendi pochissimo».

«Quando ho fatto l'ultimo prelievo?»

Lei mi aveva guardato incuriosita. «Non lo so, ma se vuoi controllo.»

«Sì, grazie» avevo detto subito.

La mamma di Emma aveva aperto la custodia di un tablet. «Ecco, te l'avevo detto. L'ultimo prelievo è di fine luglio, dove prendi i soldi che ti servono?»

Io avevo alzato le spalle. Poi le avevo chiesto di

uscire a fare una passeggiata, lei mi aveva guardata ed era scoppiata a piangere. «Se non te la senti, non fa niente.»

«Ce la faccio,» aveva detto subito «sono solo emozionata.»

L'ala sinistra da cui eravamo uscite dava su un giardinetto rigoglioso di piante e fiori. Sulle panchine sotto le palme, qualche ospite aveva iniziato a sedersi, alcuni bambini giocavano in fondo; tutto però sembrava accadere in silenzio, come se qualcuno avesse abbassato il volume. La mamma di Emma mi aveva presa per la mano buona e, percorrendo insieme una passerella di cemento, eravamo arrivate alla spiaggia.

«A volte ho la sensazione di avervi ammazzati tutti, te, tuo fratello e tuo padre.» Io mi ero allontanata un po', ma non tanto. Le avevo lasciato la mano, però continuavo a sentire le sue parole. «Volevo solo essere rispettata, non volevo fingere sempre, volevo essere amata. Certi genitori, se glielo chiedi, ammettono senza paura che i figli sono stati un errore, che tornando indietro i figli non li rifarebbero. Che non erano pronti, che non erano adatti. Io una cosa del genere non la direi mai. I figli si possono solo amare dal giorno in cui vengono al mondo. Ora non so più se siete esistiti davvero, tuo padre mi ha portato via tutto, questo me lo devi riconoscere, non puoi avercela con me. Io ero la vittima, e vi volevo proteggere. A volte i genitori sbagliano, ma nessuno può dire che non amano i figli.»

«Che strano,» avevo detto «è agosto, ma questa spiaggia è vuota.»

«Perché sanno che è la spiaggia dei matti.» La mamma di Emma era arrivata all'acqua quasi saltellando. «Sai come mi sento? Mi sento come se la mia vita dovesse ancora iniziare, come se stesse cominciando adesso e io dovessi ancora venire al mondo, come se questo posto fosse un utero, una sala d'attesa, e io sto aspettando, e non vedo l'ora che accada, non vedo l'ora di crescere, e diventare grande, e innamorarmi. Potrebbe essere che nascendo di nuovo ti avrei lo stesso, tu saresti sempre mia figlia e io sempre la tua mamma, non devi aver paura... Ecco, lo sapevo, adesso ti sei offesa, ma non stavo dicendo di voler essere un'altra o di non voler essere tua madre. Anzi, ti ho detto che lo sarò sempre, che lo sarei comunque.»

«Non sono arrabbiata.» Anche io ero arrivata a riva, quel discorso mi aveva commosso, nonostante stessi provando a resistere. «Mi piacerebbe tornare a trovarti» le avevo detto, e lei aveva risposto che però voleva essere avvisata un po' prima, la prossima volta. Il sole era ancora alto, sarei voluta rimanere in spiaggia, ma la mamma di Emma mi aveva detto che quella per lei era già l'ora della cena. Tornando indietro mi sembrava si fosse calmata e che addirittura fosse di buon umore. Percorrendo la strada a ritroso, non so come, invece di ritrovarci al giardino da cui eravamo uscite eravamo finite davanti all'entrata principale, e l'uomo alla reception aveva detto subito di riconoscere la signora, ma che se io fossi voluta entrare avrei dovuto dimostrare di essere un parente con un documento. Io non avevo neanche cercato. «Non ce l'ho un documento, non con me adesso.»

«Allora mi dispiace, la sua visita finisce qui» aveva ribadito l'uomo.

La mamma di Emma si era girata nella mia direzione. «Non fa niente, sono felice di averti vista. Cerca di stare bene e di guarire, e di non romperti altro.» Dicendolo aveva appoggiato tutti e due i palmi sulle mie guance.

«Va bene. Grazie, mamma» avevo detto io prima di andare.

Sulle sparizioni
(dove sono tutti quanti?)

Da quando avevo lasciato in lacrime il laboratorio di Dodi non ci eravamo più sentiti. Lui una volta mi aveva scritto *Come stai?*, e io non avevo risposto, ma, per come mi sentivo vacillare, Dodi aveva cominciato a mancarmi. In fondo non mi aveva ferito, solo un po' umiliato con quella storia dei desideri, e l'umiliazione era passata. Il diciotto agosto ero stata io a mandargli un messaggio: *Scusa per come me ne sono andata, se vuoi possiamo riprendere gli incontri (mi mancano le lastre)*. E lui subito: *Non preoccuparti, la mia ricerca è finita, ma se vuoi possiamo vederci comunque domani in laboratorio*.

Dodi aveva l'aria di non essersi allontanato di lì neanche un giorno, era più pallido e più scavato di quando lo avevo lasciato a luglio, ma solo abbracciandolo mi ero sentita più sicura, avevo sentito il mio corpo appoggiarsi al suo, e il suo sostenermi.

«Sembri un po' sciupata,» mi aveva detto guardandomi in faccia «e che hai fatto al braccio?»

«Dodi, non voglio raccontarti troppe cose insieme, e hai ragione, dovrei capire come cambiare davvero la mia vita; ma ti ricordi l'amica di cui non avresti neanche potuto conoscere l'esistenza e che invece hai citato, Emma? Ecco, sembra scomparsa nel nulla, e con lei un altro amico che la conosceva, che è quello che poi mi ha rotto il braccio. Te lo chiedo perché sei uno scienziato, secondo te le persone spariscono nel nulla?»

Speravo che la mia domanda lo facesse ridere, invece mi aveva guardato serio. «Accomodati» aveva detto, e si era zittito. Poi aveva ripreso: «Spero che mi ascolterai, adesso».

«Ti ascolto» avevo detto.

«Sì, ma senza paura.» Poi aveva cominciato: «Che un corpo scompaia nel nulla non è affatto un'assurdità, questo dobbiamo dirlo, ma il fatto che sia possibile non vuol dire che accada. Dovresti iniziare a ripensare ogni fenomeno, ogni cosa che appare, non come una linea retta ma come una sfera. Nella sfera non c'è prima e dopo, non c'è conseguenza che non preveda la causa e non c'è cronologia senza spazio. Prendiamo il tuo gesso, il tuo gesso è l'effetto di un'azione violenta e, contemporaneamente, è la causa del tuo dolore fisico. Ogni azione che compi è la conseguenza del sistema di condizioni precedenti che l'hanno generata, e la tua azione, il tuo gesto, è la causa a sua volta di una serie infinita di conseguenze. Che non sono figurabili su una linea retta che da A va a B, o che da nord va a sud. Questo dovrebbe essere chiaro, il punto è che, come ti dicevo all'inizio, finché non misuri qualcosa, quel qualcosa si trova in una sovrapposizione di tutti gli stati possibili, compreso il vuoto. Il vuoto non è stabile, quindi se credi che qualcuno, o meglio qualcosa, possa sparire nel nulla, devi poter credere che qualcuno, o meglio qualcosa, dal nulla possa apparire. Direi che prima che fisica è logica».

L'unico a essere comparso dal nulla era il presentatore di LightNOW, ma Dodi non voleva neanche parlarne. Mi sforzavo di rimanere concentrata sulle sue parole, anche se era difficile seguirlo, soprattutto perché il sonno della notte precedente era stato profondo e senza sogni, avevo faticato a svegliarmi e probabilmente, anche se erano ormai le tredici, portavo ancora in viso i segni del torpore. Avrei solo voluto sfogarmi un po', lui però non si arrestava. «Gli organismi complessi sono governati da leggi in linea di principio riconducibili al movimento di ogni singolo elemento, eppure accade qualcosa di strano osservando i corpi macroscopici. Se cercassi di scrivere una legge che determina l'evoluzione di una particella, ti accorgeresti che è indifferente che vada avanti o indietro nel tempo. Intendo che puoi farla evolvere in ogni direzione, sono simmetrie matematiche. Particelle e antiparticelle, carica e anticarica, se capisci che dico. Ma se fai lo stesso gioco con un corpo macroscopico subentra il concetto di entropia a indicare che sta tracciando un'evoluzione nel tempo. Mi segui? Per noi il tempo è una cosa che scorre, per una particella no. Per l'universo spazio e tempo sono la stessa cosa, non c'è cronologia né una direzione implicita, per come siamo abituati a intenderla. È semplicissimo, lo sai ma non sai di saperlo.» Dodi continuava a parlare e a guardarmi, io lo ascoltavo, finché non aveva aggiunto: «Scusami, avremmo dovuto parlarne prima».

«Scusarti di cosa?» gli avevo chiesto.

«Avrei dovuto accennarti di cosa tratta la mia ricerca,» aveva detto Dodi riprendendo le spiegazioni «le particelle sono immaginate come punti, ma potrebbero essere onde. Lo scorrere del tempo è movimento, per dirtelo in modo semplice. Un secondo è il tempo che impiega la luce per percorrere trecentomila chilometri. Gli orologi sono semplicemente delle luci riflesse da uno specchio e, sulla base di considerazioni puramente geometriche, l'orologio è un oggetto che si muove.» Io avevo fatto un breve cenno alla sensazione di essermi persa, e lui togliendosi gli occhiali di plastica aveva detto: «La fisica spiega la materia in modo molto intuitivo, fruibile. La meccanica quantistica, no. L'invarianza temporale è una forte contraddizione. Noi la consideriamo fenomenologica, ma non c'è una vera e propria formulazione. Se cerchi di scrivere le regole del grande facendo affidamento su quelle del piccolo, le cose non funzionano più. Diventano strane, contraddittorie. Per questo serviva la spettroscopia». E mentre alzavo la mano sinistra per dire «Fermati, ti prego, fermati qui», era successo che Dodi avesse appoggiato la sua sul mio braccio ingessato, e mi avesse detto: «Cerca di seguirmi, perché io voglio aiutarti». E questa dichiarazione mi aveva agitata. Mi turbava pure che fosse entrato nell'argomento sparizioni con tanto zelo, infatti avevo provato a fermarlo e a tornare sul discorso dei desideri, dicendogli che avevo capito cosa volesse dire, e che ci tenevo a scusarmi eccetera, però non c'era verso.

«Scusa, Dodi, non sto capendo niente. Di quello che dici mi viene in mente solo *Inception*, ma non è importante, ti ho aiutato volentieri e mi hai sempre pagato, sono i tuoi studi, non voglio sapere tutto.» E poi, dopo solo un attimo, avevo aggiunto: «Stai dicendo che le persone scompaiono nel nulla?».

Lui finalmente si era messo a ridere. «Ma no, che c'entra? Ricordati sempre che le conclusioni non ci interessano. Il processo è interessante.»

«Ma il processo di che?»

Dodi aveva sollevato fogli e bicchieri sporchi dal tavolo agitandosi un po'. «Questo pure è interessante, il mio libro degli appunti ha la capacità di cambiare posto da solo, tu ne sai niente?»

Io avevo risposto meccanicamente: «No, Dodi».

E deve essere stato più o meno a quel punto che, dopo tante astrazioni, Dodi per la prima volta aveva fatto un riferimento chiaro alle persone scomparse. «Un solo caso non vuol dire niente. Se vogliamo occuparci delle persone scomparse, dobbiamo occuparcene in laboratorio, e dobbiamo prima di tutto conoscere la funzione d'onda, lo spazio fisico, e le energie del sistema dove vivono come particelle. La casa, il lavoro, gli amici. Documentarsi è indispensabile, perché ogni fenomeno evolve sulla base delle sue condizioni iniziali. Per eliminare ogni ragionevole dubbio bisogna fare il lavoro investigativo classico.» Poi aveva aggiunto qualcosa di ancora più complesso, chiamando in causa Einstein e Majorana e Dirac. «La cosa divertente è che nessuno aveva mai pensato di mettere in dubbio l'idea del tempo assoluto. In qualche modo Einstein riesce a legittimare il concetto in termini empirici, apparenti, definisce il tempo sulla base di un movimento e non di un concetto astratto. Puoi fare lo stesso discorso per la probabilità. Pensa alla probabilità. Pensa anche a *Rosencrantz e Guildenstern sono morti*, che è un film molto carino.»

Incontrarlo avrebbe dovuto calmarmi e invece si stava rivelando la causa di altri sospetti, e di altra attesa. Non era strano che citasse formule e regole, in fondo era quello che faceva sempre, ma il mio accenno alle sparizioni era solo una provocazione e invece erano già due ore che non parlava d'altro. Sospettavo di tutto, e adesso anche di lui, ma in qualche modo i sospetti mi avevano svegliata, ed ero passata a una specie di attacco. «Scusami ancora, Dodi, ma tutti questi ragionamenti sulle sparizioni li fai per me o hai capito qualcosa di nuovo?»

«Che c'entra?» aveva ribattuto. «Me l'hai chiesto e ti stavo rispondendo, certo sarebbe bastato dirti che niente è impossibile, ma mi sembrava che ti interessasse, comunque se vuoi cambio argomento.»

«No, perché? Continua, cioè... se hai altro da aggiungere. Comunque non credo che i miei amici siano scomparsi, cioè, non materialmente, credo che se ne siano solo andati, che non vogliano più vedermi, sai come fanno le persone quando si allontanano.»

«Come hai fatto tu con me» aveva aggiunto lui.

«Sì» avevo ammesso sinceramente io. Ma avevo cercato di essere affettuosa dicendolo, o almeno amichevole.

E lui aveva risposto: «Di questo parliamo dopo» e aveva bevuto da un bicchierino di carta tutto d'un fiato. «Ovviamente potremmo arrivare a parlare di sparizione della materia solo dopo aver escluso qualsiasi ipotesi analitica: chi erano i tuoi amici, cosa possedevano, che legami avevano.»

«Ma non sono davvero scomparsi» avevo insistito io.

«Non ti stranire, noi qui stiamo ragionando. Sto dicendo che se non ci sono speranze di ritrovamento possiamo iniziare a pensare di considerare la cosa in laboratorio. Non con i tuoi amici, che sono già scomparsi, ma con altri che sono a rischio sparizione.»

«Non credo ce ne sia bisogno,» avevo detto io «comunque grazie.»

«Sai che le nostre interazioni sono elettrostatiche, come per ogni solido, e che la distanza degli atomi nei reticoli dei solidi è enorme. Se il nucleo dell'atomo fosse grande come la punta di una matita, l'elettrone girerebbe lungo tutto il palazzo, e il secondo atomo si troverebbe a tre palazzi di distanza. Questo per dire che la materia in realtà è vuota. E anche impenetrabile. Quando due particelle entrano in contatto, il potenziale elettrostatico è infinito, può essere fortissimo, ma non per questo è scontato che debbano avvicinarsi. Ogni particella, ogni corpo, ogni individuo è interconnesso. E poi, questo te lo scrivo, *data l'esistenza di due particelle in un momento, dobbiamo circoscrivere a quel momento l'esistenza delle due.* Nel senso che non è detto che continuino a esistere, perché potrebbero annichilirsi. Mi spiego meglio. Se abbiamo visto una bottiglia esistere, dobbiamo pensare che continuerà a esistere, fino a che non si consumerà in qualche modo. Esisterà fino a quando qualcuno ricorderà di averla vista. Ma ti starai chiedendo se parliamo della bottiglia nella sua interezza o degli elementi che la costituiscono.»

Il telefono si stava illuminando con i messaggi di M., di mia madre e di Lex, e io mi ero distratta. Gli avevo chiesto un bicchiere d'acqua per le pillole e Dodi aveva estratto una bottiglietta dal primo cassetto della sua scrivania.

«La sparizione non è altro che l'assenza di tracce, ma si può dedurre molto anche dall'assenza.»

«Sono d'accordo» avevo detto.

E lui: «Prendiamo la nostra bottiglia, se esistesse il suo analogo di antiparticelle, potrebbero annichilirsi e sparirebbero entrambi. Secondo questo principio, bisognerebbe ipotizzare che se una persona scompare è perché ce n'è una identica e antagonistica, e che le due si trovano a interagire. Le particelle e le antiparticelle si annichiliscono a vicenda e quindi scompaiono. Per questo possiamo capire che se un corpo se ne va non è mai una sola la sparizione, ma due.»

Così avevo fatto la mia prima domanda nel merito, e avevo chiesto se fosse possibile pensare a qualcosa di equivalente per la personalità degli individui. «Timidi e spavaldi o felici e tristi» avevo detto.

Lui aveva risposto che ero completamente fuori strada perché, se avevo capito bene, mi aveva parlato di corpi analoghi e opposti, per avvicinarmi avrei dovuto pensare a due individui in cui timidezza e spavalderia fossero presenti in ognuno in quantità simile. «Non è il bene che annichilisce il male, il bene annichilisce il bene e il male annichilisce il male.» Poi il suo telefono si era illuminato, io avevo guardato il nome sul display e lui mi aveva detto: «Scusa, devo rispondere, è Sonia». Dodi non si era alzato dalla sedia e mi aveva fatto un cenno buffo con la mano, per dirmi di aspettare. Al telefono stava prendendo accordi per cose come la spesa, le ore di lavoro e gli occhiali della bambina. Riattaccando aveva sussurrato: «Che fatica. Non c'è stato tempo di parlare di tutto, Sonia è di nuovo incinta, è una cosa bellissima ma mi sembra di non avere più una vita». Poi si era alzato per aprire una finestra e dalla strada avevo sentito arrivare il vento caldo che aveva cambiato la temperatura della stanza mischiandosi all'umidità. «Mi dispiace, ti va se continuiamo domani?»

«Figurati, Dodi, quando vuoi.» Questo, non avendo più alcun impegno, era il modo in cui rispondevo da mesi a ogni cambio di programma.

Prima di alzarmi anche io dal tavolo, avevo preso un altro analgesico e Dodi stringendomi aveva detto: «Non esagerare con quelle», come se sapesse di cosa si trattasse.

Tornare a casa

Per tornare verso Porta Maggiore avevo preso un autobus e poi un altro e mi ero lasciata andare al piacere che in quei giorni concepivo come la tregua del dolore. Rivedere Dodi aveva accentuato le differenze che c'erano tra noi, messo in luce quale era la sua vita e quale la mia, mi sentivo indietro su tutto, mi sentivo patetica quando diceva di volermi aiutare e mi sentivo in difetto perché sembrava sapere sempre qualcosa più di me, anche se continuavo a sentire che era lui a dipendere da me e che la disponibilità che mi offriva era sempre superiore a quella che gli chiedevo. Avevo preso in mano il telefono per scrivere a M., ma camminare e scrivere non mi riusciva, così senza tante esitazioni avevo toccato la piccola cornetta che avrebbe fatto partire una telefonata vera e propria. Forse l'avevo pensato perché una volta ci eravamo nascosti a masturbarci in un'aula deserta di Scienze ambientali e parlare tutto il giorno di particelle mi aveva fatto tornare lì, o perché la distanza tra una vita normale e la mia mi era sembrata ormai tanta, da poter solo perseverare nell'errore. Lui aveva detto «Pronto» come se non sapesse chi fossi.

«Sei a Roma?» avevo chiesto io, e, senza aspettare che rispondesse, avevo proseguito. «Mi piace il tuo video nella doccia. Puoi passare da me quando vuoi.»

«Con chi parli?» una voce si era aggiunta ai rumori di fondo e M. si era affrettato a dire: «Non lo so, è una promozione» e aveva riagganciato. Poi sul mio display avevano ripreso a comparire i suoi messaggi, da *Hai voglia di me?* a *Ho voglia di venirti addosso mentre mi guardi.*

Il sole era alto dietro le mura e io non avevo nessuna intenzione di chiudermi in casa da sola. Avevo risposto a M. e avevo minacciato di chiamarlo ancora, se non mi avesse raggiunta; lui si era spaventato e avevo visto il suo account WhatsApp diventare senza foto e i miei messaggi inviati ma non più ricevuti. Per la prima volta da quando ci eravamo incontrati aveva bloccato il mio numero. Ma non mi importava. E pensavo con orgoglio a come non mi importasse più di niente, come un tempo avrei fatto di tutto per non contrariarlo, per non essere un fastidio, per compiacerlo nei desideri, nascondendo i miei, perché capisse infine di voler stare con me. L'unico fallimento era che non mi sentivo più libera, solo più fredda.

Guardandomi attorno, dall'incrocio dei tram di Porta Maggiore, avrei voluto spingermi vicino a ogni donna per chiedere chi tra loro si sentisse davvero amata e quanto ancora fosse importante che ci fosse qualcuno ad amarla. Poi confidare che per me non c'era alcun problema nella solitudine, che non c'era nessuno che potesse ferirmi. Erano donne anche più provate di me, ambulanti coi fagotti di tessuto sulle spalle o badanti con le borse di plastica a tracolla, ragazzine rimaste in città dopo gli esami di giugno, che stringevano tra le mani i telefoni sudati, mani come le mie, con lo smalto scrostato e le pellicine sollevate. Ma era assurdo pensare che anche una sola di loro fosse felice o che una sola, tra loro, avesse una vita sessuale normale. L'unica cosa che mi riusciva di vedere era me stessa riflessa in ogni corpo, in tutti gli sguardi che potevo incrociare dopo averli cercati. Sul tram avevo immesso più aria possibile in un lungo respiro che come effetto immediato aveva avuto quello di farmi girare la testa riaprendo gli occhi. In fondo al vagone un ragazzo africano stava bevendo da una bottiglia di vino rosso e aveva preso a oscillare col busto, come se potesse cadere a faccia avanti da un momento all'altro.

Da quando avevo letto il messaggio di Anna, e accettato di vederla, lei aveva smesso di scrivermi. Sapevo che la mattina seguente ci saremmo incontrate, ma non avevo idea di cosa mi avrebbe detto. L'ipotesi più plausibile era che Marco si fosse allontanato per un viaggio o per cambiare aria. Una volta mi aveva detto di essere molto frustrato per come erano andate le cose, ma che era sicuro che avrebbe vissuto i suoi quarant'anni in modo molto, molto avventuroso. Forse era semplicemente partito. Mi aveva raccontato di essere stato costretto a studiare Giurisprudenza, ma che se fosse stato per lui si sarebbe trasferito in California a vent'anni a lavorare in giro. Forse adesso, mentre io camminavo su via del Mandrione, esausta e stordita come sempre, lui era già arrivato dall'altra parte del mondo, a suonare in spiaggia e a farsi fare un tatuaggio. Comunque non mi riusciva di preoccuparmi, ero certa che sarebbe sopravvissuto, era solo strano che avesse aspettato un momento così per sparire. E a così pochi giorni dalla scomparsa di Emma. Tutta la mia pena rimaneva per lei, che anche se mi aveva abbandonata l'aveva fatto per fragilità, probabilmente aspettandosi da me qualcosa che non sarei stata in grado di fare per ritrovarla. E poi almeno non mi aveva rotto un polso.

Secondo Dodi se un corpo scompare è perché la sua energia entra in contatto con quella di uno analogo ma opposto: due corpi sono in grado di annichilirsi reciprocamente nell'interazione, mi aveva ripetuto. Ma Emma e Marco non erano opposti, né analoghi, forse a questo punto semplicemente erano insieme da qualche parte, lontani dai miei occhi. Prima di salire da via Alessi ero entrata nello spaccio dove poche settimane prima credevo di aver incontrato il presentatore di LightNOW. Da allora non avevo più avuto il coraggio di tornarci, ma avrei fatto di tutto per rimanere in giro ancora un po' e poi, forse, mi sentivo più forte e più arrabbiata. Questa volta sarei stata in grado di affrontarlo, mi ero detta.

Come quel giorno mi ero infilata nel corridoio dei detersivi, e avevo guardato nel cestino degli accendigas, ma non c'era nessuno in negozio quel pomeriggio, e il commesso indiano mi aveva sorriso docile quando mi ero avvicinata alla cassa per pagare il succo di mela.

La casa era poco accogliente, come l'avevo lasciata, dal frigo scendevano rivoli di acqua marrone trattenuti in uno straccio che poi dovevo strizzare ogni giorno al mio ritorno. La caldaia, sempre difettosa, si era definitivamente rotta e l'acqua della doccia era fredda la maggior parte delle volte. Non facevo una lavatrice da giorni e i vestiti sporchi, sparsi in cumuli sul pavimento, mi costringevano a un percorso obbligato dalla piccola stanza da letto alla cucina. Il dimmer era rotto e la luce sul tavolo lampeggiava in piccoli cali di tensione. Forse avrei potuto anche io valutare l'idea di lasciare Roma. Altre volte avevo fantasticato di andarmene. Studiare fuori, lavorare fuori, anche se poi alla fine non ero stata in grado di organizzare un viaggio che durasse più di un mese. Per la prima volta, però, l'idea di lasciare tutto non aumentava la mia ansia, anzi, la placava. Il pensiero mi appariva lieve. Per cambiare vita avrei semplicemente dovuto chiudere la porta, restituire le chiavi alla mia amica, ringraziarla e andarmene. Ricominciare da un'altra parte. Scrivere *Silvia mi odia* oppure semplicemente riposare. Trasferirmi nelle città dove non avevo mai vissuto, a Parigi o a Berlino, andare in campagna come certi poeti che avevo sempre stimato.

Sul telefono due messaggi Instagram di M.: *Quanta voglia hai di vedermi?*, *Hai voglia di sentirmi dentro, lo so*. Questi erano messaggi che avrebbero fatto arrabbiare Emma. Avevo ancora nelle orecchie le sue parole. La faceva arrabbiare chiunque parlasse di sé senza rivolgerle le giuste domande o chiunque lasciasse trapelare un ego smanioso. Si sarebbe arrabbiata con dei messaggi così perché erano la richiesta di un'attenzione che non veniva restituita. «Avrebbe dovuto scrivere *Ho voglia di vederti* e non chiederti che voglia hai tu di vederlo» mi avrebbe detto. Emma soffriva di ogni parola sbagliata, di ogni sguardo traverso, di chiunque dimenticasse il suo nome o la sua faccia. Era in grado di capire cosa pensassero le persone di lei da pochi gesti, eppure questo non l'aveva salvata, l'aveva fatta solo soffrire di più. La mia freddezza mi piaceva, non me ne importa un cazzo, pensavo, se M. è un egocentrico, perché non è lui a dovermi mettere al centro di niente, e poi io, al centro, non ci voglio stare. Non mi importa se mi ha scambiato per un dispenser di attenzioni o se vuole distrarsi dal suo matrimonio, se mi cerca per fare sesso o per resistere in una condizione infelice, non è più fortunato di me, e non mi serve che restituisca niente. Ma le parole di Emma continuavano a tornarmi in mente, e, alla fine, avevo scritto a M.: *Forse dovresti dirmi quanta voglia hai tu di me.* E lui aveva smesso di rispondere.

La signora Anna

La casa della signora Anna era al quarto piano di un palazzo grigio dietro via Nomentana. Seguendo le sue indicazioni mi ero annunciata al portiere, che mi aveva aperto l'ascensore, ed ero arrivata proprio davanti alla sua porta d'entrata. Sull'uscio avevo incontrato un uomo calvo con la faccia da persona mite e lo sguardo un po' triste, che mi aveva ricordato mio padre. La signora Anna non mi aveva presentato, ma aveva allungato le braccia in un mezzo inchino indicandomi l'ingresso.

«Dio mio, cosa hai fatto al braccio?»

«Scendendo a Roma ho poggiato male il piede e sono caduta sulla banchina.»

«Mi dispiace, poverina, chissà quanto avrai aspettato al pronto soccorso.» La signora Anna aveva addosso un tailleur leggero con i pantaloni corti alla caviglia. I capelli bianchi tagliati da poco scoprivano il collo in una nuova sfumatura sulla quale lei, occasionalmente, passava la mano carezzandosi. Mi aveva fatto accomodare in una stanza a metà tra un salottino e uno studio con un paio di scrivanie disordinate e due grandi librerie a tappezzare i muri. Guardando a destra e a sinistra della mia poltrona la casa mi appariva come un groviglio elegante in cui le stanze avrebbero potuto continuare a infilarsi una nell'altra all'infinito. Una donna ossuta ci aveva portato acqua fresca e limone, poi era scomparsa risucchiata dietro la porta di sinistra. Senza pensare mi ero tolta le Adidas appoggiando i piedi nudi sul parquet e Anna mi aveva guardata sorridendo. Era in forma, il viso disteso e gli occhi solo un po' rossi, e non avrei detto che ci fosse in lei qualcosa di simile alla disperazione di qualcuno che ha perso il figlio.

«Vuoi raccontarmi di Marco?» le avevo chiesto subito, e lei, ampliando il senso della mia domanda, aveva cominciato.

«Quando io e Giovanni abbiamo divorziato, Marco e i suoi fratelli erano ancora piccoli, parliamo di più di trent'anni fa. Divorziare era un azzardo.» La stanza aveva le finestre aperte sulla strada, ma dalla strada non arrivava nessun rumore, le parole di Anna erano limpide, precise. I suoi occhi azzurri, guardandomi, diventavano liquidi, annacquati, come se si stesse commuovendo nei ricordi, senza però scoppiare in lacrime davvero. «Non solo era un azzardo, non sapevamo neanche cosa stessimo facendo. Marco era così piccolo, anche fisicamente, non pesava niente, quando lo prendevi in braccio sembrava un gatto. Comunque da subito gli avvocati avevano diviso i giorni della settimana, dal lunedì al venerdì con me, dal venerdì sera alla domenica col padre. A Natale con me, a Capodanno col padre. E Giovanni non era un uomo semplice. Era rigido, nei modi e nell'educazione. Pensa che quando l'ho incontrato studiava per prendere i voti. Era un diacono. Nei primi anni portava i bambini in chiesa tutte le domeniche. Marco mi stava sempre appiccicato, e quando si trattava di lasciarlo dal padre piangeva per ore. Giovanni, che era rigido, e insensibile anche, a un certo punto disse che quei pianti lo asfissiavano e che sarebbe stato meglio che Marco rimanesse con me sempre, che lui, cioè, non lo voleva più vedere, da solo.»

«Non ne sapevo niente» avevo detto, ma la signora Anna non si era interrotta.

«Poi si è stancato anche degli altri due e quando hanno iniziato l'università ha smesso di vedere pure loro. Ma per Marco è stato diverso, perché è come se l'avesse rifiutato. Crescendo ha sempre avuto problemi, alle scuole elementari non parlava.»

«Anche io non parlavo, avevo il mutismo selettivo.» L'avevo detto alzando la voce, come se ne fossi orgogliosa.

«In terza media mi chiamarono per dirmi delle sue assenze, che erano tante. Più di un mese, quasi due. Con un po' di terapia avevamo capito che non è che se ne andasse in giro, Marco rimaneva nascosto sulle scale del palazzo, un piano più sotto, o sul terrazzo condominiale, un piano più sopra. Non arrivava a scuola perché semplicemente non usciva di casa. Secondo il terapeuta che è venuto dopo, deve essere stato in quel periodo che Marco ha sviluppato la tendenza a nascondersi. Ad avere una vita visibile e una sommersa. Una di cui nessuno deve sapere niente. Il punto è che in nessuna delle due poi si sente davvero se stesso.»

«Già.» Avevo annuito.

«Mi ha colpito quando al mare hai detto che dovrei lasciarlo andare, perché mi sono rimproverata ogni giorno, ma non so più se la colpa è mia. Quello che tutt'e due vediamo, questo mezzo adulto, confuso e problematico, è quello che Marco vuole essere o quello che semplicemente gli riesce. Abbiamo di fronte un falso, un ragazzo vuoto. Anche tu sembri fragile, ma sei diversa perché non hai paura di romperti, e infatti sei a pezzi. Marco invece si protegge, io lo proteggo, anche il padre l'ha protetto. E alla fine è un ragazzino timido che ogni tanto si mette nei guai. Anche le storie che racconta, i genitori che lo volevano avvocato e non artista, la California e il resto, purtroppo non c'è niente di vero: Marco non ha mai studiato all'università, ha fatto solo finta di frequentarla, e avrebbe avuto troppa paura per trasferirsi così lontano senza di me. Non ha frequentato l'università e neanche l'accademia, l'unico impiego in radio gliel'ha trovato il padre. Ma era bravo a disegnare, e a suonare, davvero, a cinque anni già suonava il piano e scriveva bene.»

«Non sono grandi bugie,» avevo detto io «conosco un sacco di gente che non fa altro che nascondersi, che non dice la verità su quello che ha fatto o non ha fatto. Marco alla fine più che altro vuole stare per conto suo.»

«Ah, certo,» aveva ripreso Anna «c'è chi inventa di sana pianta e chi invece sposta solo un po' la verità, ogni volta di qualche millimetro, ma non possiamo fingere che quella sia la realtà, oppure sì?»

Anna aveva iniziato a fumare e anche io, e davanti a lei accendendo e aspirando con la sola mano sinistra mi sentivo ancora più goffa. Lei era elegante, sensibile e bella come sempre, ma non posso dire che il suo discorso mi stesse piacendo, poteva essere rassegnata, certo, e affranta, ma forse il suo vero scopo era giustificarsi, pensavo. E Marco, che avevo detestato fino a poco prima, più che altro nella sua descrizione tornava a essere uno che sentivo uguale a me, analogo ma opposto, e mi era tornata la preoccupazione.

«Ma davvero non sai dove si trova?» avevo chiesto.

Lei mi aveva guardata, ancora piena di grazia, dicendo: «Si è solo messo nei guai».

E io avevo deglutito, riprendendo a torturarmi un dito. «Come?» le avevo chiesto.

«Fa parte di un gruppo di anarchici, più che altro un gruppo di fascistelli, ne sai niente? Perché potrebbero chiamarti per farti qualche domanda. Stanno ancora indagando. Comunque il gruppo è solo online, non si incontrano di persona. Il loro obiettivo nell'ultimo anno è stato perseguitare un povero deputato: mail, minacce di morte, hanno inviato gli screenshot di alcune conversazioni inopportune alla moglie di lui e pubblicato su una pagina Facebook video molto personali estratti dalle sue chat. Lo stanno rovinando. Sei sicura di non saperne niente?» aveva ripetuto, e io avevo fatto cenno di no.

Tutte le mie preoccupazioni adesso erano per me, il fatto che qualcuno mi volesse interrogare era un ottimo motivo per un attacco di panico, anche se non avevo fatto niente di fascista. La mano buona si era ghiacciata e avevo iniziato a sudare sulla fronte. Anna aveva ripreso a parlare: «Marco è stato arrestato per due giorni, ma non c'entra con le vere e proprie violazioni, per cui dovrebbe cavarsela. Adesso è al mare e io lo raggiungerò domani. Scusami se ti ho chiamata con tanta insistenza e scusami se ho frainteso la nostra notte».

«Non hai frainteso,» avevo detto io «scusami tu, è che non me la sento di avere una relazione.» Questa scusetta di non volere una relazione l'avevo ripetuta il numero esatto di volte che serve a trasformare una falsità in un impedimento reale. Una profezia autoavverante, avrebbe detto Dodi. «Più tardi provo a chiamare Marco, sarà distrutto» avevo aggiunto.

«Mi dispiace, ma questo è impossibile. Marco non ha più il vecchio numero di telefono e i vecchi account social, non credo neanche che abbia voglia di sentirti, sai che è molto geloso. Però sta bene, non c'entra niente con le cose davvero gravi della denuncia. Anche come sovversivo conserva il suo buon senso. Se ti va di avere notizie in futuro, chiedi pure a me.»

«Scendo a piedi» avevo detto sbilanciandomi verso di lei in un saluto.

Sulle scale di marmo avevo pensato a Marco bambino, leggero come un gatto, e a lui ragazzo, nascosto tra un piano e l'altro che non riesce ad alzarsi, che pensa che il giorno dopo tornerà a scuola, e invece non ce la fa. Lo vedevo arrossire al suo banco, come succedeva a me. I suoi calcoli mentali dovevano essere stati simili ai miei, con chi parlare e con chi no, quando alzarsi per dare meno nell'occhio, per non essere visto, l'imbarazzo di esserci. Non fidarsi mai di nessuno. L'imbarazzo che si trasforma in ansia quando al supermercato ti chiedono se vuoi una busta in più, o le monetine per il resto. Evitare di guardare quasi tutti negli occhi, nascondersi sempre. Mentre scendevo i gradini di marmo, uno dopo l'altro, la sua solitudine era tornata a essere identica alla mia, comprensibile. Cosa avrei fatto se mia madre mi avesse definito una scatola vuota, considerando che forse aveva già pensato qualcosa di simile senza dirlo? Bravo Marco, una denuncia e due giorni di galera, per poi tornare a riposare al mare.

Le nostre sofferenze erano tali da renderci paradossalmente dipendenti dalla causa del nostro dolore. Di tutto quello che nelle nostre vite poteva aver avuto una radice nel rifiuto e nella ribellione, rifiuto degli ambienti, del lavoro meccanico e servile, rifiuto delle responsabilità, adesso rimaneva solo il senso di esclusione. Le nostre ribellioni erano anche quelle scatole vuote, e avevamo finito per farci più male da soli di quanto gli altri avessero mai potuto. Avevamo detto di no, ma poi non eravamo stati in grado di fare altro e ormai il nostro potenziale autodistruttivo lavorava come un ingranaggio perfetto.

Dodi

Fuori dal portone, il mio telefono aveva ripreso a suonare e a illuminarsi. Un sms della Regione che mi ricordava la visita ortopedica e un messaggio di M. che mi informava che sarebbe tornato a Roma due giorni solo per me, insieme al messaggio il link a un video di Pornhub con due ragazze asiatiche che si spogliavano ridendo. Mentre una delle due stava ungendo un grosso vibratore rosa, un messaggio di Dodi era comparso coprendo la finestra video: *Se vuoi parlare ancora, oggi sono libero, perché non ci vediamo al laboratorio?*

«Da dove vieni?» mi aveva chiesto prima che mi sedessi.

«Da casa di un amico» avevo detto io.

«Di mattina?» aveva chiesto ancora lui. E a quel punto non avevo risposto. Dodi era di buon umore e mi sembrava chiaro che avesse voglia di vedermi e che quel secondo invito non fosse casuale, ma corrispondesse a un programma. Sul tavolo la bottiglietta del giorno prima che io avevo afferrato e bevuto fino al fondo, mentre lui mi guardava divertito e attratto.

«Scusami, ho sete, il mio appuntamento di prima è stato impegnativo» avevo detto. Col suo sguardo addosso avevo ripreso a sentirmi carina e seducente, anche se forse mi sbagliavo e non ero io a piacergli, ma la possibilità che gli offrivo di parlare.

Infatti aveva ripreso. «Mi dispiace di essermene andato così ieri, ma oggi fino alle quattro, quattro e mezzo, posso restare.»

Io gli avevo scattato una foto e l'avevo spedita a mia madre su WhatsApp, e lei subito aveva risposto: *Dove sei? Ti aspetto domenica a pranzo, mamma.*

«Spero di non averti detto troppe cose, ma secondo me eravamo arrivati a un buon punto. Ti ricordi cosa stavamo dicendo della bottiglia e il resto?»

«Non proprio.»

«E ti ricordi che avevo accennato che ogni particella è quadridimensionale e non bidimensionale?»

«Questo proprio no, mi dispiace.»

«Stavamo considerando che questa bottiglia esiste, ma che se da qualche parte esistesse anche il suo opposto, nel momento in cui interagirebbero, potrebbero annichilirsi a vicenda, quindi sparire. Come fanno le particelle. Sai che il concetto di antiparticella emerge in maniera naturale una volta che cerchiamo di scrivere l'equazione più semplice che incorpora il concetto di relatività di Einstein? Mi segui?»

Io allora lo avevo interrotto chiedendogli di poterlo registrare col telefono, e lui aveva accettato.

«L'equazione di Dirac è più efficace rispetto a quelle di Schrödinger o di Klein-Gordon, che avevano un problema d'interpretazione quando si tentava di conciliare la relatività ristretta e la meccanica quantistica e, oltretutto, andavano integrate a mano con le correzioni necessarie a tener conto dello spin, una proprietà intrinseca di molte particelle che si osserva sperimentalmente. L'equazione di Dirac è più semplice e più elegante ed è in grado di avere ragione sia dell'invarianza relativistica sia dello spin. La dimensione minima per cui si ottiene la soluzione di questa equazione non è però due, come ci si sarebbe aspettato, ma quattro. La matematica imponeva che lo stato di una particella fosse indicato con un vettore a quattro componenti che chiamiamo spinore, e questo comportava ammettere in qualche modo l'esistenza di stati per le particelle dal sapore opposto a quelli che già si conoscevano: all'elettrone che aveva carica negativa dovevamo associare il positrone che aveva carica positiva. Era il 1928 quando Dirac tirò fuori la sua equazione. Adesso, che la realtà è formata da materia e antimateria lo sanno pure i cuccioli.

«Quello che ti può interessare è capire che le soluzioni dell'equazione di Dirac non necessariamente fanno una distinzione netta tra elettroni e positroni. Fino a quando non ho le informazioni e non faccio una misura che fa collassare la funzione d'onda in uno stato preciso, devo pensare che lo stato del mio sistema fisico è in una sovrapposizione di tutti gli stati possibili, un mix tra materia e antimateria. Anche se non è proprio corretto, si potrebbe dire che è quasi impossibile distinguere il vuoto da un sistema formato da una coppia di particella e antiparticella. Quando un positrone e un elettrone interagiscono si annichiliscono, scompaiono, allo stesso modo quando un fotone interagisce con qualcos'altro ecco che una coppia di particella e antiparticella può emergere dal nulla. Anche se di solito questo è l'ambiente, in realtà lo stato di una particella è una funzione, un vettore che ha come argomento spazio e tempo. E il vettore può essere di qualunque dimensione, dobbiamo pensarci meglio prima di arrivare a delle conclusioni.»

Io avevo approfittato della lunga introduzione per controllare di nuovo tutti i social di Emma. «Dodi, quando ci siamo visti ieri ero molto angosciata, ma il mio amico non è veramente scomparso, l'hanno arrestato, e poi rilasciato, adesso già sta al mare in una casa bellissima, comunque è tutto ok, e il presentatore tv ieri al negozio pakistano neanche c'era, in fondo credo che sia tutto ok davvero, le persone non scompaiono nel nulla, capisco quello che mi stai dicendo, qualcosa almeno, ma nel mio caso l'unica spiegazione è lo stress, o un esaurimento, qualcosa del genere, purtroppo. Certo rimane la questione di Emma, ma non posso più preoccuparmi per lei.»

Dodi continuava a scrivere le formule di Hamilton su un foglio, e senza smettere mi aveva chiesto: «L'hai visto con i tuoi occhi, intendo il tuo amico al mare, gli hai parlato?».

«No, non ancora, ma ho parlato con sua mamma, le credo, ha solo avuto una brutta avventura.» Che

Anna mi avesse mentito l'avevo già pensato per conto mio, o almeno che non mi avesse detto tutto.

Dodi aveva alzato lo sguardo dai calcoli e aveva chiesto: «Continuo?».

Era diverso dal giorno precedente, più curato, aveva una camicia bianca stirata, il colorito della pelle era tornato sano, e gli occhi riposati. In qualche modo più pacifico di quello che mi sarei aspettata. Mentre parlava, mi ero ricordata di una volta al liceo che la febbre mi era salita molto, trentanove, quaranta gradi, io e Dodi parlavamo al telefono quando riuscivo a svegliarmi. Mi faceva compagnia e mi faceva ridere. Alla fine la febbre non scendeva e si era offerto di venire a dormire da me. Di notte, nello stesso letto piccolo della mia stanza, mentre sentivo il mio corpo stringersi al suo gli avevo detto che mi dispiaceva che stesse passando tutte quelle ore con una moribonda, e lui che non c'era un posto dove avrebbe voluto essere di più. Faticavo a pensare a qualcuno che mi avesse voluto più bene. Da quel momento in poi era come se il mio cuore ogni volta avesse perso un pezzo. Avrei voluto chiedergli cosa ricordava di noi, perché aveva pensato proprio a me per la sua ricerca. Invece avevo fatto la mia seconda domanda nel merito delle sparizioni e avevo detto: «Dodi, quello che non riesco a capire è se stai parlando di corpo o di anima. Per corpo quadridimensionale intendiamo solo la materia?».

Dodi aveva spostato la matita tra le labbra e aveva detto: «In realtà è impossibile schematizzare. Immagino tu sappia cosa è l'aura, diciamo che quello che normalmente definiamo come aura io potrei chiamarlo spettro del corpo nero. Che è un modo come un altro per dire che qualunque materia genera radiazioni, perché gli atomi non sono immobili all'interno del loro reticolo, gli elettroni oscillano e si scontrano, e ogni volta che si scontrano cambiano stato generando dei fotoni, che possono essere normali o possono essere radiazioni molto forti, e in base alla loro frequenza hanno un colore, quello che comunemente definiremmo aura. È quello che abbiamo tentato di fare facendo passare la luce riflessa attraverso un prisma, di là nello sgabuzzino, in linea di principio tutti emaniamo delle radiazioni. Anche se in linea di principio dovremmo emanare radiazioni di ogni frequenza. È abbastanza evidente anche che le nostre radiazioni possono dipendere dallo stato d'animo, dallo stato di salute, ci sono degli studi che tentano di dare un colore a queste radiazioni. Come per i fotoni, quando le nostre radiazioni si scontrano, interagiscono generando dei cambiamenti elettromagnetici; avendo uno strumento abbastanza sensibile potrei capire, oltre allo spettro delle tue radiazioni, se le emanazioni fotoniche creano dei fenomeni di interferenza costruttiva o dei fenomeni di interferenza distruttiva.

«Se io ti facessi sparire una mano te ne accorgeresti,» e dicendolo aveva guardato il mio gesso «ma se annichilissi solo alcune particelle, dieci alla ventitré particelle, per esempio, tu saresti identica, eppure una parte di te sarebbe scomparsa. Potrei annichilire un milione delle tue cellule e per te non cambierebbe niente. Potrei non annichilirle completamente, ma procedere per annichilimento parziale, pardon, solo se tu volessi. Misurando le variazioni prima e dopo potrei farmi un'idea e capire se effettivamente qualcuno sta sparendo. Vieni qui, vicino alla finestra». Dodi si era alzato e aveva teso una mano nella mia direzione, poi mi aveva detto: «Vorrei farti un regalo, c'è un libro che devi leggere».

Il sole delle due riscaldava dall'alto le nostre teste, noi ci stavamo guardando, sfiorandoci appena nell'instabilità delle nostre posizioni, e così vicina a lui mi sembrava di ricevere per la prima volta, dopo tanto, una forma di amore. Anche i discorsi si erano fatti meno matematici e meno agitati. «Questo aspetto è quasi spirituale se ci pensi, mistico. L'identità, l'individualità, l'io su cui ci sforziamo di costruire la nostra esistenza neanche esiste, siamo solo una parte del tutto da cui è impossibile sottrarsi, e non sottrarsi vuol dire anche seguire le leggi dell'annichilimento.

«Il nostro mutamento è parte del costante mutamento collettivo. È molto affascinante pensare che le mie azioni, i miei gesti e il mio modo di esistere possano essere la causa del cambiamento di qualcosa di molto lontano da me nello spazio e nel tempo. Se rinunci a credere di avere un potere individuale, ti accorgi di avere un potenziale molto più vasto. Anche la coscienza e l'identità, il complesso sistema tra intelletto, psicologia ed esperienza, per rispondere alla tua domanda di prima, seguono le leggi della materia.

«Se decidi che questo è il tuo modo di leggere il

mondo anche la coscienza non si sottrae. Dal punto di vista fisico il cervello è come un'enorme parete di lampadine che si accendono e si spengono, e le immagini che creano possono essere parole, concetti, emozioni. È l'operazione di filtro che fai. Informazioni e codifica sono il cuore di questo ragionamento. Per quanto tu possa pensare che non ci sia relazione, ogni particella influenza l'altra. Ma tutto è stabilito dalla misura e dall'osservatore. La realtà è determinata da un'unica funzione d'onda dove tutte le particelle sono interagenti, le stelle di una parte dell'universo conoscono quelle dall'altra parte.»

Forse allora basta che ci sia una sola persona a volerti bene per salvarti, pensavo, mentre continuavo ad ascoltare. Se il tempo non ha un andamento lineare, se non c'è cronologia nella nostra vita, forse chiudendo gli occhi sarei potuta tornare ai miei cinque anni o ai miei quindici, quando io e Dodi ci eravamo conosciuti. Dodi era salito sulla scala scorrevole e dalla libreria aveva estratto un grosso volume Adelphi. Era un saggio famoso di più di mille pagine che aveva vinto il Pulitzer, e Dodi me l'aveva consegnato spolverandolo con la mano. «Sono già le quattro, mi dispiace.»

Prima di salutarmi aveva guardato verso il giardino dove pochi bambini si rincorrevano in un percorso avventura di quelli di legno colorato, e mi aveva detto: «Sai, anche con mia figlia, noi stiamo cercando di farle capire che non è giusto esprimere preferenze relative, come "la pasta mi piace più della frutta". Sto provando a insegnarle che può dire "la pasta mi piace" e che della frutta, al limite, può non dire niente».

Io ero intervenuta, anche se non capivo il senso, e avevo detto: «Ma ha solo due anni, capisce quando le parli di gradi di comparazione?». Lui aveva detto che gli sembrava proprio di sì.

Snape da lontano

Avevo sceso i gradini di via San Francesco a Ripa e, come era successo al primo incontro, lasciando lo studio di Dodi mi ero diretta in trance verso Snape. Il cielo luminoso faceva risplendere l'asfalto e il grigio delle statue, i corpi svestiti dei turisti, le bottigliette nelle loro mani, i cani al guinzaglio e le facciate dei palazzi, tutto era visibile nei minimi particolari, come sotto una lente di ingrandimento, tutti i particolari illuminati e pronti alla dissezione. La vetrina di Snape aveva il neon spento, la vetrofania col serpente simpatico che sbuca dal Colosseo aveva perso un angolo e si stava staccando dall'orecchio tondo, Michela era arrivata da dentro appoggiandosi con una spalla, stanca, all'uscio del negozio, e in un gesto che le avevo visto ripetere mille volte si era accesa una sigaretta, una sigaretta vera, una Marlboro rossa. Mio padre aveva sempre fumato MS morbide, le cicche erano nei posacenere di tutta la casa, in quello della Fiat parcheggiata sulla via, e l'odore del fumo ovunque, sempre. Con un passo di inconsapevole coraggio, mi ero avvicinata ancora, e lei, vedendomi dall'altra parte del marciapiede era sembrata sorpresa, ma non dispiaciuta, anzi, un sorriso timido le si era allargato, piano, sulla faccia e i suoi occhi avevano incrociato i miei, gentili. A quel punto, forse, anche io avevo sorriso, nessuna delle due però aveva fatto un passo verso l'altra, non ci eravamo avvicinate di più, lei aveva sollevato di poco la spalla e io avevo vacillato sulle ginocchia, ma impercettibilmente, rimanendo infine ferma. Un soffio di vento più forte degli altri aveva fatto volare due o tre cartoline dagli espositori girevoli sulla strada e Michela si era affrettata in corrispondenza dei due rettangoli per raccoglierli e ricollocarli subito al loro posto. Così avevo colto l'occasione per sparire nella prima traversa.

L'intera città per me era disseminata di lutti, fantasmi, posti che sempre mi avrebbero ricordato una storia finita, un lavoro finito, un'occasione mancata o un amico che non vedevo più.

A casa di Emma

Un autobus mi aveva lasciato alla stazione Termini, mi ero guardata attorno per un minuto prima di decidere cosa fare. Poi, seguendo una specie di istinto magico, mi ero diretta a casa di Emma, certa, questa volta, che l'avrei trovata, in uno di quei momenti in cui pensi che le tue speranze possano diventare realtà solo perché lo vuoi, e perché credi che la tua volontà possa restituire ordine e armonia a quello che la tua confusione ha messo in crisi. Ero arrivata davanti al suo portone, in via Arezzo ventisette, avevo suonato il citofono e mi ero appoggiata sul muro vicino. Nell'attesa mi era sembrato di poter ascoltare i rimbombi metallici che precedono la voce quando esce dai muri amplificata. Avevo citofonato all'appartamento del piano superiore, ma anche quel tentativo era finito nel vuoto. *Il vuoto è la sovrapposizione di tutti gli stati possibili.* Poi avevo cercato di spiare il giardino al pianoterra dove mille volte io ed Emma ci eravamo fermate a bere e a fumare, il giardino dove mi aveva raccontato la storia della sua famiglia e dove ci eravamo spese nell'analisi minuziosa di tutti i nostri incontri infelici. Milioni di osservazioni superflue, impiegate a tempo pieno nelle indagini capillari delle nostre sconfitte.

In giardino il tavolo non c'era più, e non c'era più neanche l'arco di buganvillee al centro del vialetto, quello da dove cadevano i petali rossi che Emma lasciava a marcire in poltiglie. Il giardino era stato ripulito e qualsiasi residuo di arredamento sottratto. Spostandomi potevo intravedere la scala esterna che portava alla cucina, e anche quella pareva più bianca e più pulita di come la ricordavo. Infine, quando ancora avevo la faccia schiacciata tra le sbarre di ferro, un uomo era arrivato diretto al portone di Emma. Era un uomo minuto, forse più in là con gli anni di quanto potesse apparire nel suo completo sdrucito. Io avevo staccato il naso dalle sbarre e mi ero affrettata. «Mi scusi, ma sto cercando Emma, la ragazza che vive al pianoterra di questo palazzo, non riesco a rintracciarla, la conosce?»

L'uomo mi aveva guardata appena, e spingendo il portoncino per entrare aveva risposto: «No, mi dispiace, sto andando a trovare mia madre».

Io a quel punto avevo insistito: «Mi scusi molto, ancora, ma sono disperata, potremmo chiedere a sua madre se ne sa qualcosa?».

E lui, prima di chiudersi il portone alle spalle: «Mi scuso io, ma non credo. Mia madre purtroppo non si alza dal letto da cinque anni ed è quasi cieca. Buonasera e buona fortuna».

Non c'erano molte cose che avrei potuto fare per cercarla, anche se avessi voluto, e comunque era chiaro che Emma non voleva essere trovata.

Sonia

A casa, mi ero spogliata in fretta e ancora più in fretta mi ero stesa a letto decisa a dormire, anche se erano appena le otto di sera. Mentre cercavo di incastrare un lembo del lenzuolo dentro al gesso, il telefono si era illuminato con una chiamata WhatsApp. Il numero non era tra i miei contatti, e io non avevo le forze per rispondere. Ma avrebbero potuto essere notizie di Emma, pensavo, o di Marco, quindi avevo mandato un messaggio allo stesso numero scrivendo: *Ora non posso rispondere, mi dispiace, posso richiamare domani?* E subito avevo visto comparire una risposta: *Scusami tu, mia figlia giocando ha chiamato per sbaglio. Scusa il disturbo.*

Io avevo scritto ancora: *Ok, niente, ma ci conosciamo? Non ho il numero registrato.*

E lei a me: *Sono la moglie di Donato, credo che il tuo numero sia finito per sbaglio tra i miei contatti perché tempo fa io e Dodi ci siamo scambiati i telefoni.*

A quel punto avevo spento il cellulare, avevo sciolto il laccio che teneva fermo il braccio al collo e avevo guardato il gesso, perché all'altezza del gomito si stava aprendo una piccola crepa.

L'ultimo domicilio

Al minimarket avevo comperato i sacchi di plastica nera per buttare tutto quello che non avrei più usato, e che nella maggior parte dei casi non usavo già da un po'. I fili di cotone colorati con cui avevo rilegato i taccuini nei mesi da artigiana della carta, i contenitori di vetro e le stoviglie ancora nuove della mia cucina, le pile di fogli ammonticchiati, tra cui bollette, ricevute, appunti, i vecchi diari e le vecchie stampe mai incorniciate. Avevo svuotato il frigo e lo avevo spento, e non vedere più l'acqua spandersi in pozzanghere grigie sul pavimento era stata una consolazione. Avevo buttato gli stracci zuppi. Al minimarket avevo comperato i prodotti più aggressivi, candeggina, alcol, amuchina, per pulire tutto al meglio prima di lasciare l'appartamento. Avevo scritto una mail alla mia amica, ancora lontana, da qualche parte in Aquitania, e lei mi aveva risposto gentile: *Mi dispiace che lasci la mia casetta, adesso rimarrà vuota. Non ti preoccupare per le chiavi, ho un secondo mazzo, tienile pure tu per qualsiasi emergenza.* La sua gentilezza mi aveva commosso, così avevo pulito tutto, ancora, con maggiore convinzione. Le finestre pesanti dove la polvere si era accumulata, i pavimenti sempre umidi e opachi. E avevo fatto il conto delle case che avevo abitato da quando avevo lasciato quella dei miei genitori: erano sette, forse otto. La prima stanza da studentessa a via di Porta Labicana, sulle mura romane, un secondo piano con i mobili di fòrmica che aveva un unico ambiente in comune, un quadrato tracciato al centro di sessanta metri quadri. Su ognuna delle quattro pareti una porta, due stanze, cucina e bagno. La stanza più piccola, dove dormivo io, dava sul ballatoio interno e ogni mattina arrivavano dritte alle mie orecchie le rivendicazioni dei vicini. La seconda stanza l'avevo affittata a casa di un amico di amici, in fondo a via Cesare Pavese, un appartamento enorme con i pavimenti di marmo e i mobili eleganti abbandonati dai vecchi proprietari. Dal balcone il paesaggio si apriva morbido sugli alberelli cittadini, e da lì, in pochi minuti, proseguendo sulla via del Mare, arrivavo in spiaggia, al sole; le fughe erano talmente piacevoli che dopo un po' avevo smesso di fare tutto il resto. La dottoressa Luciani consigliò di cercare un posto più in centro e più vicino al lavoro, che all'epoca era fare la maschera in un vecchio cinema di Trastevere. La terza casa era stata semplice da trovare, ma quasi impossibile da abitare. La dividevo con un montatore di spot pubblicitari di origine cilena, che invitava un sacco di gente ogni sera e mi accusava di essere poco socievole. Era il quinto piano senza ascensore di un palazzo sulla circonvallazione Casilina, non c'era il riscaldamento e lo scaldabagno funzionava solo qualche volta. Quando un anno dopo un amico mi offrì il suo monolocale, proprio sull'isola pedonale, accettai.

Era la prima volta che vivevo in una casa mia, senza coinquilini intendo. Ventiquattro metri quadri che tutti definivano molto parigini. Fino alle due di notte, infatti, c'erano le voci e le risate di tutti i bar della via, alle tre iniziavano le risse dei magrebini e degli spacciatori, risse senza soluzione, con urla e vetri rotti, che finivano solo un'ora dopo, all'arrivo della polizia. All'alba apriva il mercato rionale e alle cinque gli ambulanti già sistemavano gli stand. Per questo non dormivo mai. In più, è in quell'appartamento che nella lite più brutta, del rapporto più violento che ho avuto, mi sono arrivati uno schiaffo in faccia, un milione di insulti e infinite recriminazioni.

«Prova a cambiare aria» dicevano tutti, così avevo cercato una casa fuori Roma in un paesotto dove le persone avrebbero potuto uccidermi e dove non ho resistito neanche un anno. Avevo vissuto con un uomo più grande di me a casa di lui, in un vecchio appartamento a Porta Portese, ed era stato bello stare insieme, anche se la casa era praticamente vuota e noi ci eravamo abituati a passare il tempo in silenzio, senza parlare per giorni e giorni; così in silenzio, un giorno, me ne ero andata, avevo recuperato i libri e i vestiti dalla cantina di mia madre, finendo nella casetta che adesso mi preparavo a lasciare.

Potevo contare le case, le stanze e i metri quadri, la distanza dal centro, i soldi per l'affitto, le finestre, i numeri civici, avrei potuto sommare tutto ottenendo un risultato unico, la cifra di tutti i passaggi, un tempo circolare, come lo aveva definito Dodi, in uno spazio che non era mai stato il mio.

Per questo, forse, avevo cercato una soluzione ancora più precaria per il mio prossimo trasferimento, chiedendo un affitto lungo per un posto sul lago di Vico, trovato cercando a caso su Airbnb. D'estate la casa costava un tot al giorno, ma da settembre, in bassa stagione, la proprietaria me l'avrebbe lasciata a poco più di duecento euro al mese. Insomma il mio trasferimento era imminente. Andarmene da Roma avrebbe cancellato la tensione, mi avrebbe allontanata dalle ossessioni, e forse mi avrebbe permesso di ricominciare, come avevo sperato tante volte nei mesi precedenti. Mi rimanevano poche incombenze e le visite in ospedale, almeno finché non mi avessero tolto il gesso.

Nelle fotografie il mio futuro appartamento pareva anonimo e dozzinale, i mobili, e le stampe, e gli infissi, tutto faceva pensare che fosse stato ristrutturato l'ultima volta negli anni Novanta. Ma da una delle finestre era chiaro che si vedesse il lago, e secondo le mie ricerche anche che la casa si trovasse immersa in un pezzetto di faggeta dorata. A fine agosto avevo confermato la mia prenotazione online e a inizio settembre mi ero già disfatta degli ingombri e di tutti gli oggetti della mia vecchia vita, oggetti che una volta mi erano sembrati importanti e che adesso vedevo come zavorre. Avevo tenuto il numero minimo di vestiti e mi stavo preparando ai prossimi mesi con uno spirito molto essenziale.

Avevo citofonato a uno dei miei vicini, un uomo con cui sì e no avevo scambiato quattro parole prima di allora, e gli avevo offerto la mia tv in regalo. «Mi trasferisco a Berlino» avevo detto, lui aveva accettato, ma anche in questo caso non c'erano stati molti convenevoli e nessuna simpatia tra noi, era entrato in casa mia, aveva abbracciato lo schermo e mi aveva fatto un cenno di saluto. Guardandolo andare, avevo pensato a LightNOW e all'incubo ricorrente di quel talk show, e avevo detto ancora: «Se non dovesse funzionare bene, la getti senza problemi, ho deciso che non guarderò più la tv». Le poche piante del giardino e del patio avevano sofferto la sete durante l'estate, e in alcuni vasi la terra si era ritirata lasciando scoperte le radici.

Era il quindici settembre e pensavo con eccitazione a come avrei raccontato il mio trasferimento a Dodi. Da un po' avevo la sensazione di compiere ogni gesto ed elaborare ogni pensiero solo allo scopo di poterglielo raccontare. A mia madre, invece, non avrei detto niente di Vico, avrei finto di vivere ancora a Roma, non c'era motivo di dirglielo e potevo essere certa che non l'avrebbe scoperto, perché non aveva mai visitato nessuna delle mie case temporanee. Faticavo anche a immaginarla fuori da casa nostra, riuscendo a pensarla solo in quel pezzetto di realtà a cui io potevo accedere e che in mia assenza sarebbe rimasto inalterato. Avevo continuato a rimandare la nostra domenica insieme e lei ad accettare ogni mancato appuntamento senza preoccupazione, dicendomi sempre di divertirmi e di stare tranquilla e che, quando avrei voluto, avrei saputo dove trovarla.

Trasferirsi

Le scatole di libri sul pavimento erano la sola cosa che avrei spostato a Vico, l'armadio era praticamente vuoto e, a parte i vestiti che avevo addosso, mi ero accorta di aver tenuto poco altro, altre due paia di jeans, un vestito, un po' di biancheria, due magliette, un maglione. Non riuscivo neanche bene a ricordare dove avessi buttato o a chi avessi regalato il resto.

Era stato bello pensare di non possedere più niente, ma il risultato era che, esattamente, non possedevo più niente e per prendere un caffè dovevo per forza andare al bar. *Dodi, ho preso in affitto una casa sul lago di Vico per un anno, non so perché te lo scrivo, ma ho pensato che potesse farti piacere (per quelle storie sul desiderio e il movimento).*

Dodi aveva risposto immediatamente: *Spero che tu stia scherzando, credo che tu abbia completamente travisato*. Io avevo mandato un punto interrogativo e lui aveva continuato: *Sì, travisato, perché isolarsi di più non era quello che intendevo.*

E io a lui: *Sto male a casa mia, ho bisogno di più spazio, il quartiere è sporco, e violento.*

E allora cambia la casa, ma resta a Roma, o in qualunque altro posto ci sia un po' di vita. Dovresti esserti accorta che tutto ciò che era destinato a finire sta inesorabilmente finendo. Ma devi dar modo al nuovo di manifestarsi, non ti chiudere proprio adesso, poi in un posto oscuro come la provincia di Viterbo. Come poteva credere che io stessi mettendo radici? *Lascia il quartiere dove vivi e trasferisciti dalle parti di Villa Pamphili, ti sembrerà di rinascere* aveva scritto salutandomi. E questa cosa di Villa Pamphili aveva funzionato come un evidenziatore per l'ansia, l'ansia di sapere che esiste un mondo verde e rigoglioso, dove crescono le piante, i fiori e gli alberi alti, un mondo a cui io non riuscivo ad accedere, quando in realtà, secondo Dodi, sarebbe bastato che mi ci fossi trasferita. Dopo poco ancora un suo messaggio con i versi di una poesia.

Sono morto perché non ho il desiderio,
non ho il desiderio perché credo di possedere,
credo di possedere perché non cerco di dare.
Cercando di dare, si vede che non si ha niente,
vedendo che non si ha niente, si cerca di dare se stessi,
cercando di dare se stessi, si vede che non si è niente,
vedendo che non si è niente, si desidera divenire,
desiderando divenire, si vive.

Una casa vuota

L'appartamento doveva essere in vendita da un po', perché sui mobili rimasti si stava depositando il secondo o il terzo strato di polvere. Mi ero ricordata di una serie tv in cui la protagonista è un'agente immobiliare che prima di far entrare i possibili compratori ripulisce da cima a fondo la casa in vendita, apre le finestre e mette i fiori freschi al centro della stanza. Quella che aveva accolto me, invece, aveva impiegato un po' per trovare la chiave che aprisse il portone, e un altro po' per sollevare la leva del contatore elettrico. La cucina, a sinistra del lungo corridoio, era bianca e luminosa e c'erano ancora alcuni pezzi del blocco componibile svuotati degli elettrodomestici, come grotte. «Il balcone di servizio ha un armadio a muro molto comodo che i proprietari intendono lasciare.» Dalla cucina, attraverso una porta doppia, si poteva accedere alla sala da pranzo, una stanza grande come il mio appartamento, col camino spento al centro della parete più lunga. «E da questa portafinestra può accedere al giardino, che è privato e dove, come vede, ci sono piante e alberi ben tenuti.» Questo era vero, il gelsomino sfiorito circondava buona parte del perimetro e in fondo al vialetto lastricato un bell'ulivo riparava la vista dalla strada.

Il tavolo a sinistra, sotto il pino, era di pietra, forse avrei dovuto aggiungere un paio di panchine, avevo pensato. «Quella era la cuccia del cane. Anche se, a giudicare dai peli, il cane è sempre vissuto in casa.» Dalle foglie d'edera e di gelsomino, dai rami del pino, il sole si proiettava sul pavimento di terra in chiazze morbide e mutevoli, io avevo allargato il palmo della mano buona e avevo preso a giocare con i riflessi

«Dispone dell'intera cifra o dovrebbe chiedere un mutuo?»

La camera da letto, in fondo, non era bellissima, ma c'era lo spazio per un armadio grande come quello che c'era stato e di cui potevo leggere i segni sulla graniglia a terra. «Grazie, questa casa sarebbe perfetta» avevo detto io.

«Deve considerare che, scendendo dalla via di sinistra, l'entrata della villa non dista neanche ottocento metri. Mi sembra di ricordare che fosse questo il suo desiderio.» L'agente immobiliare poi mi aveva guardata, e in un attimo il suo umore era cambiato, si era stretta la cinta sulla giacca avvitata del tailleur, aveva chiuso tutte le serrande e ripreso ad affrettarsi sui tacchi color cipria, così in meno di tre minuti eravamo di nuovo al buio e mi aveva invitata a uscire con lei. Prima di salutarmi mi aveva appoggiato la mano destra sul gesso stringendo un po', in un gesto che avevo interpretato come «buona fortuna».

M.

È fine settembre, sei a Roma? Avevo dovuto aspettare pochi secondi per veder comparire un: *Sì, e tu?*

Avevo scritto a M. che mi avrebbe trovata a casa ad aspettarlo sul divano. Lui aveva accettato e ci eravamo dati appuntamento più tardi nel pomeriggio. I suoi messaggi erano diversi dal solito, quasi formali, e non aveva colto neanche la provocazione del divano, o commentato qualcosa sul fatto che mi avrebbe trovata in una casa vuota. Quando lo avevo salutato sulla porta si era limitato a sfiorarmi le labbra in un bacetto, senza mettermi le mani sotto la maglietta o negli slip, che era quello che faceva sempre vedendomi.

«Come stai?» mi aveva chiesto.

E anche questo mi era sembrato strano, da che ci conoscevamo non si era mai interessato alle mie condizioni, così avevo detto: «Bene, a parte il braccio, come vedi».

«Già, che è successo?» aveva domandato allora.

«Niente, sono caduta dal treno,» avevo detto io «tu come stai?»

M. non aveva neanche notato le scatole, i pacchetti e tutti i segni inequivocabili del mio trasloco, si era seduto vicino a me sul divano e aveva cominciato a parlare. «Nelle ultime due settimane sono successe un po' di cose che mi costringono a cambiare le mie abitudini. Cose che forse potevo aspettarmi, ma che adesso mi spaventano molto.»

«Vivere fa paura» avevo provato a scherzare, e mi ero sbilanciata verso di lui cercando di salirgli sopra con disinvoltura, solo che lui mi aveva preso le spalle tra le mani e mi aveva rimessa al mio posto.

«Scusami, ma non credo di potere» aveva detto, e a quel punto io avevo sbuffato.

Vedendolo non avrei desiderato altro che mi toccasse e mi entrasse dentro, che scorresse tra noi almeno un po' dell'energia sessuale che avevamo dissipato online. M. invece aveva ripreso: «Sai che insegno in una scuola serale per gente che deve prendere il diploma?».

«Sì, credo di sì» avevo risposto io, recuperando una birra dal pavimento. «E come va?»

«Male, molto male» aveva detto lui. Io avevo bevuto veloce dalla bottiglia, gliel'avevo passata e lui aveva bevuto il resto. «Ne hai ancora, per caso?» mi aveva chiesto. «L'anno scorso ho avuto una relazione con una ragazza giovane, una che doveva recuperare due anni in uno, una relazione simile alla nostra, solo che lei è minorenne.»

Non avendo altra birra mi ero attaccata alla bottiglia dell'acqua. «Quanti anni?» avevo chiesto.

«Diciassette» aveva risposto lui. «Non so come sia potuto accadere, sai, queste cose sono difficili da controllare.»

«E pericolose» avevo detto io.

«Infatti» aveva aggiunto M., e dicendolo aveva stretto le mani tra le ginocchia. «È arrivata una lettera anonima al mio preside, a fine giugno, una lettera in cui dicevano che uno dei professori ha avuto una relazione con una studentessa, e poi adesso, prima dell'inizio dell'anno scolastico, ne è arrivata una seconda, in cui c'è scritto che la studentessa al momento della relazione era minorenne e che il professore coinvolto sono io, con nome e cognome. Se la lettera rimane anonima non possono denunciarmi o altro, a meno che non sia lei a farlo, comunque potrei perdere il lavoro, e potrebbero scrivere anche a mia moglie. Ho cancellato Instagram e Facebook, ho bloccato il numero della ragazza. Ma ho paura. Col preside ho negato ogni cosa e per il momento va bene così. Ma ti rendi conto? Ieri per la prima volta ho visto un terapeuta. Credo che i miei tradimenti, la vita che ho condotto fino a questo momento, siano un sintomo. Voglio dire che il sesso c'entra, e anche l'attrazione,» e dicendolo per la prima volta mi aveva guardato «ma c'entra soprattutto il rischio. Credo che ogni rapporto, occasionale o organizzato, ogni cosa che ho fatto mi dovesse portare qui, al punto in cui sono ora, al punto cioè in cui rischio di perdere tutto. Per capire che non voglio perdere niente, la mia casa, il lavoro, la famiglia, questo è tutto quello che mi interessa.»

Cogliendo lo sguardo di M. avevo smesso di ascoltare le sue parole e avevo provato ad avvicinarmi ancora, e a toccarlo con la mano buona, così lui l'aveva presa tra le sue, stringendola in una preghiera e rimettendola poi al suo posto. «Nella lettera c'è scritto che concedo attenzioni particolari alle donne, e che sicuramente quella in questione non è la prima storia con una studentessa, poi scende nei particolari, dove ci siamo visti e come.»

«E dove vi siete visti?»

«A casa mia, una volta che Francesca era al mare con i bambini. Ti rendi conto a che punto sono arrivato? Non c'entra il sesso. Probabilmente voglio distruggermi.» Era la prima volta che M. mi parlava tanto a lungo, e la sua voce mi piaceva, anche in questa situazione riusciva a essere morbido, quasi felpato. Il fatto che non si volesse concedere aumentava il suo potere.

«Non voglio insistere,» avevo detto «ma sai che puoi fidarti di me, non voglio rovinarti o altro, ho voglia di stare con te.» E mi era sembrato, dicendolo, di assumere un'aria parecchio sexy.

«Lo so, sono qui anche per questo, perché lo so che c'era anche qualcosa di buono, cioè che non tutte le persone che ho incontrato sono pericolose o pazze, è solo che non provo più niente, nel senso, tu sei sexy, mi piaci, ma non riesco più a eccitarmi, ho un blocco.»

E così, eravamo rimasti in silenzio. Forse Dodi aveva ancora ragione, le persone e le situazioni per come le conoscevo si stavano sottraendo, a una a una, o forse ero io, più o meno consapevolmente, a provocarne l'estinzione.

«Stai traslocando?» aveva detto.

«Sì» avevo risposto piano.

«E dove vai?»

«Dalle parti di Villa Pamphili.»

M. mi aveva accarezzata sul collo e poi aveva toccato la piccola crepa che si stava allargando sul mio gesso, io mi ero ancora una volta lasciata andare e mi ero sbilanciata per baciarlo sulle labbra, così lui si era ritratto. «Fai bene, Villa Pamphili è bellissima, starai bene. Io devo andare, per un po' è meglio se non ci sentiamo.»

Il giorno dopo ero ancora chiusa in casa. Da quando M. se ne era andato e dopo le parole di Dodi era come se fossi caduta in un nuovo limbo. Avevo smesso di rispondere alle mail dell'host della casa a Vico e avevo guardato qualche annuncio per un altro appartamento romano. Senza però riuscire a decidermi in nessuna direzione. Per il momento la mia nuova vita si era riorganizzata attorno agli scatoloni, sul divano senza cuscini, in una casa col frigo staccato, addormentata sul letto dove non avrei potuto cambiare le lenzuola che chissà dove avevo ficcato. Il lunedì successivo, a sei settimane esatte dalla frattura, avrei avuto il mio secondo appuntamento con l'ortopedico e forse mi avrebbero tolto il gesso. Per questo mi ero detta che avrei potuto rimandare qualsiasi decisione. L'idea di tornare ad avere due braccia mi metteva di buon umore, il polso non mi faceva male da giorni e avevo pure smesso con gli analgesici. Tornata abile, il resto sarebbe venuto da sé.

Vitamine

Al Policlinico Umberto I, dove ero arrivata alle sette di mattina per prendere un numeretto e confermare di esserci, poi prendere un altro numeretto e pagare per una radiografia e per una visita, e poi salire al piano superiore, erano già tre ore che aspettavo. Così mi ero affacciata in una stanza con la porta semichiusa dove un infermiere mi aveva fatto indietreggiare senza chiedermi altro, e mi ero sporta, un po' innervosita, in una specie di ufficetto, dove mi avevano ricordato che in un ospedale la precedenza viene data a chi sta male.

L'ortopedico non era lo stesso che mi aveva operato al pronto soccorso, era un uomo molto più anziano e molto meno loquace. «Si stenda sul lettino, per favore.»

Io avevo ubbidito e avevo chiesto subito: «Sa, sono sei settimane che porto il gesso, speravo che oggi me l'avreste tolto».

«Non credo che succederà,» si era sbrigato a dire

«come vede dalla lastra, la frattura si è ricomposta, per questo il polso non le fa più male, ma per sicurezza è meglio che lo tenga ancora due o tre settimane.» Io l'avevo guardato come se la colpa del ritardo fosse sua, e lui aveva proseguito: «Ha denunciato la persona che le ha rotto il braccio?».

«Non posso denunciare nessuno perché sono caduta durante una partita di pallavolo.»

L'ortopedico, allora, mi aveva guardata e aveva iniziato a scrivere su un foglio il nome di molti integratori che secondo lui avrei dovuto prendere: VitamicsA/k, Calcio2000, Fitifix7. «Niente caffè, alcol e fumo. Adesso telefono di sotto dove le ripareranno la crepa. Poi ci vedremo tra un mese, l'osso si sta rigenerando, ma mi raccomando non sollevi pesi, non faccia sforzi. Deve considerare che adesso anche la sua colonna vertebrale è affaticata e anche le spalle lo sono, non cammini troppo. Stia a riposo, ci sarà tempo dopo per riprendere gli allenamenti, o per frequentare gente migliore.»

«Sto traslocando» avevo detto io.

E lui, senza enfasi: «Rimandi di un mese e faccia fare tutto a una ditta, arrivederci».

Al pronto soccorso avevano infilato nella crepa un materiale fresco, tipo silicone, e protetto tutto con una nuova garza e una rete che avevano reso il mio braccio simile a un roast-beef. «Rimandi di un mese e faccia fare tutto a una ditta.» Le prescrizioni mediche potevano essere la scusa buona per prolungare ancora l'attesa. Avevo scritto una mail all'host di Airbnb.

Ho un problema di salute che mi costringe a congelare la mia prenotazione, le saprò dire meglio a fine ottobre, ma per il momento non posso muovermi da Roma. Se l'appartamento sarà ancora disponibile, valuterò il mio trasferimento, se invece per allora avrà trovato un altro inquilino non si preoccupi, risolverò diversamente. Le chiedo solo di avvisarmi e di restituirmi se possibile i due mesi di caparra.

Alla mail non avevo ricevuto alcuna risposta. A questo punto, la mia amica in Francia credeva che avessi lasciato casa sua, dove invece vivevo ancora e dove ancora mia madre credeva che vivessi. Dodi mi aveva consigliato vivamente un trasferimento dall'altra parte della città, che non sapevo come e se sarei riuscita a realizzare. Da Vico, me lo sentivo, non avrei più ottenuto risposte. L'ortopedico mi aveva consigliato l'immobilità e il riposo, ma certo non sapeva che le condizioni in cui mi ero ridotta a vivere non erano rilassanti. Non avevo più la tv, il quartiere e il mondo fuori, dopo la lunga estate, stavano tornando alla normalità, ma io sentivo che difficilmente mi sarei allineata. Ogni volta che il telefono si illuminava speravo di trovare un messaggio, una notizia, o una proposta che mi avrebbe riportata alla vita. Anche tornare a fare foto di spiedini mi sarebbe andato bene. Invece, nella maggior parte dei casi, erano messaggi pubblicitari, promozioni per il telefono o buoni sconto dell'ultima palestra che avevo frequentato. Anche il mio amante si era deciso per una vita più sicura. Così mi ero guardata intorno e avevo pensato che la cosa migliore da fare, per provare a riposare, sarebbe stata quella di dormire un po'.

Terza parte

Dal nuovo *Libro degli spettri*

E così adesso ti sei addormentata, chiusa in casa, convinta che non ci sia più nessuno che sappia dove sei finita. Per sparire hai scelto di nasconderti, quasi di sotterrarti, e se non hai scelto devo credere che tu ti sia chiusa dentro senza un progetto. Ottenendo involontariamente lo stesso risultato. Stai prendendo tempo, ancora. Provando a fermare gli anni e a moltiplicare i minuti. Un'operazione di ingegno volta a prendere tempo. «Aspettate perché non sono pronta.» Il tempo è movimento, e tu ti sei agitata tanto. E sei stata brava a raccontare l'ultimo anno. Camuffando tutto, spostando appena un po' la verità. Alla fine credo che nessuno te ne vorrà, perché è quello che tutti fanno, più o meno, è il patto inconscio col mondo che prevede che tutti possano raccontarsi la storia come vogliono. Mi dispiace sovrappormi, allora, ma chissà che ascoltarmi non possa aiutarti, abbiamo detto che se nessuno ti guardasse smetteresti di esistere, e allora lascia che io ti osservi. Mi sento a volte di non aver fatto altro, a parte che con te, mi sembra di non aver fatto altro che provare a leggere le cose e le persone. Ma, adesso che sei chiusa in casa e stai rischiando tutto, credo possa interessarti ascoltarmi un altro po'. E non avere paura perché non voglio altro, voglio solo essere certo che uscirai di lì. Prendilo come un regalo. Adesso seguimi e prova a immaginare con me la distanza dalla presenza al vuoto. Immaginiamo cioè i momenti, senza per questo capire cosa lega un momento all'altro, l'emotività è il nostro spettro della materia oscura, un essere umano è sempre emotivo, quindi imprevedibile. Solo così i conti tornano. Cosa accade nella nostra testa quando sentiamo che i sogni che abbiamo fatto si stanno per realizzare? Dopo aver convissuto con l'incertezza e il desiderio, al pensiero che tutto si stia per compiere, che la nostra vita stia per diventare quella che volevamo, quella che avevamo immaginato nei particolari. Hanno inventato una parola per quella sensazione che non è ancora felicità, per quello stato d'animo che è quasi felicità? A chi ti rivolgi tu? A Dio, o solo continui a sperare che non arrivi il caso a rovinare tutto? L'aspettativa ci definisce per quello che siamo e per quello che potremmo diventare, determinati dall'incertezza e dall'impossibilità di sapere. Il sapere a pezzetti, un po' per volta, quello che volevamo, quello che avremmo potuto, infine quello che siamo, e poi daccapo. Nella teoria della probabilità la speranza è il termine che si usa per indicare la media di una variabile casuale. In matematica la media di una variabile casuale è il valore atteso o aspettato. Per la legge dei grandi numeri e per il teorema del limite centrale, il valore aspettato di una variabile casuale ha proprietà definite e indipendenti dalla sorgente che produce le variabili, fino a essere distribuito secondo la legge universale che chiamiamo distribuzione normale. So che la parola «normale», arrivati a questo punto, ti affascina. Affascina anche me. Come la radice sanscrita spa- da cui deriva «speranza», che significa «tendere verso una meta». Ma immaginiamo di dover misurare la lunghezza di un oggetto con uno strumento molto sensibile. Se ripetiamo la misura ci accorgiamo che il nuovo valore misurato è diverso da quello precedente, e questo succede ogni volta che ripetiamo la misura. Se facciamo la misura moltissime volte, e proviamo a fare un istogramma dei valori via via ottenuti, noteremo che questo istogramma ha la forma di una campana, la distribuzione gaussiana coincide con la media di tutte le misurazioni. In altre parole, possiamo dire che la lunghezza dell'oggetto che stiamo misurando è il valore medio, più o meno le fluttuazioni, ampie quanto è ampia la campana che abbiamo disegnato.

Da questo punto di vista la speranza non è altro che quello che ci aspettiamo dopo aver fatto un po' di esperienza. Ma l'esperienza più che altro serve a considerare, a ponderare. Prevedere qualcosa rimane un ostacolo. Il futuro è inaccessibile. Conoscere la media di una variabile casuale non ti permette di trarre delle conclusioni. Il desiderio è tutto. Il desiderio è il contrario della depressione, certo, è il contrario della tristezza se diventa realtà. Ma, se nean-

che ci chiediamo quale sia la realtà, è chiaro che poi desideriamo male.

Lanciamo una moneta cento volte e consideriamo la variabile casuale che assume il valore +1 per la testa e –1 per la croce. Quanto vale la speranza di questa variabile? Anche se non assume mai il valore zero. Consideriamo l'età degli individui in un gruppo equamente ripartito tra bambini sotto i dieci anni e anziani sopra i sessanta, il valore medio sarà circa trentacinque, eppure nessun individuo è neanche lontanamente vicino a quell'età. Se non hai tutte le informazioni una loro sintesi può essere tutt'altro che significativa, ed ecco che la tua speranza è mal riposta. Quante speranze mal riposte un corpo e un'anima sono pronti a sostenere? Di certo non si può dire. Alcune anime che sembrano fragili si rivelano a volte così resistenti… Mi commuove soprattutto che nel resoconto dell'ultimo anno uno dei personaggi sia «mia madre» (tua madre, la signora Giulia). Mi commuove perché in una negazione così c'è tutto il tuo pathos. Eravamo così preoccupati nel quartiere, infatti, quando Giulia se ne è andata. Una ragazza così ostinatamente sola, da allora ancora più sola. «La domenica a pranzo da mia madre», «mando una foto a mia madre», «mia madre avrebbe detto», c'è qualcosa di struggente. E siamo ancora tutti preoccupati che tu non voglia vivere nella casa che era dei tuoi genitori, e che non ti decida neanche a venderla. Non decidere, non agire, non parlare: sono queste le cose che preferisci. Un'ostinata non partecipazione, non aderenza, non appartenenza. Ma un comportamento così è rischioso, per l'equilibrio, soprattutto, e per la percezione di te. Per quanto credi che sarai ancora attesa, solo il corpo determina davvero l'esistenza.

Non mi sorprende che tu abbia iniziato ad aver paura che le persone accanto a te se ne vadano, e la paura, purtroppo, è già un pezzetto di realtà. Che davvero siano scomparse o se ne siano andate lontano, o che fossi tu a sparire per loro un giorno dopo l'altro è tutto da decifrare. Io ci provo, a decifrare, ma non è per questo che continuo a guardare, a spiare, of course, non sono qui per capire più di quanto si possa, mi interessa adesso che tu esca di casa, anche solo per una passeggiata. Una passeggiata cambierà lo stato delle cose. E, anche se penso che questo accadrà, voglio guardare finché ne avrò la certezza. In un certo senso le leggi fisiche, quelle più importanti, non hanno bisogno di contemplare il passato per prevedere il futuro, sebbene ci siano alcuni strumenti che ci permettono di ricordarlo. Quello che è vero da un punto di vista teorico non è sempre vero da un punto di vista pratico. Il caos emerge anche in situazioni in cui conosciamo alla perfezione le leggi dell'evoluzione, è solo la finitezza dei nostri strumenti che ci impedisce di misurare correttamente il passato, come il futuro.

Certi processi casuali, che sono gli unici in grado di modellizzare le dinamiche naturali e biologiche, necessitano delle informazioni del passato per avere chance predittive. Ma solo nel caso in cui il passato di cui abbiamo bisogno sia quello recente. Controin-

tuitivamente la conoscenza di un passato lontano complica notevolmente l'approccio matematico, ed è allora che invochiamo l'oblio. Non sto cercando di spiegare il mondo, o te, o la scienza in termini traumatologici. Non lo fa più neanche la psicanalisi. Sto cercando di dire il contrario, cerco di dirti che se i conti non tornano conviene non considerare, tagliare via quello che è perso in un passato troppo lontano, che non serve ma complica, che non c'è ma agisce e confonde. Non vendere la casa è un errore. Non uscire di casa è un errore. Esci di casa, allora.

Se sono in Y vuol dire che prima ero in X, che in qualche modo equivale a conoscere il passato grazie a quello che osservo del presente. Possiamo prevedere il movimento di certi oggetti sulla base delle forze che agiscono su di loro. In molti casi conoscere la posizione presente permette di prevedere alla perfezione quella futura. La legge mi dice che se mi trovo in X andrò sicuramente in Y. Esci di casa, allora. «Niente è come sembra» dicono sempre, e invece niente è, al di là di quello che sembra. Può essere difficile pensare che siano gli altri a definirci, e che il nostro unico margine d'azione rimanga quello di mostrarci come vorremmo essere interpretati. Legandoci di più a chi ci vede nel modo giusto e di meno a chi ci guarda vedendo qualcosa a cui non crediamo di corrispondere. Tu prendi una forma diversa ogni volta, una specie di Barbapapà :), io però ti riconosco sempre. Una foto diversa per ogni account e una per ogni app di messaggistica, improvvisamente muta, o no, a seconda di chi hai vicino, piena di compas-

sione o fredda come un ghiacciolo. Dipende. «Non mi vedi per quella che sono» ti ripeteva Emma, e te lo scriveva su Telegram, ma che discorsi... Avrei voluto suggerire sempre di rispondere: «Perché, come sei? Chi sei?». Credo che questa unica domanda sensata avrebbe interrotto tutte le recriminazioni, ma non mi piace intervenire. Sono dalla tua parte, però. Adesso non è questo il punto, ma preferisco comunque sapere che ci sei, perlomeno come uno qualunque di quei tristissimi esemplari di una specie in estinzione. Prova a sentire la possibilità. Le persone non sono altro le une per le altre, quello che c'è, quello che succede, quello che non c'è e quello che non succede, non sappiamo niente di più. Nessun conforto e nessun controllo, purtroppo. Nel libro che ti ho regalato e che tu non leggerai, Dirac termina con un capitolo dal titolo, Difficoltà nella teoria. *Il senso è che si interroga su certe conseguenze apparentemente illogiche derivate dalle sue equazioni. Al di là dei problemi che verranno superati poi, e che erano dovuti soprattutto a una cattiva interpretazione della teoria, quello che stupiva Dirac era che lo stato di vuoto assoluto, quello di totale assenza di qualunque particella, non fosse una soluzione stabile nelle equazioni. In altre parole, le sue equazioni prevedevano che il vuoto non fosse mai realmente vuoto. Seguendo il principio di indeterminazione, il numero delle particelle di uno stato di vuoto non è mai costantemente zero perché continuamente, e casualmente, vengono prodotte e annichilite particelle e antiparticelle. Dirac si disse che il problema era qualcosa di eviden-*

temente sbagliato nella teoria, quando invece era la nostra intuizione a essere sbagliata. Il vuoto non è statico, è dinamico, e ce ne accorgiamo sperimentalmente perché il vuoto e una particella interagiscono tra loro dando vita a fenomeni che non dovrebbero esserci se il vuoto fosse inerte. Confrontarsi con il nulla comporta comunque un cambiamento. Ecco quindi che non puoi scappare. Il tuo telefono è spento, il pc è spento, la tv non c'è più. Allora questo è quello che accadrà. Io uscirò di casa, prenderò il tram e camminerò verso casa tua, e se sei stesa sul divano come immagino, se sei a letto o sul pavimento, se dormi, mi sentirai chiamare e verrai ad aprire, così insieme tireremo fuori le tue cose dalle scatole e rimetteremo i libri sulle mensole, non per fare ordine ma solo per averne cura.

Ringraziamenti e altro

Devo l'idea di questo libro a tutto il tempo trascorso con le mie amiche. Nelle stanze, nelle aule scolastiche, nei bar e nelle case che abbiamo abitato. A ognuna un pezzetto di vita e quella particolare inclinazione a sentire di non poter esistere da sola. Vorrei ringraziare Paolo Virzì, che ha letto le mie pagine per primo ed è sempre stato incoraggiante. Vorrei ringraziare Teresa Ciabatti per l'entusiasmo e la dolcezza che ho sentito nelle sue parole dalla prima e per aver creduto che la mia storia potesse diventare un romanzo. Il personaggio di Dodi esiste grazie a Massimiliano Viale che, come capita a volte, è tornato nella mia vita proprio mentre immaginavo qualcuno che potesse somigliargli, accettando di parlare con me per ore sulla possibilità che le persone davvero scompaiano (spero tu ti sia divertito). Grazie a Michela Gallio e ancora a Teresa Ciabatti, perché con i loro consigli e il loro acume la mia storia è migliorata e ha preso la forma attuale. *Lullaby* è una canzone dei Cure, le parole di Dodi nel capitolo *Trasferirsi* sono quelle di René Daumal. La poesia di Nazim Hikmet a cui mi riferisco è *Qualche consiglio a coloro che sconteranno una pena in prigione*, ma è anche un modo per citare *Sette tipi di ambiguità* di Elliot Perlman.

Indice

Questo libro è stampato fabbricato da Grafica Veneta S.p.A.
con un processo di stampa e rilegatura certificato 100% carbon neutral
in accordo con PAS 2060 BSI

Finito di stampare nel mese di luglio 2024
per conto di RCS MediaGroup S.p.A.
da Grafica Veneta S.p.A., Via Malcanton 2, Trebaseleghe (PD)
Printed in Italy